新世纪河南女作家作品选

总主编 张莉

主编 赵浩宇

—— 散文卷 ——

北京出版集团

北京十月文艺出版社

目　录

历史与我的几个瞬间　　　　　　　梁　鸿　1

卧铺闲话　　　　　　　　　　　　乔　叶　17

大河上下碎碎念　　　　　　　　　邵　丽　30

碧水丹山　　　　　　　　　　　　何向阳　50

我对不起郝美丽　　　　　　　　　鱼　禾　115

母女关系　　　　　　　　　　　　碎　碎　165

温暖的故乡　　　　　　　　　　　廖华歌　184

以一棵树的形式　　　　　　　　　牛红丽　208

翅　膀　　　　　　　　　　　　　贾志红　213

迷　路　　　　　　　　　　　　　浅　蓝　224

羊来羊去　　　　　　　　　　　　阿　慧　231

我的可疑身份　　　　　　　　　　　叶　灵　239

江南散记　　　　　　　　　　　　　顾晓蕊　261

埋在土里的爱　　　　　　　　　　　马万里　275

泡桐树　　　　　　　　　　　　　　容三惠　281

疏影横斜以及其他　　　　　　　　　李　梅　287

雪之畅想　　　　　　　　　　　　　宋宛容　296

胡杨，胡杨　　　　　　　　　　　　张春峰　301

人间必要的温度　　　　　　　　　　暗　香　310

别样的陪伴　　　　　　　　　　　　酒慧慧　320

春色，一半在眼里，一半在心里　　　李　娟　323

白雪流年　　　　　　　　　　　　　贺晴堃　327

编后记　　　　　　　　　　　　　　　　　339

历史与我的几个瞬间

梁　鸿

此刻我坐在美国杜克大学图书馆。从高大明亮的窗户向外看去，是庄严静穆的杜克大教堂。蓝天之下，那不规则的彩色石头如同呼吸，使整个建筑充满生命，而修直高耸的尖塔在极细处与天空相接，仿佛把视线和灵魂引向那无限的辽阔处。你感觉到你的意识在内部慢慢浮升起来，生命的庄严和辽阔，"在"的清晰和逼视，你必须要思考你自己。

从来没有如此意识到天空、大地、白云与人的一体关系。"天似穹庐，笼盖四野"，目之所及，天如盖，包裹着你，白云恒久地在，人既是孤零零的，因为你于如此辽阔之中，但又有所归属，因为你看到你所在的空间位置。

一个人如何与历史发生关系？就像这教堂、天空与人的关系。哪怕仅仅是一种形态，教堂的尖顶，如盖的天空，逍遥的白云，也会在不自觉中塑造着你——你的气质、性格和命运。

那最初的形态是什么？对我而言，毫无疑问，是灰尘、贫穷和村庄整体的封闭。寂静、黯淡、沉默，好像处于涣散状态，但又似乎在酝酿着新的躁动的力量。父亲和村支书之间的斗争是童年最清晰的记忆，它是我对恐惧的最初体验。村支书那双犀利、威严的大眼控制了我好多年，每次走过他家门口，甚至是看到那个朱红大门、那座院墙都会让我莫名颤抖。我不知道父亲的勇气从何而来，但我却看到这恐惧压倒了母亲，还有我们这些孩子的内心精神。

多年之后，我才明白，在我的童年时代，20世纪70年代末至20世纪80年代初期，村庄其实正处于大浩劫之后的死寂阶段。"文革"处于尾声，农村生产力严重下降，斗争思维还没有过去，联产责任制刚刚实施，父亲所讲的乡绅、前政府官员、基督教徒、小业主在不断的运动中都逐渐消失。但是，村支书家里的热闹及在村庄的权威，普通百姓的卑微和狡黠仍然延续千百年来的模式和思维，村支书与父亲的斗争既是"文革"力比多的剩余物，也是获得生存权利的基本形式。这斗争总是以不同的面目延续着。

历史的阶段性重复和折腾，其实就像人一样，所谓"好了伤疤忘了痛"，不断愈合，再制造新的创伤。无论如何，我并不知道"反右""大跃进""三年自然灾害""文革"，我所记忆的童年只是一些碎片式场景，争斗、播种、收割、春天、夏天、上学、成长，它们嵌入平静日常的生活中，带来并不深刻的伤心、害怕和欢乐。

1987年，香港的电视连续剧《射雕英雄传》在内地电视台播出。那一整个夏天，每到傍晚，梁庄的大人、少年就一群群地到吴镇去，寻找有电视机的家庭，站在人家门外等着电视剧开始，也不管人家是否愿意。所有人都看得如醉如痴，每当片头那两个骷髅出现并交错放出两道彩色光柱时，大家都会发出一片惊叹声，而俏皮的黄蓉头一歪，逗她的靖哥哥时，大家又都发出会心的哄笑。

我也是那群人中的一个，那两道光柱，在我心中闪烁了好多年。对于当年那个十四岁的内地少年来说，"香港"，就是《射雕英雄传》，它是工业文化和传统文化完美结合的化身；就是充满某种温柔和哀伤情感的"流行歌曲"，它们突然让你体会到一个人原来可以有如此丰富的情感，那应该是现代个体意识的初次萌芽吧；就是充满动感的"迪斯科"，它让你震惊，一个人原来可以这样放肆、自由地舒展自己的身体。在当年的内地，这些来自香港的事物，都有很深的"解放"意味，虽然今天看来，这里面蕴含着更复杂的也更难以判断的文化意识形态。

似乎有一个通道慢慢打开，世界还有新的方式，身体还有更多感应，生命还有更多情感，它是无穷尽的。我记得十四岁的我，在看完郭靖黄蓉之后，和一个小伙伴，坐在暗夜的河坡上，在虫鸣中，羞涩地谈我们似是而非的暗恋对象。《射雕英雄传》、费翔和"恋爱"到底有什么关系，这还须探讨，但由那色彩和身姿而起，却是毋庸置疑的。但他们离我仍然遥远，我当时为之痛哭的却是另外一件事。

我和一个女生上自习课的时候在走廊聊天，被学生会干部发现，在被严词批评的时候，我嘟囔了一句：又不是在搞同性恋。那几个学生干部大惊失色，迅速离开。晚上，我的班主任把我叫出了教室。那时候大家正在上晚自习。班主任是一位五十多岁的讲马列的老教师，方形脸，黝黑呆板，严肃正义。我刚一站到走廊，班主任就狠狠地推了我一把，愤怒地嚷道："你知道那是啥吗？你还要不要脸？"我一个大趔趄，整个身体撞到了栏杆上，又向前扑倒，在倒地的一瞬间，我看到教室里那几十双惊诧的眼睛。我羞愧至极，不只是因为我在全班同学面前被羞辱，更因为他语气中那强烈的愤怒和羞耻感，他眼睛里仇恨的、禁欲的、教条的目光让我震惊和害怕。

围绕着这一事件，我被连续批判了六天，我的头越垂越低，错误越来越多，也越来越清楚地认识到"同性恋"是一个来自资本主义社会的、不道德的、罪大恶极的词语。至今我都不明白，在那时，不只是我，学生会、学校领导、我的班主任可能比我更不知道"同性恋"到底是什么，但是，那正义感、羞耻感及想象力从何而来？

在这背后，有一个洪水猛兽般的"西方"：色情的、无耻的、变态的世界。"西方"就这样以一种奇异的纠缠状态出现在20世纪80年代后期的中国日常生活中，关于爆炸头、喇叭裤、接吻等的争议和政治升华在今天看来甚至有点滑稽，但是，突然丰富起来的身体和情感，以不合时宜的复杂、柔软、多元冲击着坚硬的中国心灵。外面的世界正在轰轰烈烈地行进，十六岁的我，却因为这懵懂的"出轨"而被不断规训。

可以这么说，当"60后"知识分子在如醉如痴地吸收学习西方思想并借以批判中国政治与社会现实时，还只是少年的"70后"则如醉如痴地阅读着来自港台的琼瑶、三毛、金庸，并沉湎于一种自我营造的感伤和对传奇的向往之中，或因模仿港台剧中的英雄人物而成为小镇的不良少年，或如我这样，被像拔刺一样把叛逆的羽毛一点点拔掉。

对于"历史""社会"这两大名词，"70后"是通过学习而得来的，是书本上的知识和家人的闲谈，哪怕并不遥远的"大跃进""文革"，也只存在于支离破碎的话语之中，与现实的生活与情感都无关。没有上战场（虽然这战场只有在叙事时才有意义），没有经历宏大场景，没有荣耀、炫耀和言说的资本，没有被安排继承历史遗产，也没有来得及领悟新的历史规则并投入其中，却总是被历史的碎屑、生活的边角料所击中，这些碎屑是如此琐细、不重要，以至于根本不值得被提起，但却仍然实实在在地影响着一代人的人生。

规则和惩罚一直伴随着我的整个成长过程。我常常有一种无所适从的感觉。不知道该如何处理自己的表情（就好像不知道如何面对这个世界），不知道该如何表达自己的观点（我对那些有鲜明政治观点和历史观点的人总是敬佩不已），我讨厌自己的道德感和某种保守的倾向——这一保守并非一种有意识的文化选择，而是长期被规训后的结果。有时，我觉得这种保守是一种有益的坚守，但一想到它来自当初那狠狠的"推搡"，又觉得有些诡异。

规则与惩罚沉重地黏滞在心灵深处，不敢张扬，不敢冲破任何一种哪怕最简单的陈规。在历史的河流里，我无从捉摸自己，无法真正投入任何一件事情。没有迷失过，因为没有选择过；没有忏悔过，因为没有行动过；没有狂欢过，因为没有自由过。我只是一个看似冷静、实则不知道如何处置自己的旁观者。

也许并不只是我。"70后"，在当代的文化空间（或文学空间）中，似乎是沉默的、面目模糊的一群，你几乎找不出可以作为代表来分析的人物，没有形成过现象，没有创造过新鲜大胆的文本，没有独特先锋的思想，当然，也没有特别夸张、出格的行动，几乎都是一副心事重重、怀疑迷茫、未老先衰的神情。

即使"怀疑",也并非都是有效的表情。没有经历过"迷失"、"行动"或"激情",或者,更确切地说,没有清晰的历史意识,怀疑或者只是一种置身事外的虚妄。"50后"深沉地谈论"饥饿","60后"热烈地讨论"文革"和追忆"黄金八十年代","80后"悲愤而又暧昧地抨击"商业"和"消费",这一切,"70后"似乎都没有确切的实感,面对这样的话题和隐在话题后激动的面孔,你会有强烈的被抛出之感。这是先天不足。碎片之感、隔离之感清晰地印在我们的言行举止中,以至于无从知道自己如何与历史发生真正的关系。

无关主义,也无关立场,而是不知道从何开始。

怎么办?如果找不到历史的切入点,你将无法找到存在的理由和价值感,如果无法感受到问题和矛盾之源,你就如进入无物之阵,陷入四面空虚的困境。难道因为我们生活在历史的琐屑之中,就不配拥有进入历史并寻找自我的机会和权利?

在进入大学教书并成为一名研究者之后,这种被架空的感觉日益强烈。并非研究本身没有意义,而是你,研究者主体,无法从研究中寻找到与历史共在的感觉。这并不是在否定学院生活和纯粹思考的价值,而是害怕过早的平静、过早的隔离和过早的夸夸其谈。我听到很多这样的夸夸其谈,看似非常有道理,但一旦与正在行进中的生活相联系,你立刻就会发现其中的可笑和苍白之处。更为致命的一点是,成为学者,也即确立一种阶层和一种生活方式。它意味着你再次被隔离开来。当学者仅仅是某种知识生产者和一种职业的时候，它所蕴含的内在破坏力和启发价值就逐渐消退。我害怕自己再次未老先衰。

重返梁庄，最初或者只是无意识的冲动，但当站在梁庄大地上时，我似乎找到了通往历史的联结点。种种毫无关联的事物突然构成一个具有整体意义的网络呈现在我面前。那早已遗忘的个人记忆——我走过的坑塘，经过的门口，看到的树木，那随父亲长年征战的铁球，百岁老人"老党委"家那个神秘而又整洁的庭院，童年与小伙伴决裂的瞬间，1986年左右全村、全镇种麦冬的悲喜剧……所有的细节都被贯通在一起，携带着栩栩如生的气息，如同暗喻般排阵而来。

在那一刻，个人经验获得历史意义和历史空间。从梁庄出发，从个人经验出发，历史找到了可依托的地方，或者，反过来说，个人经验找到了在整个时间、空间中阐释的可能。两者相互照耀，彼此都获得光亮。

我看到村庄的坍塌。那座空荡荡的小学，它曾经是全村的文化中心和政治中心，我们在这里上学，父亲在这里被批斗，也在这里领取一年的口粮；那个像孤魂一样移动的老人曾经是全镇乃至全县的基督教长老，我曾被他的自信和光亮所震慑，如今他信徒满座的家早已倒塌，而他显赫的家族，早在新中国政权交接之际已经开始分崩离析。是的，村庄一直处于坍塌之中，只不过，不同的历史阶段，面目不同而已。

我发现，当把目光有意识地投向与"我"相关的事物时，你会很容易察觉到它内在的生长性和历史性。1986年，几个来自南方的贩子在吴镇走过，吆喝着收麦冬，一斤麦冬两块多钱。那一年，种麦冬的人家都"发财"了。光亮突然照耀在梁庄的上空，天开了，云散了，黯淡的乡村变得欢快、辉煌，所有人都忙碌起来。麦冬，金光闪闪的、圆滚滚的"南方"，第一次进入梁庄的生活空间。父亲把小麦地、玉米地全毁了，也种了五六亩麦冬，收获的时候，雇了二十多个人。一时间，家里家外，欢声笑语，父亲每天计算着能挣多少钱，还多少债，剩多少钱，怎么花。

我清晰地记得那一年，是因为，父亲脸上盛开的花朵，那流溢出来的快乐实在诡异；还有，那一年，全家人，包括来帮工的人，都长了疥疮。我的手缝里、胳膊上、屁股上、腿上，全身上下，都长满了疥疮，奇痒无比。那半年时间，我只能站着上课，至今，腿上仍有铜钱大的深深的疤痕。但奇怪的是，这些痛苦都被忽略了，大家都被"挣钱""南方"鼓舞着，对眼前的困窘视而不见。每晚睡觉前，我们的功课是互挤脓疱，看哪一个成熟了，按下去，看黄色的脓液飙出去，彼此取笑着。

那欢快从何而来？发财、南方、城市、经济、生意、贸易、广州，这些词语具有强大的魔力，封闭已久的乡村为之神魂颠倒。当然，父亲的发财梦破灭了。吴镇的许多人家因为麦冬而破产，抵押房产、跑路、逃避债务，有熟识的人家一再筹措路费到广州去要债，但是，每次都凄惨而归。冬天再次来临。在"改革"的第一次博弈中，乡村以惨败而告终。城市与乡村、南方与北方，彼此之间的二元性、对立性和残酷性也立马呈现出来。

2011年，追寻梁庄的足迹，我走遍中国的大小城市，西安、南阳、青岛、呼和浩特、北京、广州、厦门、东莞等，我想了解我故乡的亲人们的生活，我想看到那短暂的"欢快"是否再次出现在他们的脸上。当然，在经历了多年的学术思考之后，我也希望，能够在"实在"的生活中找到与之相对应的东西。肮脏拥挤的城中村，尘土飞扬的高速公路边，如地狱幻影的电镀厂，一双双眼睛投向我，一个个场景震撼着我，他们高度对抗性的生活，对自我命运的认知，以及种种无意识选择背后所折射出的深远的历史空间都让我意外。

我意识到，1986年的命运仍在延续，而学术和政治话语中的阶级、差异、资本、金钱、发展、乡村、城市，知识分子口中的虚无、忧郁、叛逆等司空见惯的词语是怎样地大而无当和华而不实。那油污背后的一双眼睛，那电镀厂里移动的幽灵足以动摇一切理论和那些斩钉截铁的、宏大的结论。

如果你笔下的术语、心中的情绪和现实生活、历史之间没有构成真正的对话，就不会产生真正有效的思考。是的，即使是"虚无"——我们经常会拿它作为一种批判和思想的起源，也是某种姿态的标榜——如果我们对"虚无"的对象一无所知，如果没有实在的所指，它就只是肤浅的伪饰而已。

对于中国人的人生而言，悲欢离合从来都不是自然的生活进程，而是随着政治、制度的变动而被迫改变。一种生活和传统如潮水般迅速消退，虽然这种消退或许并不值得怀旧，但它的速度及留下的疮痍却实实在在地让人惊心。我看到了激进主义的破坏性，保守主义的虚妄之处，也真切感受到自中国被迫进入"世界史"以后，与"世界"、"西方"及"现代"之间的复杂联系。从梁庄的命运中，我看到，"现代性"的道路还很遥远，而如果不对密布于时代空间的诸如"乡村""城市""现代"等词语及彼此的相互关系做观念史的梳理的话，那么，梁庄、无数个梁庄、中国的心灵，还将继续无所皈依。

这是一场战争。我们随时都处于"大时代"，战争并非都是流血的革命，这几亿人如大军般的迁徙、流散及由此带来的社会矛盾一点也不亚于一场战争，并且，是一场持续的、必败的战争。所谓的"小时代"，个人化的、小资产阶级的、物质的"小时代"，只是一个假象。裂隙无处不在，我们被锁定在特定的场域中，被围困在真空之中，探讨着言不及义的话题，对同属于一个生活场景的另一面视而不见。那些鲜亮的术语、概念就像那疥疮，密布于身体，吸噬你的精气神。或者，其实从来如此。

历史意识的生成与其所处的历史阶段无关，重要的是"我"与历史的联结方式。历史存在于其与"我"的关系之中。历史就是你自己。以"我"——既是个人的"我"，也可以是大的集体的"我"——为原点，以经验世界为基点，向过去和未来辐射，并不都导向主观和偏差，相反，它能使我们的思考更有切实的基础。对于处于尴尬位置的"70后"而言，摆脱无历史的空虚之感和历史阶段论，也就摆脱了那种无谓的自恋式的感叹。无论何时何处的生活，都如阳光下的灰尘一样丝缕可辨，历史纷繁而又清晰异常。

大历史和大事件为后人的反思提供最基础的内容，但也很容易被传奇化、浪漫化和概念化，就像今天许多人在重新谈起"民国""解放战争""'文革'""知青"时，多是"激情燃烧的岁月"，在溢美与否定之间走钢丝，却对认知真正的历史毫无帮助。能粉碎大历史框架的恰恰是个人的记忆，是历史空白处的碎屑和不引人注意但却又久远的伤痛，它影响甚至制约着历史的运行。

1986年的"麦冬"在我身上留下永远的痕迹，而父亲和吴镇的许多人也因此一蹶不振好久。和广州做生意的那家人，原是吴镇最早的万元户，在麦冬神话传来之前，正准备大兴土木，盖"豪宅"。之后，丈夫出去避债多年不归，老婆在家做种种零活挣钱还债并养活三个儿女。多年之后，在走过一个地方时，年老的女人仍然忍不住说，这就是当年我们看好的造房子处，两层，十四间，砖瓦都买好了。她的手横着、大力地画过去，画出了一道虚空。麦冬，这个椭圆的、乳白的小果实，附着在"南方""改革"身上，结结实实地改变了他们一生的轨迹。

对我而言，"西方"的概念来自"郭靖黄蓉"，而"同性恋"事件对我更直接，所产生的思想震动更大。阐释历史的通道并不只来自大的政治事件，也可能仅来自一个词语。

与此同时，回到梁庄对我而言是一种激活，重新找到思考的起点和支点，并激活自己的生活——学术生活和实在生活。它是一种学术实践，我从来不认为它只是创作实践。这四年多的田野调查、阅读和写作给我的锻炼和启发不只是最终的那两本书，而是我似乎越来越接近问题的源头，我注意到由生活实践所折射出的观念冲突，由观念冲突所引发的生活实践的种种反应。我意识到"乡土中国"这一概念的生成性——自晚清以来它一直处于被塑造中——及这一生成背后的社会意识的变迁、时代精神的分裂和利益驱动的巨大作用，它们互相生成，并且正塑造着新的中国形象。我想我会重返书斋进行学术研究，并且，我会把这一学术研究看作我的生活实践的一部分——它不再只是无关任何风月的书斋生活，而是历史的一部分。

"生活实践",即与正在行进中的历史相结合的能力,从正在行进中的生活场域寻找理论的起点和依据,最终达到一种及物的思考和结论。从这个意义上讲,我反对过早的专业化,反对过早的平静,我崇尚某种行动、冲突,甚至自相矛盾(包括思想上的),哪怕它可能偏激,可能错误,也比四平八稳要更有启发性。当然,从另一方面来看,偏激和愤世嫉俗是一个可以向上的词语,但如果没有扎实的考察和思考支撑,也会流于某种狡诈的圆滑和为虚名寻租的屏障。

文章还没有写完,我又回到国内。11月初下午四五点钟的北京,雾霾满天,天空灰暗,高楼飘浮在空中,如同末世纪的魅影。灰尘阻塞着呼吸,我不由得在内心发出许多人都发出过的感叹。

而此刻(又一个"此刻",这是又一个历史瞬间,和我坐在杜克大学的图书馆看大教堂、在出租车上看北京的天空时一样),阳光穿过乌云,照在满是灰尘的窗玻璃上,又斜映在书桌上,从外面隐约传来压抑的车流声,极具穿透力的工地敲打声,高亢而杂乱的对话声。我背向室内,阳光之下那一屋的灰尘让人心烦意乱,虽每天打扫,灰尘仍然铺天盖地,落在每一件物品上,一切都黯淡且眉目不清。但是,当凝视并倾听这一切时,仍有莫名的踏实的愉悦感从神经末梢传导入心脏中央。

是的，这是你自己的日夜。与爱国、民族和那些宏大的词语都无关，而与你自己相关。或许，重要的不是你爱不爱国，而是你无法选择，最终才生成某种类似于"爱"的历史感。

这是一种颇具先验性的愉悦感，或者，悲怆感？你无法选择最初的历史瞬间。美国的蓝天、白云像梦一样，没有真实感。这种感觉真的非常奇怪，仅仅十来天而已，那几个月的生活已经在你意识中遁去，就好像从来没有经历过。它对你的观点、逻辑思考，甚至对美的感觉都产生过影响，它也成为你经验的一部分，但却没有形成历史感。我似乎明白了"离散"这一词背后的含义。历史是活生生的"在"，热闹与喧腾，灰尘与阳光，黑暗与光明，都与你相关。如果没有这一相关性，你又是谁呢？梁庄、家人，从出生起就看到的天空、大地，你所读的每一本书、所感受到的每一种情感和思考都是你的"在"。如果一个人在此地没有"在"的感觉，那么，这风景、历史就与你无关，你也无法从这里的时间和空间得到真正的拯救。

T.S.艾略特在《四个四重奏之四》中这样写道：

玫瑰飘香和紫杉扶疏的时令／经历的时间一样短长／一个没有历史的民族／不能从时间得到拯救／因为历史／是无始无终的瞬间的一种形式／所以／当一个冬天的下午／天色晦暗的时候／在一座僻静的教堂里／历史就是现在和英格兰

我想，艾略特想说的是历史、时间和"我"的关系。一个没有历史的民族，不能从时间中得到拯救，一个没有历史的人，也无法从有限的人生中得到救赎，哪怕你坐在庄严的杜克大教堂里，聆听高亢而清澈的歌声。

时间并非只是线性的存在，它具有并置性和空间性。历史并非只是过去，人并非只生活在现在，而是活在传统的河流之中。你的一滴眼泪、一个动作或一次阅读，所蕴含的都有你的过去与未来。所以，现在即过去，未来即历史。

这样，无论生于哪一年代，身处哪一时空，都是一样的，因为历史赋予了我们一个个瞬间。能够对这瞬间所包含的形式及与世界产生的关联进行思考，我们就汇入了过去、现在和未来的洪流。

本文选自《历史与我的瞬间》，

上海文艺出版社，2015年3月

梁鸿，中国人民大学文学院教授，乡土文学与乡土中国关系学者，河南穰县人，著有非虚构文学《中国在梁庄》、《出梁庄记》和《梁庄十年》，小说《神圣家族》《四象》等作品。

卧铺闲话

乔　叶

1

那应该是2018年的初秋吧，我去江苏东海开了一个会，返程坐的是下午四点四十六分的火车，是一趟K字开头的慢车——彼时那趟线路还没有开通高铁。在我第一次坐火车的时候就知道一个说法：K代表"快"，而如今，这K却意味着慢，有种声东击西的幽默感。

不过，即便还没有开通高铁，也可以选更快一些的方式。连云港也有机场，只是航班不直飞郑州，若是转飞，折腾来折腾去，那就还不如火车，哪怕是慢些的火车。毕竟是在陇海线上，虽然慢，却可以直达。这时候的慢，又成了另一种意义的快。

我的票是软卧车厢的一号下铺。上了车，到了包厢门口，厢门紧闭。我敲了敲门，没动静。拉了两下，没拉开。正准备再去拉，里面便有人替我拉开了。是个老爷子，看着有六十岁出头，黑红脸膛，十分方正。拉开门后，他便又躺在了方才的铺位上，那正是我的铺位。待我说明，他便起身，坐在了对面。那里已经坐着一个老太太，也是六十出头的模样，身材已经发福，脸盘却隐约透着当年的娟秀。她铺位板壁的衣钩上挂着一个鼓鼓的大塑料袋，清晰可见装着鸡蛋、卷纸、苹果、馒头、面包之类的物事，还有两桶红艳艳的方便面。

我想把行李箱放进包厢门顶上的行李搁架，却又懒得做那一托举。正犹豫着，却听见老太太说："放那儿吧。"

她指的是茶几底下那一小块空地，应该能放下一个小行李箱。

"会不会不方便？"

"没事。"

相对一笑。我放好行李，坐下。老夫妻说了几句话之后，老爷子身手矫健地爬到了上铺，翻看着一本杂志。

"二位从哪里上车的呢？"我寒暄。

"连云港。"女人说。

这问题问得，真够蠢的。可不就是连云港吗？也只能是连云港。东海的上一站就是连云港，连云港是这趟车的始发站。

"去哪儿呢？"

"兰州。"男人说。

男人的口音像是西北人，女人的口音却像是连云港这边的。

"你们是连云港人？去那边旅游？"

"我们就是兰州人。"

"哦。"

我喜欢兰州，兰州的面，鲜百合，三炮台，都好。兰州人说话也好听。还有兰州这个地名，美极了。

2

安顿好了，我忙着打电话处理事。老爷子在上铺翻书，老太太看着手机，也不知在看什么，不时笑出声来。六点钟，外面过道上响起了叫卖晚饭的声音。老太太一样一样地拿出了塑料袋里的吃食，招呼老爷子下来。小小的空间很快充盈得气息丰饶。茶叶蛋的咸香，苹果的甜香，方便面的酱香……

我素来不喜欢在旅途上吃东西，就什么也没吃。老两口吃饭的声音格外响亮，唉，真是太响亮了。

"你不吃饭哪？"老太太说。

"不饿。"

"吃点儿吧。"她把一个馒头递过来。

"谢谢，我真不饿。"

她收回了手，继续吃着自己的。吃完了，也收拾完了，她又把馒头递过来："多少得吃点儿啊。"

她这样，可真像妈妈。普天下的妈妈，都是这样吧。

"这馒头是我自己蒸的，好吃着呢。"她说。

我接过来。是的，"自己蒸的"，这对我有着巨大的吸引力。所有家庭主妇亲手做的吃食，尤其是面食，对我都有巨大的吸引力。她们自是各有各的风格和喜好，却也有共同之处：结实、筋道、耐心，用韩剧《大长今》里的说法，就是充满了对食物的诚意。

平日里，我从不在超市买馒头。我吃的馒头都属于特别定制——姐姐在乡下蒸好，要么托人捎，要么走次日即达的快递。收到后我就把它们冷冻到冰箱里，随吃随取。

手中的馒头暄软圆白，白中还泛着一层舒服的微黄，散发着我熟稔的面香。

"我放了碱的。"老太太说。

"嗯，我看出来了，碱色揉得匀，好吃。"

"榨菜呢！"老爷子对老太太喊。老太太闻声答应着，却把榨菜朝我递来，我这才明白，老爷子是在提醒老太太让我吃榨菜，却不直接跟我说。这是什么规矩呢？尽管有那么一点儿封建，却也有那么一点儿可爱。

在老太太的指导下，我把馒头一分为二，在瓤里夹上榨

21

菜，一边吃一边夸。作为一个接受馈赠的人，这是起码的教养，我懂得。

老太太看着我吃，脸上笑意盈盈。

"你们河南人也会蒸馒头，对了，你们还会做那个烩面——"她说。

我也忙回敬："你们的兰州拉面……"

"不叫拉面，叫牛肉面。"老爷子突然说。

老太太朝我使了个眼色，跟着说："兰州人都叫牛肉面。"

"对对对，是牛肉面。"我马上承认错误。这错误对我来说不是初犯，还真是记吃不记打。我在"今日头条"上发过的唯一一条阅读量超十万的帖子就是说在兰州吃拉面如何如何，被网友们抨击得一塌糊涂。上百人跑到评论区对我科普：兰州没有拉面，只有牛肉面。嗯，这是一个严肃的学术问题。

3

睡觉还早。那再聊会儿天？

"你们去连云港是有啥事？"

"看外孙子。闺女嫁这里了。"

"您几个孩子？"

"就这一个闺女。给了这儿了。"

"怪不得呢。得常来吧?"

"嗯。太远了。"

"是远。"

"你们可以今年来看她,让她明年过去看你们。"

"不行。他们没假。闺女回去待不了几天,最多也就一个礼拜。我们退休了,来看她方便,想住多久住多久。一百四十平方米的房子,还带有阁楼,住得倒是挺宽敞。"

"哟,那真不错。"

这是成年子女和父母之间最常见的模式。那姑娘应该是八〇后。这是一对公职夫妻,他们青春盛年的时候,计划生育正是铁律,所以他们只能有这一个独女。女儿成人后远嫁,他们也就只能千里迢迢地来看她,和她的孩子。

"小外孙多大了?"

"小学三年级,九岁。"

说着便翻开手机,给我看外孙子的照片,虎头虎脑的一个壮小子。

"多好啊。你们三代同堂,这就叫天伦之乐。"

"乐是乐,其实也可累。一天三顿饭,还得打扫卫生,洗衣裳……忙得停不住。我跟闺女说,再往这儿多跑几回,我就得少活两年。她说,不叫你干你非干。唉,我是闲不住呀,看见啥就要干,想起啥也要干。可是身体真不行了,顶不住。只能走，眼不见为净。回去歇歇，歇过劲儿了再来。"

老爷子咳嗽了两声，从上铺下来，摸出了烟，出了包厢。老太太看着他的背影，神情顿时明显松弛："又去抽，有啥可抽的。咋说也不听，费钱又伤身。"

"费钱还在其次，主要是伤身。"

"就是说呀。一劝他就说，习改常，生祸殃。"说着就笑了。

我也笑。

"还可好打麻将。打得可勤。"

"打麻将也不是坏事，只要时间不长。可以锻炼脑子，据说还能预防老年痴呆的。"我说。

老太太沉默着，没有接话。大概是觉得此话不投？那就换个方向投投试试："不过呢，也容易出事。我妈就喜欢打麻将，在老家县城，五块钱一把，一下午输赢有四五十，可没少生气。回家就气得摔锅打碗，下回还去。"

"他打的是一百的！"老太太的怨气终于撒了出来，"一场下来，都要输个两三百。都是和他的侄子外甥打，赢了不给他钱，输了就赖他的账。我一说，他就是那句：肉要烂在自家锅！"

我笑。

老爷子进来了，看了老太太一眼。

"您蒸的馒头太好吃了。"我说。

"我这儿还有饼哩，更好吃。"老太太说，"也是我自己做的。"

这一瞬间，两个连对方的姓名都不知的女人，只认识两个多小时的女人，抵达了最大的默契。

<h1 style="text-align:center">4</h1>

手里的饼微微有些暗褐色，圆鼓鼓的，娇小玲珑，轻按一下，却是硬硬的，没有弹性。我说看起来有点儿像面包呢，老太太反复强调，不是面包，就是饼。是用烤箱烤的，是核桃饼。怎么做？用油和鸡蛋和面，然后加入核桃碎，烤出来就是这样，酥香得很。

"你尝尝，尝尝就知道了。"

我接过来："是甜的?"

"咸的。"

果然比馒头还好吃。细腻的饼屑纷纷往下掉。我忙伸掌接，接到掌心里怎么办？当着老太太的面，扔了也不合适，再说也真是好吃。于是就舔。看着我的狼狈样子，老太太笑得倒是很开心。

我自是极尽赞美，说郑州街上虽也有卖的，却不如她的手艺。老太太得意道："那些开店的，咋舍得放这么多好馅料?"

又说核桃是好东西啊，补脑子。你看核桃仁的样子，多像脑仁。

我吃着听着，频频点头。原料的样子像什么，吃进肚子里就会补什么，这真是典型的中国式的民间逻辑。吃肝就补肝，吃肺就补肺——吃爪子什么的就补手？年轻的时候我会较真儿，现在却不会了。当个有趣的闲话就好，真要去较真儿还有什么意思？

甘肃我去过多次。就聊起了静宁的苹果，苦水的玫瑰。老爷子也起了插话的兴致，比画着说静宁的苹果出口日本呢，那么大，那么红。

"就是贵。我们就买那些不能出国的，一样好吃，还便宜。"老太太说。他们的神色都骄傲得很。又说有个亲戚家就在苦水，苦水玫瑰今年行情不大好："去年一百块钱一斤，今年只有三十了。"

"哎呀，太心疼人了。"我大声表达着惋惜。

老爷子又问我去过陇南没有。我说去过。原来他老家是在陇南。我说陇南好呢，不缺水。在甘肃，不缺水的地方少。

老爷子点头，庄重地重申："不缺水。"顿一顿，"离四川近。离九寨沟才两百多公里。"

"真是好地方。"

"是好地方。"

我说我还去过甘南，老爷子说他年轻时出差常去，甘南也是好地方。又说起敦煌，当然更是好地方……好地方真多呀。凡是住人的地方，哪有不好的呢？不好的地方，人怎么能长长久久住得下呢？

老太太的手机响了，只唱了一遍铃，她就接了起来，口里喊着心肝宝贝，问吃饭了没，吃的啥饭，作业多不多。再过一会儿换了口气，显然是在跟孩子妈说话，说吃过饭了，没啥事，一会儿睡。包间里就仨人，我跟你爸，还有对面下铺一个女的……

——对面下铺一个女的，肯定是我啦。不过，也没错。我可不就是对面下铺一个女的吗？呵呵。

老太太聊了半天，又把手机递给老爷子，老爷子哼哼哈哈，三言两语就收了线。老太太埋怨他怎么挂了，老爷子说，不过就是那些个老话，明儿再说吧。

老太太悻悻地把手机收起来，开始一件一件地脱着外套、毛衣和裤子。最后只剩下秋衣秋裤，四仰八叉地躺倒在铺位上。突然间，她放了一个响亮的屁。

我们一愣，都大笑起来。

"有意见就好好提嘛。"老爷子来了一句，我们笑得更欢。

其实，我很想学她的样子，宽衣躺下。那多惬意。可是，不能。不能的还有老爷子。她和他是夫妻，不用避嫌。她和我

是同性，也不用避嫌。这三个人里，享有跨界自由的，唯有
她啊。

5

十点钟，顶灯熄了。我早早开了小壁灯，晕出一小片光。
老太太也摸索着开了小壁灯。

"你多大啦？"她说。是还想聊上几句的意思。

"四十。"

"你可不像。面嫩。娃娃多大了？"

"十五。"

"是个啥？"

"男孩。"

"男孩好。"

"您闺女多大了？"

"三十六。"

"刚才看照片，长得像您。您年轻时一定是个大美人。"

她有些羞赧："年轻时还能看。如今老了，不像个样了。"

"现在也好看呢。老有老的好看。"

如果不是顾忌着老爷子，我很想勾她聊聊当年婚嫁的事
儿。那一定挺有意思的。——再没意思的事，多年过去回想起

来，也会显得有意思。何况婚嫁这样原本就有意思的事儿呢。

老爷子的鼾声已经轰炸了过来。

"会影响你吧？对不起啦。"老太太说，"我是惯了。"——听了几十年呢，还能不惯？

"没事，我一会儿就下车。"我说。我下车的点是将近子时，不耽误回家睡一个整觉。

很快，老太太的鼾声也响了起来，和老爷子的一轻一重，构成了二重唱。再配着火车的节奏，够热闹的。想打个盹儿也不可能，那就听着吧。

黑暗中，我闭着眼，在这热闹里，渐渐地，却沉浸到一种踏实的安静中。自打高铁面世，它就成了我的出行首选，许久没有坐过这种夜火车了。咣当咣当，稳稳的。高铁，怎么说呢？虽然是快，却是一种单纯的快，总怕错过了站，更像是赶路。而这夜火车，却是慢中的快，也是快中的慢。这种感觉，真是美妙。

美妙的还有这一对平凡的老夫妻。我忽然觉得，若不是担心坐过站，我肯定也能在他们的鼾声里睡着——他们的鼾声于我而言，并不怎么陌生。就像他们的家长里短和喜怒哀乐，我也都不怎么陌生。我甚至有些自负地认为，他们没说出口的那些，我也能推测出个八九不离十。因为，我和我周围的人，我们的生活和他们的生活，从根底上去看，都是一样的。真的，都一样。

我爱他们，我爱他们这一切。而我这个无能的人啊，表达这爱的方式，也不过是在这短暂的旅程里，去最大程度地迎合着他们，和他们乖乖地聊一会儿天。好在他们也喜欢和我聊。我猜想自己在他们眼中是这样的：一个脾气不错，话挺多，敦敦实实的，喜喜兴兴的，胖姑娘。

本文初刊于《人民日报》2020年6月6日

乔叶，河南省修武县人，中国作家协会全委会委员。主要从事小说和散文创作，已发表作品两百余万字。多部小说作品入选中国小说年度排行榜，并获得人民文学奖、华语文学传媒奖、庄重文文学奖、北京文学奖、锦绣文学奖、郁达夫小说奖、杜甫文学奖、《小说月报》百花奖以及中国原创小说年度大奖等多个文学奖项。2010年中篇小说《最慢的是活着》获得第五届鲁迅文学奖。作品被译介到英国、西班牙、俄罗斯、意大利、埃及、墨西哥、日本、韩国等多个国家。

大河上下碎碎念

邵　丽

一

与许多年后看黄河、写黄河成为我职业生涯的一部分相比，第一次看见黄河简直觉得非常寒碜。那时候还不知道"体面"这个词儿，其实即使知道了也不晓得该怎么用——圣人说，体面是吃饱喝足之后才能得到的经验。总体上说，二十世纪七十年代初仍是一个饥馑的年景，黄河两岸的人民大多衣衫暗淡，面容黧黑，神情惶恐。那样的姿态是挂不住体面的。

我们居住的那个小城距黄河有一百多公里。那一年我只有四五岁的年纪吧，不知道什么原因，父亲到豫北某地出差要带着我，或许那年月出一趟远差太激动了，特别是要过黄河，他希望能有人和他分享。这期望对我来说显然过于宏大，我父亲后来说，我细小而且轻省，可以坐在他的腿上，也不占地儿。我们坐的是那种老式吉普，后来父亲所说的一车熟悉的人我自然是完全记不得了。车过黄河的时候很有可能我睡着了，反正没有任何记忆。那时候我和父亲关系甚好，他中年得女，视我为掌上明珠。有父母溺爱，让我的童年生活宽绰了许多。因此在很多事情上我是大意的、松懈的，也许可以奢侈地说是颓废的，比如看一条河，哪怕是黄河。一条河流对一个幼童来说，比一枝花骨朵、一尾养在空罐头瓶子里的小鱼小蟹重要不到哪去。

我恍惚记得起，那时候路上的汽车并不是很多，但是在归途中再过黄河桥的时候却被堵在河北岸，滞留了将近三个小时。我又冷又饿，有附近村庄的妇女叫卖烧饼和茶叶蛋。我吃了两个鸡蛋和半拉烧饼。开始父亲还逗我，安慰我，后来他自己也等得有点不耐烦了，点了一支烟夹在手上，木着脸看着车窗外。所以车子重新颠簸着走上黄河桥的时候，我已经蜷在父亲的怀里对外部世界失去了兴致。在半睡半醒之间，父亲摇着我说："快看快看，我们过黄河大桥了！"我揉揉眼，扭过头去看窗外，在昏暗的天空下，瞧见那大平原一样安静的河道中，几条瘦弱得像快要断气了的水流。偶尔有大片的水鸟掠过，也不能在水里投下影子，那河水细弱得盛不住庞大的鸟儿。现在想来，橙黄的夕阳下，水面波光粼粼。那景致该是极美，可我的记忆里全是萧索。对于一个幼童，狭长的桥梁坚硬而无趣。大桥之上尚没交通管制，车辆可以靠边停下来看风景。风很大，父亲紧紧地拉住我的手，稍有疏忽，我就有可能飞出去。其实那时候我已经跟着父亲和哥哥们认识了很多很多字，因为要看黄河，父亲提前几天教了我几句顺口溜儿："黄河绿水三三转，碧海青山六六湾。黄河浊水三三曲，青草流沙六六湾。千山红叶千山树，万里黄河万里沙。"很多年里我只以为这是父亲编的词逗我玩儿，有一天发现这顺溜溜的言语中，竟有着内政外交的很多故事。我估计也有杜撰的因素，而后人如何狗尾续貂，父亲又是从哪里得来又传给我，已不可考。反正不管如何，这个样子的黄河突然迎面而来，让我猝不及防，而且与我背的这些东西又有什么关联呢？真让我有一种说不出来的失望，抑或是完全不感兴趣。甚至，它远远没有我姥姥家门口的那条河看起来更像一条河。儿时记忆里的每一条河都是水草丰沛，河水清澈见底，大鱼小虾自由自在地穿梭其间。所以，等我回去见到满脸向往的两个哥哥，只赌气似的说了一句，黄河不好看！反正我就是觉得，河得有河的样子，何况是被父亲大肆渲染的黄河呢！

关于黄河的记忆与父亲，是我在写这篇文章时才突然想到的。因为第二次看黄河仍然是和父亲一起去的。那年我要去郑州读大学，报到的时候父亲和母亲一起跟车送我。我第一次离开家到省城念书，还是让父亲有点郑重其事。办完入学手续，父亲说，郑州新黄河桥建好了，咱们一起去看看吧！我读书的那个学校，离新黄河桥倒也不甚远，只半个小时的车程。我急于摆脱他们，而且，想起幼年的记忆，我并不想跟着他们去。母亲不由分说把我拉上了车，对于她来说，省会的一切都是新鲜的。除了幼年逃荒，她是个没到过县城以外的女人，尽管说起来她亦是很早就投身革命。也许因为心情，也许因为天气，那次站在崭新的、刚刚通车的黄河桥上，我痛痛快快地看了一次黄河。真是出乎意料，眼前的黄河虽然河水并未如期望的那么多，但她那阔大的身躯、奔涌的气势和一望无际的辽阔，还真是让我感到了震撼。我母亲动情地说，黄河黄河，水是真黄啊！父亲也莫名其妙地说了一句："打破砂锅问到底，跳下黄河洗不清。"我有点替他害羞，哪和哪啊？多年之后查阅，竟然又是一副名人撰下的对联，我着实应该替自己的无知害羞。

不过父母亲之所以要说点什么，我觉得肯定跟看见黄河的满心激动有关。其实，当我再次面对黄河的时候，难道没有心潮澎湃吗？我觉得眼前的黄河，才是她至少应该具有的模样和阵仗啊！

时光荏苒，在两次看黄河中间，我度过了十几年青少年时期。很多年之后，我觉得我最应该书写的就是我的童年和少年时期。后来我也的确写了一些关于儿时记忆的文章，但每当我再读它们的时候，却感到异常陌生。我不知道写的是谁，怎么看都不像我。我孤独而忧郁，清高而固执。我对自己的历史认知更多的是形而上的偏执，就像后来我与父亲的关系一样，几十年里都没打破那种内在的紧张，冰冷而坚硬。其实也未必真的如此，但没办法，在叛逆的内心里，我与世界横亘着一条大河。但那还不是最重要的，重要的是我的那段历史，还没开始述说就已经见底儿了。它怎么会那么短呢？无论如何它不该那么短啊！

可是，当我在讲述黄河、用百度搜索黄河时，看到这条有着一百多万年历史的母亲河的介绍，只有不足区区两万字时，才突然觉得自己的历史已经太长了！

二

有那么些年，我在豫南城市漯河生活。沙颍河的最大支流沙河自漯河穿城而过，与澧河交汇，故在此称为沙澧河。再往下走，至周口段，又与颍河交汇，改称沙颍河。有一年为了给这个城市写一部传记，我曾经沿着沙河溯流而上，在朋友们的帮助下找到了它的源头。它藏在尧山的半山腰一个凹陷的洞穴里，是个看起来只有拳头粗细的泉眼。如果不是跟前立着一块一人高的牌子，我丝毫也不会觉得这条六百多公里长的大河的源头竟是这样一个不但谈不上体面，甚至还有点龌龊的地方。

直到很多年后我参加走黄河采风团，一路走过了黄淮平原、关中平原，跨越了壶口和河套平原、银川平原、河湟谷地……走过了九曲十八道弯，在巴颜喀拉山上看到黄河的源头也不过只有碗口般粗细，心里方才有点释然。秦丞相李斯在《谏逐客书》里说，"泰山不让土壤，故能成其大；河海不择细流，故能就其深"。由此想来，古人之怀抱胸襟，竟是沿着微尘细流而装得下高山大河的。

在中国的历史和文学史上，"颍水"是一个亲昵的名字，相传许由洗耳，便是发生在颍水之滨。不过，与沙颍河比起来，黄河的历史要长得多。在史前时期，一百多万年前就诞生成长。开始的时候，她的名字只有一个字：河。这是一个婴儿的名字，也是一个母亲的名字，要有怎样的温情和热爱才能这样轻轻地喊出来？她被称为中华民族的母亲河，自传说中的三皇五帝到夏商周三代王朝，都是紧紧地抱着这条母亲河，把根基全部稳稳地扎进黄土里的，甚至一直到宋，中国的历史大部分是沿着黄河筚路蓝缕一路走来的。

世界上几乎所有的文明都发源于大河，也几乎所有的民族都诞生在诗歌的摇篮里。在中国第一部诗歌总集《诗经》里，有人说秦风的《蒹葭》就是写的黄河。"蒹葭苍苍，白露为霜。所谓伊人，在水一方。溯洄从之，道阻且长。溯游从之，宛在水中央。"此说颇有争议，反对者认为，这首诗只写到水，并没有写"河"。在先秦文学中，一般的河不称河，只有黄河才称河。也有一说此诗写的是甘肃天水。那么由此看来,《诗经》开篇第一首《关雎》肯定就是写的黄河:"关关雎鸠,在河之洲。窈窕淑女,君子好逑。"因为这里的河,在当时只能指黄河。

而当我读到《卫风·河广》时,真真有一种五味杂陈的感觉。也许我不能与诗人强烈的思乡盼望之情共情,但"谁谓河广? 一苇杭之……谁谓河广? 曾不容刀",突然让我有一种与历史久别重逢的悲欣交集,我想起第一次跟随父亲跨越黄河,当时我眼里的黄河,岂不就是那么孱弱细小,间不容刀吗?

把黄河作为中华文明的象征,怎么说都不为过。岂止如此呢? 作为农耕文明的代表,我们先祖的历史就是一部治水史,而因为治水形成的集体主义观念,于今犹盛。黄河的清浊几乎就是国运和统治者德行的象征,人民"俟河之清,人寿几何"的绝望,到庾信《哀江南赋》时,已经变成见惯不惊的平淡:"阿胶不能止黄河之浊。"而到了唐代罗隐的诗中,则成为一个死结:"才出昆仑便不清……三千年后知谁在? 何必劳君报太平!"作为一代才子,罗隐一直怀才不遇,至京师十几年应进士试,十多次不第,最终还是铩羽而归,史称"十上不第"。他把自己的满腹牢骚和悲愤灌入黄河,也是当时知识分子的惯常作为。黄河皆默默吞下,忍辱负重,以待"圣人出,黄河清"。

盛唐时期,黄河并未变清,可唐人的胸怀因为国门洞开,接受八面来风一变而阔大，因此，黄河也成为文人骚客寄托怀抱最好的载体。前有李白"黄河落天走东海，万里写入胸怀间"的豪迈，后有刘禹锡"九曲黄河万里沙"的浪漫。那种"九天阊阖开宫殿，万国衣冠拜冕旒"的大唐气象，着实让后之来者始终充满了文化自信：

> 九曲黄河万里沙，
> 浪淘风簸自天涯。
> 如今直上银河去，
> 同到牵牛织女家。

三

从小我就听大人念叨，黄河是面善心恶，长江是面恶心善。对长江我无从了解，虽然去过几次，也曾经自武汉乘船沿江去过重庆，但毕竟匆匆而过，不甚了了。因为工作后迁移至郑州，饮了这许多年的黄河水，对黄河就理解得相对深了些，所谓一方水土养一方人，不仅是物质的，同时也是文化的。

后来长大了我才明白，为什么周围的老人们说起黄河来，熟悉得好像是自己的玩伴似的。黄河虽然离父亲的家乡还有一段距离，但他们与她的关系太紧密了。我父亲的老家在周口西华县，这个县的整个西部就是黄泛区。其实，黄河迫近我们家族的历史，还是晚近几十年的事，也就是从有黄泛区的时候开始，他们才真正知道黄河的善恶吧！关于那一段历史，父亲因为亲历过，常常会给我们讲起。作为一个新中国成立前参加革命的老同志，他的讲解只是让我们更好地理解了教科书里所写的，蒋介石消极抗日，为了逃跑方便，阻止日军的进攻，炸开了花园口，造成了近百万老百姓的死亡和一千多万人的流离失所。

据说当时在炸堤之前，国民政府也曾经对花园口附近的百姓进行了疏散。但由于没有考虑后来的天气原因，疏散的范围很小。而花园口决堤前后，已经遭受持续的暴雨浸淫，所以决堤的洪水前后袭击了四十四个县区。由于上游洪水的不断侵袭，再加之战争的蹂躏，花园口决堤处再也难以堵上，对下游造成的伤害长达十年之久。黄水肆虐，污坑遍地，蚊子多，死尸多。难民们又经常露宿在外，遂致瘟疫流行，尤其是随后发生的霍乱，致使死亡者众多。约1250万人受灾，390万人外逃，89万人死亡，经济损失折合银圆超过十亿元。后来我想，身处重灾区的我父亲和我叔叔以及他们的祖辈，早年投身革命，肯定跟这次黄河决口有很大的关系。

二十世纪七十年代末，河南小说家李准先生创作的《黄河东流去》就是以花园口事件为背景的。李准先生是一个高产作家，也是一个极为认真的作家。为了这部巨著的创作，他用了一年多的时间沿着黄河采访，又花了一年多时间搜集花园口决堤时河南逃荒难民的情况。本子写好，刚好赶上粉碎"四人帮"，二十世纪八十年代初，根据这部作品改编的电影《大河奔流》在全国上映后曾经引起不小的轰动。

与电影不同，在这部作品里，李准想表达的东西更多，也更深刻，而不仅仅是花园口决堤给人民带来的苦难。据他自己坦言，他想通过这场灾难，表达中国文化以及中国人在灾难面前的态度，往更深处说，他思考的是如何从苦难里挖掘出中华民族百折不挠的文化根脉，在生死攸关的历史事件中寻找民族的精神内核，以此寻找激活中国人民蓬勃旺盛生命力的动力之源，并为当下提供精神图腾和栖息之地。从这个意义上说，这部作品又具有不可替代的时代意义和文化价值。

李准对黄河以及黄河历史文化的思考也是非常深刻的，黄河也是他写作的内在驱动力，他认为那是他的文化血脉。1997年在北京举办的《河南新文学大系》座谈会上，李准以"揭开河南作家群产生的秘密"为题做即席发言。他曾经动情地说道："河南过去那么穷，那么落后，但是作家却一群一群产生，为什么？我看，这同黄河大有关系。黄河，对河南害处很大，但我还要歌颂它。黄河带来了无数苦难，但却给了河南人乐观与大气……是黄河给了我们热烈的性格。谢天谢地！这是第一条。热烈的情感，是创作的基本条件。"

然后他振臂一挥，激动地说："河南还要出大作家！"

二十年后，另一个出生在黄河故道的河南作家刘震云写出了《温故1942》。第一次读这部作品我就被震撼了，后来我在创作一部小说时，引用了其中的一些细节。那些细节就像深埋在地下的这段历史一样，被"自将磨洗认前朝"后，突然发出了闪闪的寒光。那光芒阴郁而持久，像一把达摩克利斯之剑，始终高悬在苦难的中华民族头上。我不得不沮丧地说，那是某种文化基因，并没有因为时间而改变。

其实发生在1942年，也就是老百姓口中民国三十一年的那场灾难，也与黄河有关，更与花园口被炸有关。花园口被炸后造成黄河改道，形成了一片长达四百多公里的黄泛区，致使河南东部平原的万顷良田变成了沙滩河汊。泛区内河淤沟塞，水系紊乱，芦苇丛生，无法耕种，成为水旱蝗等各种灾害的发源地。其中危害最大的除了水灾就是蝗灾。1942年开始，黄泛区土地经过大旱炙晒后，蝗虫大量滋生，吞噬大片大片的庄稼。

当时的一个记者曾经这样痛心地写道："那些蝗虫看着是在吃庄稼，其实，是在吃人！"

四

那一次走黄河，一口气走了二十三天，最长的一天坐了十五个小时的汽车。我们自郑州出发，行走了安阳、开封、洛阳、西安、太原、银川、兰州、西宁……在历史上的"八大古都"中，由黄河哺育的古都有西安、洛阳、郑州、开封、安阳五座。除西安外，其余四座都在河南。以黄河中下游地区为中心出现的"文景之治"、"贞观之治"和"开元盛世"等，曾经长久地烛照着中国古代史，让灿烂的中华文明更加丰腴饱满。在幼年形成的执念里，有个偏见一直延续到现在，那是一种文化霸道：黄河是我们的，黄河的儿女指的就是我们。可是，我后来竟发现还有那么多诗人在说，黄河是我们的呀！是啊，这条全长五千四百多公里、流域总面积达八十万平方公里的浩荡大河，涉及九个省，六十六个地市，三百四十个县，总人口接近两个亿。

河南诗人马新朝在他著名的《幻河》中写道：

我在河源上站成黑漆漆的村庄

黑漆漆的屋顶鸡鸣狗叫 沐浴着你的圣光

鹰翅 走兽 紫色的太阳 骨镞 西风

浇铸着我的姓氏 原始的背景 峨岩的信条

黑白相间的细节

在流水的深处马蹄声碎 使一个人沉默 战栗

像交错的根须

万里的血结在时间的树杈上

结在生殖上 水面上开出神秘的灯影 颂歌不绝

暗花撩人 地平线撤退到

时间与意识的外围 护身的香草的外围

高原扭动的符号 众灵在走

十二座雪峰守口如瓶

万种音响在裸原的深处悄无声息

…………

　　我写下这些的此刻，英年早逝的马新朝先生已经离开我们五个年头了。那样一个平凡却又不凡的、温和而又自负的、朴素而又高傲的人，现在肯定在他时间的幻河里载浮载沉。我与他同事多年，我们谈及过家乡，谈及过贫瘠岁月村庄里的一棵桃树，谈及过他百吃不厌的白面馒头可以不就菜就津津有味，为什么从不曾与他谈谈黄河呢？新朝先生是南阳人，吃丹江水成长，受的应是楚文化滋润。而他对黄河炽热的情结，是来自何处？我未来得及问起这些，他终是实现了"十二座雪峰守口如瓶"的诺言。

2004年随作家采风团去鄂尔多斯采风，十几个人在郊外的草原上喝地产宴酒，欢声笑语间大家都微醉了。远离了灯光的天空迷人心窍，天很蓝很蓝，稠密的星星好像要坠落下来，低到伸手可及。子夜时分，有人借着酒意吵嚷着要去夜看黄河，响应者云集。越野车上了公路，却不知方向。散文家刘亮程下了车，很诡异地用鼻子嗅了嗅，指了一个方向。将信将疑地朝他手指的方向驶去，大约行了二十分钟，司机打开车窗听了听，说是到了，他听到了河的声音。哪里有河的声音？空旷寂寥的黑暗中，偶尔有一两声虫鸣。因此愕然，莫非那一晚我们都变成了神？大家打开车门纷纷跳下车去，在黑暗中向河的声音处摸去，就那样一个接一个上了河岸。黄河长什么样自然是看不清了，岸上水里一片漆黑。那时是春天，河非常安静，水流像一个默默赶路的人那样，几乎没有一点声响。风吹过河滩，发出折纸般的沙沙响，因为是春天，并不显得凄凉。几位男士扎在一堆抽烟，女士们则说些零星的闲话。我一个人顺着河岸向东走去，万籁俱寂，我的脑袋仿佛被微凉的空气彻底清空，思维里只剩下苍穹和大地。举目尽是荒凉，可那荒凉来得多么好，来得正是时候。我变成了一个完全自我的人，这天地都是我的，我与世界的种种关联清晰而冷冽。一时我坚定而沉着，不再惧怕旷野和黑暗，若就这么一直走下去，我会走到一个叫郑州的中原都市，那里有我的家。一股暖流涌上心头，突然而至的眼泪纷纷跌落，就像那滚滚东去的大河之水，我对着深夜里大象无形的黄河啊啊啊地哭出声来，那是我几十载最彻底的一次宣泄，我的爱、我的恨、我的欢乐、我的悲切……那一瞬间，我与生命里的世事全部和解了。不管过去经历了多少，欢乐和悲苦，光荣和耻辱，在这个夜晚，在阔大的黄河之滨，一切都显得如此可笑和微不足道，尽管它可能成为我越热闹越孤独的灵魂的识别标记，但是，我不在乎了，真的不在乎了！

2004年春天的那个夜晚，就在黄河岸边的那个夜晚，我突然开了天眼，即使我做不了我自己，我也已经看到了我该做怎样的自己。我宽容一切，包括苦难和恶毒。总之，时间不是一切，但是时间决定一切。到了最后，在上帝的流水账上，时间终会把痛苦兑换成快乐。其实，幸福也好，痛苦也罢，都是我们这个庞大的人生布局的一部分，我们并不是被命运算计了，所有我们经历的一切，都是我们的人生配额，我们必须毫无理由地接受并完成它，就像这条宠辱不惊、忍辱负重的大河一样。不管过去的生活曾经怎样逼仄和残酷，当你挣脱它之后，再回首用遥远的语气讨论它时，即使你痛心疾首，其实也不像是在谴责，而更像是赞美。

在远离家乡的地方，在他乡的黄河岸上，在几千年无休无止、一脉相承的水流里，我仿佛得到遥远的启示。

1997年6月1日，距香港回归前一个月，台湾地区特技演员柯受良成功驾车飞越壶口瀑布，一时间整个中国都沸腾了，可谓举世瞩目。而早在五年前，柯受良已成功飞越了金山岭长城烽火台，飞越黄河是他生命中的又一个宏大目标。许多知道内情的人都明白，壶口亦是虎口，面对汹涌险恶的水流和犬牙交错的岩石，稍有闪失便是粉身碎骨。柯受良从容淡定地面对十数亿关注者，他微笑着，执意将生命泼洒出去。心意已决，不飞黄河心不死，这是他人生的再一次跨越，更是对自己生命的一次超越。超越自己，是人类最原始的愿望，我们大多数人成就不了传奇，但我们可以成就自身。我家先生喜好摄影，常常挎个偌大的相机周游列国，拍到一张自己满意的照片就禁不住欣喜若狂。我有时讥讽他，网上随意一点，美景美图数不胜数，何劳你这般辛苦？他也回讽道，世上的好文章浩若烟海，读半辈子书，名著都未曾读完，你又何苦劳心劳力爬格子写作？我顿时无言，的确是这个道理，似乎再怎么写也写不过诸多前辈，更写不出一部世界名著。但我又为什么不自此放弃呢？我的努力或许真的微不足道，可我来过，我做过，我感受过，这才是真正的人生啊！

当年我站在陕西宜川壶口瀑布前思绪万千。黄河至此才一展雄姿，那闪跃腾挪的姿态令人百感交集。石壁鬼斧神工，瀑布惊心动魄，其奔腾虎跃的气势让人热泪盈眶，中华民族不屈不挠的民族精神的根脉在这里得到最好最畅快的诠释。

2016年中国作家重走长征路，我们从四川成都出发，前往甘肃会宁。行至四川北部阿坝州若尔盖县唐克乡与甘肃省甘南州交界之处，初见黄河九曲十八弯，大家都被那巨月般的弯绕惊呆了。浩渺的水面并无浪花翻涌，平坦而宽阔的河水静静地流动。此时此地，她还是一个青春明媚的母亲，张着丰盈的怀抱拥抱世界和万物。她的广阔和华美的气派，她的温柔安静，使你无法大声呼吸，你只想扑进她温软的怀抱，与她无尽地亲热和缠绵。这是谁的黄河？是我的黄河吗？你又怎会想到，黄河从这里的第一弯开始，怎么突然就有了磅礴的气势？怎么形成了惊天动地的壶口瀑布？怎么就变得黄沙翻涌浊浪滔天？

我们无从了解黄河的性情，即使她不会瞬息万变，但也是率性而为。她一路奔走，一路歌吟，一万个故事，一万种想象，一万种可能。

前日观看河南剧作家陈涌泉先生的新剧《义薄云天》，该剧选取了关羽一生中的重大典型事件，紧扣"义"字，突出"情"字，热情讴歌了关羽"玉可碎不改其白，竹可焚不毁其节"的高贵品质。关羽大意失了荆州，在麦城弹尽粮绝被孙权俘获。孙权劝其归顺，关羽断然回绝："要让我降，除非黄河倒流！"虽然故事并未发生在黄河岸边，但关公心里装的依然是黄河。他生于山西运城，葬于河南洛阳关林，生死不离黄河南北岸。生命中浸润着黄河文化的滋养，他的气节自然犹如黄河一样不屈不挠。

五

黄河不仅仅是黄河，更是一条怀抱历史的大河，也是一条孕育文明和文学的大河。

记得莫言曾经说过，文学使他胆大。他说初学写作时，为了寻找灵感，曾经多次深夜出门，沿着河堤，迎着月光，一直往前走。河水银光闪闪，万籁俱寂，让他突然感到占了很大的便宜。那时候他才知道一个文学家应该是一个不同寻常的人，许多文学家都曾经干过常人不敢干或者不愿意干的事。那么，他感到占了便宜，是因为一条大河吗？

我想是的，当你懂得了一条大河，你就懂得了世事和人生。河是哲学，也是宗教。

即使我们没有见过黄河，没有吟唱过黄河，几乎每一个人也都能够从灵魂上感觉到她。是的，不管如何，黄河就存在那儿，不管是平静或者喧嚣，她都是一个巨大到超越河流本身的存在。不管发生什么事情，即使天倾西北，地陷东南，都不能改变这个巨大的存在。在有文字记载的历史里，黄河大的改道就有二十六次，但数千年来她依然奔腾不息。她所经见的历史，不管曾经如何辉煌，于她而言，都只是一朵小小的浪花而已。浪花淘尽英雄。而我们个人，在历史的黄河中不过是漂流的沙粒。但即便如此，如果我们想通过平常人不敢干或者不愿意干的事而成为一个不同寻常的人，岂是顺流而下所能为？

1988年，中央电视台的春晚推出《龙的传人》。之所以全国人民都喜欢这首歌曲，还是歌曲中"遥远的东方有一条河/它的名字就叫黄河/古老的东方有一条龙/它的名字就叫中国/古老的东方有一群人/他们全都是龙的传人"拨动了我们心中隐秘的那根弦——龙代表黄色文明，龙形象的源头就是黄河，我们都是龙的传人，也是黄河的传人。

黄河是中国历史永不谢幕的舞台，其流域有着数不清的折戟沉沙。从炎黄时代开始这里就硝烟弥漫，二十四史在此轮番上演，英雄圣贤层出不穷。自先秦至北宋，共有四十一个朝代建都于黄河流域。有人说，黄河构成北方人的血统。其实此说甚谬，所谓的南方人，绝大部分不都是北方人南迁？所以林语堂认为，中国的历史不过是北方人的征服史："所有伟大王朝的创业者都来自一个相当狭窄的地区，即陇海铁路周围，包括河南东部、河北南部、山东西部，以及安徽北部。如果我们以陇海铁路的某一个点为中心画一个方圆若干里的圆圈，并不是没有可能，圈内就是那些帝王的出生地。"

英雄创造历史的时代已经沉沉远去，"渐行渐远渐无书，水阔鱼沉何处问"。而黄河两岸人民的生活还在继续，与那些英雄圣贤比起来，他们的生活虽然说不上波澜壮阔，但也依然活色生香。这，也算是我写黄河故事的缘起吧！

本文初刊于《十月》2021年第2期

邵丽，当代作家，作品发表于《人民文学》《收获》《当代》《十月》等刊物，多次被《小说月报》《小说选刊》《新华文摘》等刊物选载，部分作品被译介到国外。曾获《人民文学》年度中篇小说奖，《小说选刊》双年奖，第十五、十六届"百花文学奖"中篇小说奖，第十届"十月文学奖"中篇小说奖等多个奖项。短篇小说《明惠的圣诞》获第四届鲁迅文学奖。

碧水丹山

何向阳

一

南朝诗人江淹曾用"碧水丹山"形容武夷山的形胜姿容，"碧水"当然指的是澄澈透明的水，"丹山"有些拗口，或者生僻，因为绿水绕青山常见，"丹山"却不常见。红色的山，又会是什么样的呢？在想象中，它当然会是朱红或是朱砂红的颜色，及至真的站在了这座山面前，朱或者砂都退后了，你所面对的就是一座赭石般的山，或者是一座历经了岁月风雨冲刷改造后的山。严格地讲，它都不是一座山，而是一大块巨石，或者是数不清的巨石组成的巨石阵。这气势磅礴的巨石阵，得到了后来人的一个命名——武夷山。

"武夷"两字，传说来源于彭祖，是彭姓父亲留在人间的两个儿子，武和夷。单从文字字面上看，武，是淘气一些的孩子吧，其形象是健硕勇武的，性格上也是刚毅要强的吧；夷则不同，是平和恬静的，甚至是宽厚从容的。有时我想，也许就是这样的两种性格的孩子在一起，才成就了武夷的山水和武夷山的性格，他有柔性与刚性并出的韧性。柔是与水媲美的山色，空蒙而神秘；韧是山石上经年的纹理，你都说不上是哪年哪月它变得老成持重。沧桑的里子在柔美清俊的外表包裹下，只能用赏心悦目形容。

但是等等，"丹山"之"丹"当然首先是指山的外观，但另一方面，从地质学的角度而言，这个"丹"字还没那么简单，它指的是丹霞地貌。丹霞地貌在地质学上，也不是外来词汇，而是本土命名。1935年陈国达就使用"丹霞地形"一词，而"丹霞"二字的最早发明者是冯景兰，他在1928年将"丹霞层"引入地球科学，形成了这个地貌学术语，沿用至今已有九十三年。相对于砂岩地貌，丹霞地貌所指"以陡崖坡为特征的红层地貌"，所述"红"的颜色和"陡崖"特征，叙述出流水侵蚀、红层抬升、风化而成的带有雕塑感的地貌景观。当风、水、生物都成为无尽时间中的刻刀，那么武夷山向我们敞开的平层、棱角、崖壁、溶洞、凹槽、沟槽等，都如这宇宙宏阔叙事中的一章一节，记录了沧海桑田的变迁，见证了自然的鬼斧神工。

当然，如若更早，从八亿至六亿年前的震旦纪，以一巨人的视角向下俯瞰，这里还是一片汪洋。此后的几亿年间，地壳抬升，深水中形成了多个隆起带与断裂带，一座古陆从海洋中缓慢升起，渐次甩去了大海的覆盖。此后燕山运动勾勒了武夷山的轮廓，这个画笔是通过火山爆发的熔岩横流绘就的，沉降运动中的铁质被固化氧化，有了最初的造型，而最重要的一笔，让武夷山成为"东南大屋脊"的还是喜马拉雅运动。1945年黄汲清命名的距今七千万至三百万年前新生代的这次造山运动，造就了地球上横贯东西的巨大山脉，成就了喜马拉雅山这一世界屋脊，同时也成就了武夷山的雏形，使之像一个巨大的褶皱，与海并行。而此后的武夷山，都是在这一运动造型过的基础上，经由风、水、生物的各种画笔或雕刻刀，斧凿、涂染，成为今天的样子。

当然这并不就是它最后的样子，正如一个山中修行的人的面容一样，它的面貌其实还没有最后定型。

哎，以前只知道喜山运动使得海水从青藏高原全部退出，现在想想，那时的地球空无一人，只有断裂、褶皱、岩浆，板块之间的大幅度冲撞与扭曲，大地在沉降与隆起之中，在水与火的淬炼之中，雕塑着自己新的面容。那该是怎样一种宏阔壮观的景象。而此后，岁月剥蚀造就的丹霞之奇观，只是那场壮阔运动序幕之后的正常剧目。

丹霞地貌也分早、中、晚期，仿佛一个人的青年、壮年和老年，再细分下去，还会有青年早、晚期，壮年早、晚期，老年早、晚期。中国丹霞地貌分布很多，据考证有一千多处，南方居多。我脑海里的景象大约是这样的：早期的丹霞地貌如水墨画一样，浅淡而灵秀，还有些混沌初开的模样；晚期的丹霞地貌则是枯墨或焦墨，干涩而骨瘦，哪怕是残垣断壁，也有着不一样的风骨，瘦骨清相，如老僧；只有中期的丹霞地貌，如武夷山，正处于盛年，有着葱茏的优雅秀美，同时又有着强韧而板正的筋骨，它站立在那，孤傲而清高。

其实不然。我专为此查了两位丹霞研究专家的著作，一是彭华《丹霞地貌学》，一是黄进《武夷山丹霞地貌》。从彭华的著作中，我了解到丹霞的发育分期与我的个人想象不尽相同，录入如下，以正视听：

青年期一般有红层高原面或破碎的高原面，后者往往表现为大致等高的山峰代表的古夷平面或红层沉积顶面；青年晚期可形成密集的雏形峰丛和峡谷组合。壮年期是起伏最大的阶段，红层切割破碎，总体上表现为峰丛—峰林状外貌；一般早期为峰丛状，晚期为峰林状，或峰丛—峰林组合状。老年期总体上表现为高差较小，丹霞地貌浑圆化或丘陵化，组合常常为疏散峰林与宽谷形态，宽阔山谷或平原中散布孤峰，可能局部保留峰丛景观；老年晚期向消亡转化，地貌呈丘陵化或孤峰—孤石散布，准平原化。

这应该是学术界认定的权威表述。

如此看来，武夷山的丹霞地貌从形态上即可判断，它同时拥有着多种概念中的地貌，就是说，丹霞地貌，一个武夷山就已经将它的青年、壮年、老年的不同阶段给囊括其中了，好像这种现象在其他地域并不多见。还是用权威的表述相对可靠。学者黄进以从1979年到2010年对武夷山丹霞地貌的七次考察为基点，写成的《武夷山丹霞地貌》一书，填补了武夷山丹霞地貌系统研究的空白。这部书列举出的溪南壮年幼年丹霞地貌区、溪北壮年幼年丹霞地貌区、邓家山—下回老年丹霞地貌及河流阶地区、百花岩壮年晚期丹霞地貌区这四个地貌区，和我们足力或视力能够到达的三十六峰和九十九岩，印证着它的丰饶。大王峰和玉女峰所昭示的深厚，除了用岁月中相伴的坚贞解释，我们的语言似乎都到达不了那个地方和那些遥迢的岁月。

那时，还没有你我。世界混沌初生。

那个以相当复杂的算法算出了武夷山丹霞地貌年龄的人，据说是取了武夷山丹霞最高峰三仰峰——七百二十九点二米——而得出它的年龄是六百零六点一万年。六百零六万年是什么概念？在七千万年与三百万年之间，这个年代的确是属于新生代。那是我们目力不及的年代，也是我们心无所属的年代。从时间的长河讲，它就是时间本身，是不能以纪年来估算的那片空茫。

由于对山峰的年龄极感兴趣，我还是找到了那个公式：

D龄=H/Dv升

D龄是地貌年龄，以万年计；H是地貌相对高度，以米计；而Dv升是地壳上升速率，以每万年米计。

如此，三仰峰海拔七百二十九点二米，减去平水期水位一百八十五点五米，取其相对高度五百四十三点七米及本地地壳上升速率零点八九七米/万年，计算得出六百零六点一万年。

以这一公式算，玉女峰的年龄是一百四十九点五万年，大王峰的年龄是三百八十九点八万年。这是武夷山在公众眼中最著名的两座山峰了，两峰并峙，隔水而望。但从地貌学看，大王峰比玉女峰出生早二百四十点三万年。也就是说，在海枯石烂的漫长岁月里，大王峰足足等了玉女峰二百四十万年之久，这是一种怎样的等待呢？

如果不局限于丹霞地貌，而以完整的武夷山作为视点，武夷山的最高峰是黄岗山，海拔两千一百六十米，被称为"华东屋脊"。这座花岗岩、玄武岩构成的山是中国大陆东南最高峰。山上的植物呈垂直带谱分布，分别是中山草甸带、苔藓矮曲林带、温性针叶林带、针叶阔叶混交林带、常绿阔叶林带五种不同群落的植被带谱。

到达桐木关的"要隘"，刚刚立定，就被告知上山的路还不

是柏油路，因为国家公园的保护也不可能修柏油路。那是真正
的山路，要一步一步走上去的。已近下午，若步行上山，需几
个小时，再下山来，可能天就黑了，只得望山兴叹，折返而归。
来的路上，我看到一座很有名的吊桥，以前，游人可以走在上
面的，但也是由于国家公园保护，游人不可以走了。车来路上，
山涧数不胜数，让我觉得车子的轮子就是在一些石头与另一些
石头上穿越，当然实际上是在一条并不宽敞的林中路上。周边
石滩上的清水，深浅不同的绿色树木，交替映入眼帘，路因山
势而不断转弯，到处是叫不上名字的石头。与我同来的朋友介
绍说，那座已空寂不用的吊桥上，曾测出负氧离子含量非常高，
他说出的那个数字，令我吃惊，这是我听说过的也是到过的地
方中最大的关于负氧离子的数字。怪不得一路颠簸，几天的行
走，我都未有疲劳之感，原来是有丰足氧气的护佑。

可能是看到我为未能攀登到黄岗山峰顶而感到遗憾吧，朋
友路上向我讲起他曾登顶的所见。我的眼前出现了一片阔野，
大面积的萱草在七月正午阳光的照射下闪着金色的光泽。那是
它们自由开放的天地。现在城市的花园里我们也经常见到萱
草。但两千一百六十米海拔峰顶的萱草，它们是真正野生的萱
草。据说也是因了它们，这被俗称为黄花菜的草本植物开满的
地方，才被称为黄岗山。

这次时间不巧，只能在想象中感念那一片萱草的艳丽了。

另一位同行者却有不同看法，他说他后来去到峰顶，已见不到萱草了，它们被另一种物种所代替。至于是什么野生植物，他也没有说清，只是解释，山巅上垒石崔嵬。大自然就是这样的，也许这就是物竞天择的道理。黄岗山作为中国东南部最高峰，当然不止于文学家的想象。看不见的还有隐藏在绿植下的花岗岩、片麻岩，还有在那岩石与深土中沉默的铜、钨、铅、锌、金、银、锡、铁、锰等矿产。

有幸躲过了第四纪冰川的浩劫，武夷山是地球上同纬度地带保存最完整、最典型，面积也最大的中亚热带原生森林生态系统。这一系统生态的完美体现，在黄岗山又最为典型。从山麓到山顶，我们看到自下而上的不同植被群的分布，从毛竹林到常绿阔叶林，到针叶阔叶林混交林，再到针叶林，再到中山苔藓矮曲林，再到中山草甸。而与这些植被对应的，自下而上，则是红壤、黄壤、山地草甸土，它们掩映于翠绿墨绿淡绿的植被之间。而在这些总括性的学术词语下面，是这里数不尽而在世上极珍贵的南方铁杉、鹅掌楸、紫茎和武夷山玉山竹等。一路上，我一定是与它们擦身而过了，虽然我还不能一一叫出它们的名字。

大约是看到我离开了江西与福建交界的一夫当关、万夫莫开的桐木关关隘后一路沉默吧，同行者提出一同去瞭望塔看看。当爬上以保护与科研为功能的、星村境内最高的瞭望塔时，满目青山几乎是扑进怀抱。如果不是朋友指给我看，我都不知我面对着的正是大名鼎鼎的桐木大峡谷。黄岗山西南麓的这个大峡谷，如一道白色的闪电，折叠于两座青山之间，在阳光下闪着白光，耀人眼目。北面是我曾去过的江西，而在这一眼望赣闽的地方，这深切大地的峡谷里，这桐木关断裂谷中就藏着闽江之源建溪次支流九曲溪的源头。那道白光就是吗？我不禁自问，作答我的只有风中颤动的叶子，而我尚不能叫出它的名字。

一句诗就这样飞入脑海。

"我感到是山在行走……而风是它们行进中的乐队。"

是的，这些我看过的青山，"没有一个愿意卑微地屈伏"。虽然这诗写的是桂林的山，但放在这里也依然合适，"没有一个愿意卑微地屈伏"。写下这些诗句的诗人蔡其矫在《武夷山》诗中写道：

"有什么样的秘密埋藏在你岩石下面？"

而这个答案，也是我来这里想寻找的。

二

从瞭望台转过身来，南边与桐木大峡谷相对也相连的，是大竹岚。大竹岚原来不叫大竹岚，是大竹篮的谐音，它是一处盆地，四边环山，四座山的高度都在千米以上。一路上听到"先锋岭""先锋岭"，它就坐落在先锋岭的西南侧。这个地名的知名度之高，怎么形容呢？国际上的生物学界人士，如果不知道"大竹岚"，那么他的学术水准是可疑的。也就是说，这是世界生物研究者无人不知、无人不晓的地方。

武夷山国家公园作为中国国家公园体制试点之一，其规划总面积一千零一点四一平方公里，约有二百一十点七平方公里原生性森林植被，有着世界同纬度最完整、最典型、面积最大的中亚热带原生性森林生态系统。如若不是大竹岚的存在，这些称谓将大打折扣。三百多种鸟儿在此啼鸣，三百多科昆虫在此定居，十九种珍稀濒危植物在此生存，四十七种国家保护动物于此栖居，它是竹子组成的绿色王国，同时也被称为"蛇的王国""鸟的天堂""昆虫的世界"。

麻阳溪穿流而过，为动植物的生活、繁衍提供了富足的条件，使得这个地点成为"世界生物模式标本产地"，同时也是研究亚洲两栖爬行动物的"钥匙"。在某些时候，它在物种学上的重要性并不小于武夷山。

准确地说，以桐木大峡谷（也称武夷山大峡谷）为基点的桐木、挂墩、大竹岚，并不是今天才声名远扬。早在1699年，英国人杰克明·萨姆就以生物学家的身份在桐木一带活动，采集植物标本，当然还有对当地红茶的秘密探寻。到了1823年，法国神父罗文正在挂墩建教堂，采集了三万一千多号植物标本。此后还有美国人、奥地利人来此采集。1843年、1848年英国人罗伯特·福琼两次到武夷山，秘密将红茶茶种运出的过程，在他所著的《两访中国茶乡》一书中记录分明。"1848年秋天，我曾经送了大量茶树种到印度"，"我收集到的植物和种子，现在装满了16个玻璃柜子"，这些树种被运到了印度加尔各答，而福琼的这一举动对中国红茶在世界上的贸易占比以及中国经济带来的巨大影响，难以用语言表达。此后的1873年，法国传教士大卫在挂墩采集大量动物标本，标本现在还存于巴黎自然博物馆。大卫之后，英国人在1896年到1898年间多次采集动物标本，教堂成为收购标本的站点。此后近千种动植物新种被发现，这一地点成为蜚声中外的"生物之窗"。

对于这个"生物之窗"，我一个人是没有勇气去的。那里面有太多的未知，超越了我的认知，或者说颠覆了我的已知。我能做的只是站在这座山间的瞭望塔上，远远地向它行注目礼，向那些我可能一生都无法得缘一见的生命，向那些在国家级自然保护区、联合国教科文组织的"人与生物圈"保护区、"世界自然与文化遗产"地、国家公园试行区里自由生长的生命致意。

泼水在天空凝固

碧绿快滴下露珠

我能送给你们的也只能是蔡其矫在《大竹岚》一诗中的诗句。

然而，投给你们的目光却是温和而沉静的。我知道，在清洌的溪水和暗色的绿竹之间，有光明颤动，也有微风吹拂。有时，它们如呼吸般与你们交换，与你们接通。

而这一刻，也正如那首诗写的：

希望就在此一刻复活

来自失望的坟墓

来自失望的坟墓吗？也不尽然。或者还有那些生命的层层叠叠、代代相传，更多的生命叠藏在教科书里，我们难得一见。

比如闽越王城遗址。两千多年前，它何等繁华，但汉武帝时还是用一把火给烧掉了。在这座南北长八百六十米、东西宽五百五十米，面积约合北京故宫三分之二的城郭中行走，心情是复杂的。虽然岁月已令它成为断壁残垣、荒草荆莽，虽然它也只活了九十二年历史，终在第九十三年被征战付之一炬，而作为武夷山世界文化与自然遗产重要组成部分的城村古汉城遗址，这个越王勾践后裔无诸的城池，无论是作为当今中国南方保存最完整的汉代诸侯王城也好，还是被称为中国的"庞贝古城"也好，我们还是能从它那深土中发掘出来的铜镞、弩箭、瓦当，以及陶器、丝绸与苎麻，或者空心砖与铁犁等四万多件文物，想见当年的生活与战役。而夯土城墙、卵石古道、宫殿遗址、王宫古井以及室内浴池、排水管道等，它们向我们讲述着这片寂寞的土地上，也曾行走过一群群年轻蓬勃的人。

昔日的繁盛，在销蚀与残存中，两千年走过，那些人真正叠入了历史的皱褶之中，只有当你还想着他们的时候——"希望就在此一刻复活／来自失望的坟墓"——他们才可能复活于记忆里。

而说到坟墓，我们不能不谈一谈死亡。

古人对待死亡的态度让今人颇费思量。

乘竹筏穿越九曲，撑篙者是一位三十岁左右的女性。她瘦削而有力，长竹竿在她手里左右点划，简直是出神入化，以至于我会忘记置身于水上看两岸风景的惬意，而享受她在劳动中表现出来的纯粹美感，这是与眼前九曲的景致融为一体的美景。她在介绍了一座座峰峦叠嶂之后，顺手一指壁立万仞的高处，映入眼帘的，是一巨型岩石的高处缝隙间，碎裂不整的木片累积的"洞口"。如果不注意，你都分辨不清那是什么。明显是人力所为，但真的已是久远以前的人了。

那是怎样有力气也有智慧的人做的事呢？

"虹桥"，也许是一种对于高度的向往，一种升天的愿望？这就是来之前你们大略听说过的架壑船棺。撑篙的女子说，现在还有十八处。而记载中类似的船棺似有千具之多，据说在观音岩崖洞发现的一号船棺残余长度就近四米，而白岩处的二号船棺，约五米长，大抵是底如梭形，底棺两端向上翘起，棺盖应是半圆，如船篷一般。

只能想象古闽族人这种奇特的丧葬方式，而那船形的棺木又是如何在三四千年前通过人力放于悬崖峭壁上的岩洞中的呢？无论是时间，还是方式，都有诸多解释，答案并不统一，只知道一号船棺经测定距今有四千一百九十八年，而二号棺由楠木制成，或者那时已有相当锋利的工具可用。无论怎样，船作为闽族人的日常交通工具，已无可置疑，他们山居水行，以捕捞、采集和狩猎为生，而死后也以一船作为自己的去处，仿佛生时的泅渡。而高置于悬崖绝壁之上的岩石之间，我想可能一是为了与天接通，二是为了避过山林中野生动物的侵袭，毕竟绝壁之上，是任何虎豹豺狼都无法落脚的。那里，的确有足够的安静，可以以一种如生般尊严的方式重回自然之中。

当然这只是我的猜想。

但是，不难解释那船棺为什么又称仙舟。

永生的渴望确是自古就有，而且绵延不绝的。武夷山之所以以"佛家道源"著称，以至于成为儒、释、道三教鼎盛的名山，其缘由也在于，它以万古不朽的仪态承载下了自古而来的一代代人的生命祈求，满足着远道而来的避世之人的隐遁修身的愿望。

唐天宝七载，748年，玄宗封武夷山为名山大川，禁樵采，佛、道两教自此兴旺。但若说佛教的更早传入，大约在魏晋南北朝时期，中原人为避战乱而入闽北，此后才有唐宋时期的佛寺，以及道教的宫观。

武夷山高僧中最有名的当数扣冰藻光，又称扣冰辟支佛，《五灯会元》《高僧传》中都有关于他的记载。他常爱在荆棘中打坐，往往坐定至静，以至于"虎踞左右，猕猴供果，朱雀衔花，群物侍伴"，终彻悟人生，证得禅学真谛，成为一代高僧，成为当地的保护神。关于扣冰藻光流传最广的传说，是他冬天不用热汤沐浴，而扣冰盥沐。今天的瑞岩寺前，还有一扣冰溪，印证或纪念这位崇安人的凿冰沐浴，磨炼心性。也正是这种与众不同的修炼方式，使其最终证得了天心明月。

"置身星月上，濯魄水云中。"扣冰藻光只是众多僧人中的一个代表。更多的人来到这里，无论是向内的证悟，还是向自然的返归，都是要向局限的生命求证一个高于身体本来的生命，或者使得生命在天人合一的时刻回到生命的本来。佛教的永生不是不朽，而是轮回，他们在自然构筑的大周天中见悟本心，破除一我的局限，以与天地共生。可能正是这一信念，让唐代灵一法师发出了"野泉烟火白云间，坐饮香茗爱此山"的感叹。与自然保持一种深层的联结，从而源源不断地从自然中获取能量，无论佛、道，都是相通的。所以，武夷山作为大自然恢宏奇秀景象的一方净土，它吸引着历朝历代那么多前来修行的人。

而关于扣冰藻光，最打动我的还是《五灯会元》中的一个记载："闽王躬迎入城，馆于府沼之水亭。方啜茶，提起橐子曰：'大王会么？'王曰：'不会。'师曰：'人王法王各自照了。'"那年，藻光已八十五岁，被闽王请至福州，两人饮茶间的对话，令人觉得法王的确与众不同，他在以他的方式告知茶之大用。啜茶并不只是一种饮用习惯，茶也不是只有单纯解渴的功能，而是隐含了饮者与自然草木的联结。以茶净心，这也是"寺必有茶，僧必善茗"的道理所在。

"不怕秋风粗布衲，最宜泉水本山茶。"扣冰古佛是重内心修为的，对于日常的仪式，他倒并不在意。有人曾问他：何不诵经？他的回答是——心心常念。又有人问他：何不礼佛？他的回答——念念常敬。又是一问向他迫来：何不升堂？他的回答是——空空说无。

在这古木参天、篁竹蔽地之处，这样的恬淡与对我执的全然放下，其实是与更大自然的深度联结。他所要呈示给天地的，不过是一个本心一派本真而已。

天心永乐禅寺是武夷山最大也最著名的寺院。这个明代重修、清光绪八年（1882年）扩建的寺院，原名谓之"山心庵"，后改名谓之"天心"，气魄更加宏大，有接天地之势。寺院最兴盛之时，曾容纳过近两百人来此同时修行。三十六峰群峰并峙，九十九岩夹崖森列，重峦叠嶂，野泉白云，修行者整日面对着碧水丹山氤氲出的清洁之气。即便是如此恢宏的寺院，有如此盛大的建制，它的本心却是朴素的，在山林草木之间，寺院无论是极盛还是极寂，它立于天地之间，始终如一地守持着的，仍然是出家人与修行者的质朴本心。

南宋白玉蟾的《玉隆集》六卷、《上清集》八卷、《武夷集》八卷，这些顺水而生、与天合一的文字，大约只能诞生于著述人与人间仙境和谐共存的时刻。大王峰昇真洞通天台，开阔平坦，古木掩映，清风拂面，遁迹山林之幽静。如果要具备与之深层对话的能力，或许也只能寄托于有一颗与山林俱寂的心。山泉汩汩，瑶池胜境，使寄居洞穴的人获得的不只是与天地对话的能力，同时也获得了与我心对话的能力，所以那氤氲于山林中的能量能够源源不断地流注文字之中。道家之养，其奥秘也许就在于此。第十六小洞天，见识了多少心意合一的事迹，而当那不朽的愿想、永生的渴望，都要用有限的身体去实现时，人的心性之超拔和越过，真是如万古丹山一般壮美的诗篇呢。

霞之氤氲，也许暗指"丹山"不是一座孤山，而是连绵不断的山脉。正如武夷，我们的传说中也要把它变作"他们"，兄弟子嗣，这也与云蒸霞蔚在内里是一个意思。

于此，在这大历史中行进穿梭的人，才可能是"碧水丹山"的最好注释。

现在可考的最早写武夷山的文字记载，也就是这四个字了。一千五百四十多年前，写下《江文通集·自序》中这四个字的江淹江文通，一直生活于和福建相比而言的北方。济阳考城，据说是现今河南的兰考，而其二十岁入幕僚，到其由江苏镇江贬到建安任吴兴令时，也才三十岁。而立之年对武夷山"碧水丹山"的命名，一直沿用到今天，可谓不朽。

与山共老，也许是一切文人的心愿。但是真正把这座山与自己的全整生命浇铸在一起的，却是另一个人。

三

朱熹祖籍徽州府婺源，这一区域现归属江西。但他出生在福建尤溪，十一岁随父朱松寄居建州，今建瓯。后父病，又随母赴崇安五夫镇，这一年，他十四岁。十四岁定居五夫，一直到六十四岁迁居建阳考亭，除去各地论道及异地为官之外，武夷山和他"纠缠"了五十年。这五十年，武夷山一直承载着他的学问精进，同时，他也从这里找到了他之所以为他而不可能是别人的、历史上的最终"形象"。

这是真正意义上的"与山共老"了。

人与山的相互成就，莫不如此。

走进五夫镇，首先映入眼帘的是田畴间的连片荷塘。时至五月，荷花还没有动静。"半亩方塘一鉴开，天光云影共徘徊。问渠那得清如许？为有源头活水来。"史传记载不一，有说朱熹写于江西，有说写于尤溪城南的南溪书院，我却认定它的写作地就是这里。此地此景，就是朱熹的"半亩方塘"吧？当地人讲，到了七八月，大片大片的荷花开时，远远就能闻到荷香。是啊，八百多年前的朱熹再熟悉不过的少时景象，应该就是这些荷花了，他就是从这清香之气中穿过，走到了每一个儒学之士八百多年的笔墨均绕不开的纸上。

史载，朱熹一生曾在闽、浙、赣三地为官，先后做过知州、知府等，《宋史》记其"仕于外者仅九考，立朝才四十日"。这样换算，朱熹在外为官二十七年，在朝廷中有四十天。但真正令其走入儒士纸上的并不是他的为官，虽然他主政期间，以民为本，做过不少好事。但真正让朱熹成为朱熹的，还是他的著书立说、讲学教授。

这一点很像孔子，孔子也是志不得、运不通而在十四年的中原奔波之后找到了他的位置。《春秋》之大义，诞生于心境怆然的颠沛流离之后，同时也以一种安宁之心将那人生遭受的苦难幻化为文字，以成就立言，并以立言的方式为社会立德、立心。的确，如朱熹所言："天不生仲尼，万古如长夜。"朱熹本人，也不是一开始就成为现在学术史上的儒学思想家的，他最早接触到并感兴趣的不是儒学，而是佛、道。二十八岁前，他对于佛、道的兴趣远远大于对儒学的兴趣，但二十八岁是一个转折点，这个转折点，当然与他后来的老师李侗有关。

文学史上当然记录着这个转折，有朱熹本人的《春日》为证：

胜日寻芳泗水滨，

无边光景一时新。

等闲识得东风面，

万紫千红总是春。

这首诗并不生僻，初读十分易懂，甚至还有些浅显，连小学生都能朗朗上口。

以前总是将这首诗作为一首写景的诗去理解，并没有过多注意到其中的"泗水"一语。而"泗水"，如果从地理区划所属考察的话，十分繁复，从五帝时期到朱熹生活的南宋，它几经划归，隶属于鲁、豫，或邑或郡，不一而足，这可能也是每个地名在历史上命运的写照吧。然而，如果我们把线头捋一捋，五帝时期的泗水，就隶属于曲阜，而曲阜之于传统文人的意义是不言而喻的。现在的泗水县仍在山东中南，西接曲阜，南邻邹城，一个孔子故里，一个孟子故里。两地我先后去过，但从我行探的寻索和读到的朱熹生平传记中，还未明确发现他实地到过泗水的经历。那么，"泗水"一语在此，是否可以确定为是对圣人孔子遗迹的代指呢？这是可以在读诗中寻味的。

诗中洋溢着一种开朗而高昂的喜悦调子，"无边光景"也好，"万紫千红"也好，朱熹以诗言志，心境大变。从这首看似普通犹如大白话的诗中，他借诗寓意，表达已经迎来了自己思想生命中的"新春"的欣悦之情。

"接伊洛之渊源，开闽海之邹鲁"，有人认为朱熹在历史上的影响仅次于孔子，以至于赢得前一千多年是孔子，后七百多年是朱子的称誉。今天武夷山的武夷宫里，仍能看到康熙御笔"集大成而绪千百年绝传之学，开愚蒙而立亿万世一定之归"的评价，能够当得起这一切，当然并不仅仅始于一个李侗的教诲。

从朱松到朱松托付的刘子羽、刘勉之、胡宪等，再到李侗的教诲，以及所学的程颢、程颐等的著述，都深深地进入朱熹的学术生命中，从而成就了他。而在这之前和之后，那些经书学问也存在，只不过在历史的进程中，它们一直在找，终而找到了一个传承。

这个传承的找到，也并不是毫无来由的。《宋史》朱熹本传中讲："熹幼颖悟，甫能言，父指天示之曰：'天也。'熹问曰：'天上何物？'"又传说，其父指日示之曰："此日也。"熹问："日何所附？"父答："附于天。"熹又问："天何所附？"所谓学问，便是不舍其问之学，穷尽义理。朱熹自幼与父朱松对答中的深究宇宙之穷尽的"天问"，或许正是我们理解朱熹成为朱熹的一把钥匙。这把钥匙，不但开了儒学之门，同样也让我们领会了大儒包纳万象之胸襟。在儒的格局之中，对于宇宙之所为是的探究，对于道、佛的之于宇宙、人心探求的吸纳，从这样一些小故事中是可以找到交错与共融的。

朱熹之于武夷山的贡献，与武夷山对于朱熹的造就，比较起来，后者对他的精神抚育程度并不弱于前者。可以说，是武夷山滋养出了朱熹这样一位不仅对中国文化而且对世界文化有大贡献的人。以我之见，无论是二十七年的出仕还是四十天的立朝，这些事功之于朱熹，并不能将他和他同时代的儒士区分开来，朱熹真正有影响的仍在他作为一个儒士的著述与思想上。史实证明，他一生的最大贡献也在于此，所以我更感兴趣的还是他的学问与他的环境的关系，这个环境，当然包括他的生居之地。

1169年，朱熹回到崇安故居，为母亲守墓，建寒泉精舍，此后在此著述，长达六年。其中1171年，他于五夫镇建"社仓"，这一行为在当时是一创新，而这创新的立意在为生民着想。如若遇灾，能有储备，此心可鉴。这也是儒家民本思想的有形体现。我在五夫镇上行走，眼见朱子巷——传说他儿时读书常走的地方，眼见紫阳楼——传说后来重修的他的居住之所，还有他手植的已有参天巨冠的樟树，以及各类与之相关的地点。行走在兴贤街上，脚下是青石铺路，青石下面则是溪水清流。兴贤书院、刘氏家祠、刘氏节孝坊、朱子社仓、连氏节孝坊等古建筑两旁排列，其中兴贤书院建于1163年至1189年间，为纪念胡宪而建，门楣横额写着"洙泗心源"。

这四个字，令我想起朱熹的那首《春日》的开头一句。朱熹的老师胡宪去没去过泗水，我没有考证，然而这里我以为也是寓意并深含了对于孔子的敬意。泗水，已经不再是一个单纯的地理概念，而指向一种文化的脉络、学术的道统，那"心源"之指，也与给朱熹带来"无边光景"之欣悦相似。而1171年朱熹创建的社仓，其赈济之用，也来源于这济世之心，现有朱子亲撰的《建宁府崇安县五夫社仓记》可考，如果想进一步了解朱子思想中的民本根基，《社仓记》是一重要参考。

漫步于兴贤街上，有一种时光倒流的感觉。这个交通并不算便利的闽北小镇，始建于中晋，兴于唐而盛于宋，古称五夫里。历史上的兴盛真的如在昨日，太阳像是从远古照射过来，街边的小摊子上整整齐齐地摆着五夫盛产的白莲。我想，如果这白莲早已有之，那么朱熹儿时也会爱吃的吧？

圣人离我们其实并不远。对于"凡人须以圣人为己任"的朱子而言，我以为他的一个关键之年，在1175年。

这一年的一次著述、一次论辩，注定了要载入史册。

1175年，从1169年算起，应是朱熹为母守墓六年的最后一年。这一年正月间，吕祖谦从浙江来访，两人切磋读书，几番论定，共同编订《近思录》。这是一部了解理学的入门书，同时也是理学的一部概论性著作，它选取了北宋理学家周敦颐、程颢、程颐、张载四人的语录共六百二十二条，分类编辑，其后世影响正如清人江永所言："凡义理根源，圣学体用，皆在此编。"足见其影响之巨。"近思"二字，取孔子《论语·宪问》中的"切问而近思"，即思考当前问题之意。朱子本人言及此书："四子，六经之阶梯；《近思录》，四子之阶梯。"既然是"阶梯"，便深含探究四人之精华要义，同时更是为后世学人士子提供性理之学的必备书。

站在五夫的土地上，念及距今八百四十六年前，两位学者均为三四十岁年纪，却担负此任，在寒泉精舍中研读周、张、二程著作，从那年的冬天直至1178年定稿，两人的编辑之功是如此谨严，我想他们作为继承人的快乐也注入了其中。以至于《四库全书总目提要》言及此书，有"宋明诸儒，若何氏基、薛氏瑄、罗氏钦顺，莫不服膺是书"句。明清以来的刊本，多到不可列举，注家更是众多，见濂、洛、关、闽之学术精华，可以说持此一书，便能得门而入。

关于这部书的更深意义，存后再议。我想说的是，这次吕祖谦的来访，以及与朱熹两人的研读编辑，直至三年后《近思录》的定稿，对于儒学的发展而言，其重要程度随着时间的推移，越来越鲜明地显现出来。1175年的吕、朱之会，于历史上称为"寒泉之会"。这一会晤的成果，是结在武夷山的。我想就是这两个人的不平凡的见面和他们于一个冬天开始的学术工作，注定了武夷山在今天的意义。它不再仅仅是指一个碧水环绕的自然青山，而且有了文化传承上的万古意味。

1175年，注定是不平静的一年。

这年五月，朱熹送吕祖谦至信州鹅湖寺，陆九龄、陆九渊、刘清之来会。现在看来也极有可能是吕祖谦想从中调和朱、陆之间的学派分歧而有意组织的一次论辩。这场论辩达十日之久，对于朱、陆两人的影响同样深远，史称"鹅湖之会"。

在此次论辩中，陆讲心、理一体，而朱坚执心、理不同。两人各执一词，最终自然是谁也说服不了谁。"心学"与"理学"的"会归于一"的愿望终究落空，但上饶铅山鹅湖山麓下的这场会讲，当时却吸引了闽、浙、赣交界的诸多学者列席旁听。这里虽不属武夷山，但从大的概念上，应属大武夷山的地理范畴。这场论道，于当时是盛事，于学术史亦相当重要。两派分歧如陆九渊门人朱亨道所记："论及教人，元晦之意，欲令人泛观博览而后归之约，二陆之意欲先发明人之本心，而后使之博览。"足见两人的出发点不相同。而鹅湖之会的发起者吕祖谦的评论是："元晦英迈刚明，而工夫就实入细，殊未可量。子静亦坚实有力，但欠开阔。"

于这样的崇山峻岭之中，想一想当年鹅湖的各持己见，不禁神驰，那种求同存异的学术之辩，那种思想的交锋碰撞，不仅矫正着两人的各自观点，而且对于那个时代的学术精进也大有裨益。人心和善，和而不同的包容之心、开放之道，也不仅是朱、陆之辩教会我们的，在那些言语思想的背面，不也包藏着武夷山的不一样的胸襟吗？生物多样化的武夷山，似乎是学术多元化的一个物理印证。贵和尚中，善而能容，中国文化不正是一直秉承着这至关重要的一点而走到了今天，走入了人心吗？

鹅湖之会，成就了后来的鹅湖书院，同样成就的，还有立足于包容性的儒家思想的学术传统与使命担当。

朱熹的担当，当然不只是个人的担当，他把儒家思想发展到了一个在他那个时代个人所能做到的最大范围。理解了这一点，我们就会理解他为什么如此重视书院建设。对于教育的重视，向来是儒家思想的一个重要方面，孔子学说就是由七十二弟子予以传承的，孔子去鲁在中原行走十四年，始终没有放弃的就是教育，十四年后孔子回到的还是一方讲台。教育的重要，对于时代而言，不言自明。

1175年的鹅湖之会之后，一定是认识到了教育之于思想体系成型与传承的重要性，四年后的1179年，朱子知南康军时，重修白鹿洞书院。唐贞元年间李渤的白鹿洞，南唐达到兴盛，而至北宋末毁于兵火。书院得以重建，至宋孝宗御赐"白鹿洞书院"门额。在此之前，白鹿洞书院虽然历史有名，但重修之前已是"屋宇不存""基地埋没""莽为荆榛""荒凉废坏"，如若不是朱熹考察书院现状后一再上本朝廷，书院的今天很可能是另外的样子。面对庐山境内以百十计的佛寺道观，朱熹更是忧心忡忡，所以他在上本朝廷的《白鹿洞牒》中，才那么切中要害而又恳切非常地说："至于儒生旧馆，只此一处，既是前朝名贤古迹，又蒙太宗皇帝给赐经书，所以教养一方之士，德意甚美。而一废累年，不复振起，吾道之衰既可悼惧，而太宗皇帝敦化育才之意，亦不著于此邦，以传于后世。"足见其对书院教化功能的重振之意。

在白鹿洞书院，在重建院宇、筹措院田、延请名师、充实图书等事之外，仍有两件事值得在此铭记。一是制定学规。《白鹿洞书院揭示》直到今天仍为教育界所重视，其中"父子有亲，君臣有义，夫妇有别，长幼有序，朋友有信。右为五教之目。博学之、审问之、慎思之、明辨之、笃行之……"体现了儒家思想的精髓，也为当时书院所普遍遵行。二是南宋理学另一学派的重要人物陆九渊来访。朱熹曾在鹅湖之会与他有过激烈论辩，两人并未达成意见的一致，然而对这个意见与自己并不统一，甚至各执一词，在学术上毫不退让的来访者，朱熹是如此欢迎和高兴。他先是答应了陆九渊邀他写陆九龄——鹅湖之会上也是朱熹论辩的主要对手——的墓志铭，再是热情邀请这位学术上有异于己的学人留在白鹿洞讲学，这是怎样的胸襟！

陆九渊在白鹿洞书院讲述了孔子所言"君子喻于义，小人喻于利"，这个讲义我还没有得以拜读，据说当时是刻在石头上的，以让后人有所遵循。史传记载听课的学生"至有流涕者"，足见陆九渊的研究之精微，同时也体现了朱熹不以个人喜好取人，而更看重教育传承的本义，从而以一种开放的态度维护、营造着学术道统，也是书院文化所应秉持的百家争鸣的气氛。

怪不得在书院几经磨折而最终重修落成之时，朱子有诗录记，其中"重营旧馆喜初成，要共前贤听鹿鸣"句，言志言情，而"深源定自闲中得，妙用无从乐处生。莫问无穷庵外事，此心聊与此山盟"则将"深源""妙用"的探求，与那个更为广阔的文化之山结下盟约。

对于书院的贡献，朱熹之于白鹿洞书院并不是孤例。

1194年，朱熹任潭州知府，第一件事便是兴学岳麓，有言为证："学兼岳麓，修明远自前贤，而壤达洞庭。"其使这座976年建成，1015年宋真宗亲书"岳麓书院"匾额，两宋之交又遭战火而张栻主教后起死回生的书院，真正获得了重生与鼎盛。岳麓书院之所以在当时被称为颇有影响的四大书院之一，而今仍有"千年学府"之称，与朱熹的作为是分不开的。

而朱熹之所以对岳麓书院有感情，虽与广义的对书院职能之治心修身的认定有关，同时也有自己生命中一段重要的体验带来的深情。

1167年，历史上著名的"朱张会讲"就发生在岳麓书院。理不辩不明，所谓会讲，就是学术上的切磋研讨。

这一年，朱熹三十七岁，他前往理学家张栻主教的岳麓书院，想解决的是心中一直所惑的师说不一的《中庸》之义。这次会讲的盛况是被记入了史册的，来的听众着实太多，据说书院中的水池都干了，而讨论到最激越处，"二先生论《中庸》之义，三日夜而不能合"。

一边是南宋"闽学"创始者朱熹"往从而问"的诚恳与谦逊，一边是理学湖湘学派代表张栻的坦率与认真，两人同登麓山观日，但在学术上和而不同。会讲内容涉及中和说、太极说、知行说等，我觉得内容随着时间的迁移似乎已不重要了，相比较而言，两人的学术风度与学者气度更令人崇敬。分歧时时存在，而分歧双方仍能在分歧时手手相牵，同观日出，这是怎样让人羡慕的一种景象！

张栻诗言："怀古壮士志，忧时君子心。"这种情景，这种境界，的确是对古之君子的最好诠释。可以想见，岳麓山下，湘江之畔，治心修身、经世致用，那讲不尽的天理、太极以及仁之要义，可以看作南宋理学不同学派间的相互碰撞、相互渗透。朱张会讲，对于中国思想史的影响之巨，难以衡量，语言的表述对于这场会讲而言几乎是无力的，但元代吴澄在《岳麓书院重修记》中讲朱张会讲的意义，我以为堪称绝响——"自此之后，岳麓之为书院，非前之岳麓矣，地以人而重也。"

地以人而重。我深以为然。

让我深为感动的是朱张两人在学术论辩之后，同游南岳，衡山的俊美与巍峨见证了他们间的惺惺相惜，你只有在历史中领略到这种志同道合的情谊，才能对之倍加珍惜。相知之深，都放在了《南岳唱酬集》中，张栻有《诗送元晦尊兄》，而朱熹也有《二诗奉酬敬夫赠言并以为别》，诗中"昔我抱冰炭，从君识乾坤。始知太极蕴，要眇难名论"，是对张栻学问的极高评价。的确，雪中登山的，还有朱熹的弟子林用之，三人的《南岳唱酬集》共一百四十九首，成就了南岳衡山的第一部诗集。

"昔我抱冰炭，从君识乾坤。始知太极蕴，要眇难名论"
也好，"晚峰云散碧千寻，落日冲飙霜气深。霁色登临寒夜月，
行藏只此验天心"也好，都让我们看到了朱熹对山水的热爱，
对友情的看重。"我行二千里，访子南山阴"，朱熹所来与所得，
是有一种对于厚意的感念的。这种对人的厚意里面，有武夷山
赋予他的自然观做根基。

千古风流，日月可鉴。朱张会讲的讲堂里，还有"道南正
脉"匾额，为1744年乾隆所赐，言理学南传之正统在兹。在此
之前，1687年康熙御赐的"学达性天"，武夷山的武夷精舍也
有一个，是说学问修为达到的至高境界。而岳麓书院的"实事
求是"，则出自《汉书》"修学好古，实事求是"，言求真务实，
方为学问根本。

这三块匾，已然将岳麓书院作为南宋理学重镇以及在中国
书院史上的重要地位揭示得透彻明晰。岳麓书院之兴盛，在历
史的长河中成为必然，儒学之复兴而至繁盛，以至于人以"潇
湘洙泗"相称，此后，王阳明、魏源、曾国藩、左宗棠等，千
年弦歌而不绝。如果我们倒一个线头的话，是由于1194年朱
熹的到来，也是由于1167年的朱张会讲，更是由于1165年刘
珙任安抚使而重修岳麓书院使之成为论学之地。是的，学术也
好，文化也好，总是有一脉相承的链条的。而刘珙是谁？崇安

人，其父刘子羽，正是朱熹的父亲朱松将少时的朱熹托付在五夫里的老师。

这可能就是文化代代相传的奥秘吧。五夫里！那个远在千里之外的武夷山，仍能通过某种奇妙的联系，对江西九江的白鹿洞书院、湖南长沙的岳麓书院发生某种作用，这只是历史的偶然吗？

朱张会讲，衡云湘水，朗月清风，固然开书院会讲之先河，其中求同存异、兼收并蓄之学风，也使得言行一致、务实崇真的理学精神借助开放包容之襟怀而拥簇者众。一路上走，我不断俯身于展开在面前的地图，仔细地看，深入地看。你会发现，从武夷山出发，有一个文化的辐射线；你会发现，从程颢、程颐去世的1085年、1107年到1130年朱熹出生之间，学术上有一空档期，但不多时间便为南移的学术发展填平；你会发现，那维系着学术道统不致断裂的人众，他们的讨论，他们的著述，他们的探寻；你会发现，张栻的岳麓书院、朱熹的白鹿洞书院、吕祖谦的丽泽书院、陆九渊的象山书院，这一个个地名如文化经络上的一个个穴位，而一个个儒士所进行的正是一场场的"输血"工作，是他们，让在历史上由于战乱而委顿的文化不致荒芜。

当然，俯身于地图上的你还会发现，那些已然为现代人所忽略、为蔓草所淹没覆盖的岳麓峰、赫曦台等，也许还有更多你没有去过也认不出的地名，它们不属于武夷山，甚至连大武夷山也装不下它们，但谁又能说，它们以及它们所包含的历史，真的与武夷山无关呢？

四

山川环合，草木秀润。武夷山是朱熹出生和少时求学之地，也是他壮年及老年的学术归宿之地。

与岳麓书院、白鹿洞书院、鹅湖书院的会讲和论辩不同，这些散落在南方各地的书院之于朱熹而言，虽也重要，朱熹在任之时也参与重修，但终究带有某种同声相和的"游学"或"研学"性质，而武夷书院——当时称为武夷精舍，是他亲手"缔造"的。这一年是1183年，朱熹已五十三岁。

时至中年，在自己的家乡武夷山九曲溪畔隐屏峰下找到一个学术的归处，这对于朱熹而言有着至为重要的意义。现在我们看到的武夷精舍当然已历经多次重修，"学达性天"四字也是后来才有的。由九曲溪乘筏而下，至五曲上岸，在这背山面水的精舍之外忽而开阔的空间中漫步，会有豁然开朗之感，你一下子觉得朱熹对于五曲的地点选择，在他五十多岁的时候，有着船到中流、逆水行舟的意味。

"琴书四十年，几作山中客。"朱熹的《武夷精舍杂咏》之

《精舍》中的感慨是真实的。武夷精舍，我不知道是不是小武夷山最早的书院，但我知道它是改写了武夷山历史的名气最大的书院。它的建材在当时只是瓦木，"一日茅栋成"，当时人称"武夷巨构"。现在看已非原始构建的建筑，并不奢豪，而只是整齐分布，中规中矩。想当年正是在此，朱熹以近八年时间，讲学著述，修订《童蒙须知》，审定《易学启蒙》，完成《孝经刊误》，他在做着最基础的教育工作的同时，改写了武夷山人在人们眼里的"蛮荒"印象。当然他还有不止于此的更大目标——让南方的学术续接上自孔子以来的礼义道统。这个生命中的大目标，在精舍启动创建的那一刻，朱子就已明了于心了吧。

讲书、著述、琴歌、品茗，在碧水丹山之间，很容易让人觉得是过着神仙的清闲日子的。朱熹作为承担着理学南移后的以"程朱理学"著称的学术使命的宗师，他也的确在修建武夷精舍的同时，创建了不同于北方学术的对于自然宇宙的某种理念。

那是一种全整的生命学问。但如若只是从山水自然、清幽闲适去考量这时的朱熹，可能还会曲解他的原意。如果单提炼出陆游"我老正须闲处著，白云一半肯分无"这些《寄题朱元晦武夷精舍》四首中的寥寥诗句，可能真会留下朱子如闲云野鹤般的中年印象。

实则不然。

倘若熟悉陆游的这四首诗，便不会作如是观。其中一首是："先生结屋绿岩边，读易悬知屡绝编。不用采芝惊世俗，恐人谤道是神仙。"陆游深知朱熹是不会在寄寓山水时真做了遗世独立的"神仙"的，但他的诗中也不是没有担心和提示。另一首："身闲剩觉溪山好，心静尤知日月长。天下苍生未苏息，忧公遂与世相忘。"对于秉承儒家思想之正宗的朱熹，陆游的寄予厚望反映了许多士人当时的看法。"为天地立心，为生民立命，为往圣继绝学，为万世开太平。"如此使命，朱熹从未敢忘，1169年他的"绝意仕途，以继二程绝学为己任，奋发读书著述"已可见一斑。

从宋人韩元吉《武夷精舍记》参看，字里行间或映照了朱熹当年的初心。韩元吉写武夷，"在闽粤直北，其山势雄深磅礴。……溪出其下，绝壁高峻，皆数十丈。岸侧巨石林立，磊落奇秀。好事者一日不能尽，则卧小舟抗溪而上，号为九曲，以左右顾视。至其地，或平衍，景物环会，必为之停舟，曳杖徙倚而不忍去。山故多王孙，鸟则白鹇、鹧鸪，闻人声或磔磔集崖上，散漫飞走而无惊惧之态。水流有声，竹柏丛蔚，草木四时敷华"。但韩元吉撰文目的并不在自然山水，他要揭示的还是朱熹建庐的初衷，所以有"夫元晦，儒者也。方以学行其乡，善其徒。非若畸人隐士遁藏山谷，服气茹芝，以慕夫道家者流。然秦汉以来，道之不明久矣。吾夫子所谓志于道，亦何事哉？夫子，圣人也，其步与趋莫不有则。至于登泰山之巅而诵言于舞雩之下，未常不游，胸中盖自有地。而一时弟子鼓瑟锵然，春服既成之咏，乃独为圣人所予。古之君子息焉者，岂以是拘拘乎"。春服既成，有志于道，讲学施教，著述立言，韩文当时的记载不能不说寄予了深情，同时也是史实的真切记录。

说到还原实景，朱熹本人的《武夷精舍杂咏十二首》诗序，对于此地环境也有描写：

武夷之溪东流凡九曲，而第五曲为最深。盖其山自北而南者至此而尽，耸全石为一峰，拔地千尺，上小平处微戴土，生林木，极苍翠可玩；而四隅稍下，则反削而入如方屋帽者，旧经所谓大隐屏也。屏下两麓坡坨旁引，还复相抱。抱中地平广数亩，抱外溪水随山势从西北来。四曲折始过其南，乃复绕山东北流，亦四曲折而出。溪流两旁，丹崖翠壁林立环拥，神剜鬼刻，不可名状。舟行上下者，方左右顾瞻错愕之不暇，而忽得平冈长阜，苍藤茂木，按衍迤靡，胶葛蒙翳，使人心目旷然以舒、窈然以深若不可极者，即精舍之所在也。

这段描述平实澄净，为我们今天了解武夷精舍提供了一个相当准确的地理方位。

对于朱熹而言，自然描写多数时候也是言志的一种简明而通透的方式。比如："昨夜扁舟雨一蓑，满江风浪夜如何？今朝试卷孤篷看，依旧青山绿树多。"比如："郁郁层峦夹岸青，春山绿水去无声。"比如："不如归去，孤城越绝三春暮。故山只在白云间，望极云深不知处。"比如："睡处林风瑟瑟，觉来山月团团。身心无累久轻安。"比如："春昼五湖烟浪，秋夜一天云月，此外尽悠悠。永弃人间事，吾道付沧洲。"这些诗句未必是写于武夷精舍创建前后，"扁舟"句就写于沧洲书院构建之前，但有一点是共通的，就是自然在他的诗中，已不独是自然本身，而有了更多的含义。那成为心象一部分的"青山绿水"，原只是"独善其身"的一部分，但现在它们有了与人之为人同样重要的指向，那是一种人之为人的创造，对山水的深切致意，同时也有人与时间中的山水共不朽的意志，是人之为人、以文化人的一代学人所必得承担的文化传承的初心。

如果说此前《鹅湖寺和陆子寿》中"旧学商量加邃密，新知培养转深沉。却愁说到无言处，不信人间有古今"还是在旧学与新知间的论辩辗转，而今朱熹的文字，因有了面前的碧水丹山，而峰回路转，气象万千。

"精舍"，固有学舍、书斋之意，或可作为道士、僧人修炼的居所，但也一定有心之房屋之喻。《管子·内业》中讲："定心在中，耳目聪明，四肢坚固，可以为精舍。"尹知章注为"心者，精之所舍"。精舍，表意指一所定居处，寓意则是心之定所。武夷日日相对，这个归来的人所要建构的，已不再只是自己一个人的心之居所，或者学派之间相互说服的一群人、一代人的心之居所，而是一个更大更宏阔的空间中的人心之居所。

心有所定，邦才能有所安，这不正是自孔子以降的历代儒士几经磨折也要承续下去的儒家的理想吗？

于此，一个更大的空间——历史——在朱熹胸中展开了。

这种纵向的历史空间的到来，使朱熹看待武夷山的目光与此前有所不同。

其实，仔细品味朱熹在武夷山中写下的《武夷精舍杂咏十二首》中的诗句，便可明了这个初心再度确认的过程。《仁智堂》一诗："我惭仁知心，偶自爱山水。苍崖无古今，碧涧日千里。"《隐求斋》一诗："晨窗林影开，夜枕山泉响。隐去复何求，无有道心长。"山水之间的安居，并不如后人想象的安恬闲适，相反，诗人要从中找到一个心在山水间或说心与山水的平衡。那是一种问答，是自问自答，或者是一次对话，但此时的辩方已不再是张栻或者陆九渊，也不再是一个具体的学人或一个具体的学派，而是苍崖与碧涧中的千里与古今了。

从朱熹的这组诗中，我们可以想见和复原当时武夷精舍的建筑周边和物事全貌。它包括了仁智堂、隐求斋，还有止宿寮、石门坞、观善斋、寒栖馆以及晚对亭、铁笛亭、钓矶、茶灶等，无一不可入诗，的确是"巨构"。

万里江山如许，真的能盛下朱熹的心吗？他的对面，是听他讲学的学子，而那个对话者又在哪里？冥冥之中，走到了这一刻的他，所能问的只能是自己的这颗心了，而郁郁丛林、峰峦叠嶂间回答他的也只能是他的这颗心了。这可能就是圣人必要在生命的某一刻遭遇的大寂寞。

> 朝开云气拥，
>
> 暮掩薜萝深。
>
> 自笑晨门者，
>
> 那知孔氏心。

这是《武夷精舍杂咏十二首》中的《石门坞》。

> 削成苍石棱，
>
> 倒影寒潭碧。
>
> 永日静垂竿，
>
> 兹心竟谁识。

这是《武夷精舍杂咏十二首》中的《钓矶》。

五月，天游峰虽险，只一线小道在石头上蜿蜒而上，但举目望去，还是有历险者不计艰辛，躬身前行。我在武夷精舍附近并没有找到石门坞和钓矶。它们也湮没在历史的荒废与转换之中了吧？然而朱熹的诗留下来了，兹心谁识？在武夷山间埋首于案头的注疏工作之时，这些念头也会偶尔跳出来，但心之"精舍"已然落成，任谁都夺不去他的那个愿望了。

"海阔凭鱼跃，天高任鸟飞"的境界就是这样到来的。所以有"仙翁遗石灶，宛在水中央。饮罢方舟去，茶烟袅细香"（《茶灶》）的洒脱与从容。

"道南理窟"也就是这样养成的吧？

元、明、清"三朝理学驻足之薮"，当时的湖湘学人张栻也发出了"当今道在武夷"的感叹。"欲知分时异，应知合处同"，朱熹在鹅湖之会与陆九渊思想交锋时，所秉持的这种有容乃大、百家争鸣的态度，在他中年之后的著述中真切地产生着深刻的影响。儒家思想的大一统，我以前时时想不通，为什么要趋于同一，而不是各各有致、分庭抗礼？学派的发展为什么要定于一尊，而不能百花齐放？究其实，儒家对于道、佛的汲取以至于对其内部不同流派学问的吸收，已经令其成为一个包罗万象的学说，而论辩、会讲，于争鸣之中也是对这一大学问的修补匡正。儒家思想，之所以能在历史上的众多思想流派中脱颖而出且千年不衰，并不是哪个人哪一个朝廷所能为，儒家思想中的先进性，才是令其代代接续而源远流长的深在原因。

"先读《大学》，以定其规模；次读《论语》，以定其根本；次读《孟子》，以观其发越；次读《中庸》，以求古人之微妙处。"《四书章句集注》得以进展，理学思想在深山之中得以精进，我以为这像是一个寓言。武夷精舍在中国文化史中的地位也可见一斑。"此邑从此执全国学术之牛耳而笼罩百代。"

把一颗心放在了山里。精舍的创建是有意味的。

朱熹身后，武夷精舍改为紫阳书院，其后几经更改，山河演变之中，这颗终究保存下来的文化之心，担负起了赓续中华文化血脉的责任，而使得此后即便战火频仍，都再无中断。也就是在这个意义上，钱穆曾言："前古有孔子，近古有朱子。此二人，皆在中国学术思想史及中国文化史上发出莫大声光，留下莫大影响。旷观全史，恐无第三人堪与伦比。"这种影响与声光，书院大柱上也早有对联："宇宙间三十六名山，地未有如武夷之胜；孔孟后千五百年，道未有如文公之尊。"

继志传道，立志，居敬，存养，省察，力行，儒学宗师与理学名山，中国文化由此不仅续接上千年以来的思想脉络，而且，由武夷山辐射到了东亚、东南亚以至欧美，在法、德、英、俄、美各国，无论是"格物致知"还是"天人合一"的思想，无论是对于人类哲学伦理、宇宙生成学说还是道德规范、个人美德，朱子学说的文化内核都深具影响，为人类的思想进步做出持久贡献。就是自然科学方面，朱熹的贡献也是巨大的，黄仁宇就曾在他的《中国大历史》中写道："朱熹在没有产生一个牛顿型的宇宙观之前，先已产生了一个爱因斯坦型的宇宙观。"

的确，关于道体，《近思录》卷一首节便是：

> 濂溪先生曰：无极而太极。太极动而生阳，动极而静；静而生阴，静极复动。一动一静，互为其根。分阴分阳，两仪立焉。阳变阴合，而生水、火、木、金、土。五气顺布，四时行焉。五行，一阴阳也；阴阳，一太极也；太极，本无极也。五性之生也，各一其性。无极之真，二五之精，妙合而凝，乾道成男，坤道成女。二气交感，化成万物，万物生生而变化无穷焉。惟人也，得其秀而最灵。形既生矣，神发知矣，五性感动而善恶分，万事出矣。圣人定之以中正仁义（本注：圣人之道，仁义中正而已然）而主静（本注：无欲故静），立人极焉。故圣人与天地合其德，日月合其明，四时合其序，鬼神合其吉凶。君子修之吉，小人悖之凶。故曰："立天之道，曰阴与阳；立地之道，曰柔与刚；立人之道，曰仁与义。"又曰："原始反终，故知死生之说。"大哉《易》也，斯其至矣！
>
> 周敦颐《太极图说》

感动我的，还有：

天下之理，终而复始，所以恒而不穷。恒非一定之谓也，一定则不能恒矣。惟随时变易，乃恒道也。天地常久之道，天下常久之理，非知道者孰能识之？

《程氏易传·恒传》

天地万物之理，天独必有对，皆自然而然，非有安排也。每中夜以思，不知手之舞之，足之蹈之也。

《二程遗书》卷十一

明道先生曰：天地之间，只有一个感与应而已，更有甚事？

《二程遗书》卷十五

问：仁与心何异？曰：心譬如谷种，生之性便是仁，阳气发处乃情也。

《二程遗书》卷十八

性者万物之一源，非有我之得私也。惟大人为能尽其道。是故立必俱立，知必周知，爱必兼爱，成不独成。彼自蔽塞而不知顺吾理者，则亦末如之何矣。

张载《正蒙·诚明》

凡物莫不有是性。由通、蔽、开、塞，所以有人物之别；由蔽有薄厚，故有知愚之别。塞者牢不可开。厚者可

以开，而开之也难；薄者开也易。开则达于天道，与圣
人一。

张载《性理拾遗》

无论是濂溪先生，还是明道先生、伊川先生，又或横渠先
生，在那个人心惟危的时代，他们的思想经由朱熹、吕祖谦
编录，成为后世明理做人的依据，而这部书历经三年完成的
地点，就在五夫，五夫就在武夷。"四子，六经之阶梯；《近思
录》，四子之阶梯。"我上述举例，还都集中于《近思录·卷
一·道体》，这一部分在朱熹看来也是全书最难解的部分，所
以《朱子语类》中有"……看《近思录》，若于第一卷未晓得，
且从第二、第三卷看起。久久后看第一卷，则渐晓得"。

原因在后面几卷，从微观处讲解，从具体处进入，而第一
卷则是统领，是更接近宇宙法则的天理。于此，我们就不难理
解"君子主敬以直其内，守义以方其外。敬立而内直，义形而
外方。义形于处，非在外也。敬、义既立，其德盛矣，不期大
而大矣。德不孤也，无所用而不周，无所施而不利，孰为疑
乎"之于君子的内心正直与行为规范，"父子君臣，天下之定
理，无所逃于天地之间。安得天分，不有私心，则行一不义，
杀一不辜，有所不为。有分毫私，便不是王者事"之于王者不
能有私、应不负天地的劝诫，以及"夫人心正意诚，乃能极中

正之道，而充实光辉"之于人的品德的修炼之要求。我们从中得到的还有远远超过日常对于古人的理解，儒家思想之博大精深，是值得我们仔细而深入地体会的。

顺手举两个例子——

比如："大其心，则能体天下之物；物有未体，则心为有外。世人之心，止于闻见之狭；圣人尽性，不以见闻梏其心。其视天下，无一物非我。孟子谓尽心则知性知天以此。天大无外，故有外之心，不足以合天心。"——这讲的是相互体察也相互包容的天、心关系。

再比如："欲知得与不得，于心气上验之。思虑有得，中心悦豫，沛然有裕者，实得也。思虑有得，心气劳耗者，实未得也，强揣度耳。尝有人言：比因学道，思虑心虚。曰：人之血气，固有虚实。疾病之来，圣贤所不免。然未闻自古圣贤因学道而致心疾者。"——这讲的是学道与心力气血相互参照的颇为辩证的身、心关系。

《近思录》只是一个入门的台阶，它辑注的世间大道理放在今天并不过时而且仍有意义。周子、程子、张子之书，今天研究者之外的一般人未必有时间细读，《近思录》则选其精要，以十四卷共六百二十二条予以呈现。许多人也许会误解它只是供学者研读的著作，殊不知其中的道理对每个人都有教益。比如，"人只有个天理，却不能存得，更做甚人也"；比如，"心要在腔子里"；比如，"敬胜百邪"；比如，"涵养吾一"。这些平白易懂的道理，人不是不知道，而是需要时时去提醒他不要忘记。

对于"格物致知"，我原以为不过是悉心考察而有所得，作为读书人，我们不都在日日做着这样的功课？但某日写作间隙，偶读得这样一段——"上而无极、太极，下而至于一草、一木、一昆虫之微，亦各有理。一书不读，则阙了一书道理；一事不穷，则阙了一事道理；一物不格，则阙了一物道理。须着逐一件与他理会过。"这其实并不只是对读书人说的道理了，无论是谁，只要你是一个人，就不能不理会上至天文下至草木的道理。如若真的无视这些道理，那么，你在漫漫一生中要处理到所在职责范围的事务时，就会因为没有"逐一件与他理会过"而发生错位或铸成大错。朱子的格物致知，是在教人最基本的怎样做人的道理啊。在这个意义上看，格物、致知、诚意、正心、修身、齐家、治国、平天下，哪只是对君王说，它的对象包含了文化长河中的每一个个体。

"静后见万物自然皆有春意。"

晚年朱熹已无心再与他人做无谓的纠缠，请辞获准，1194年，朱熹还居建阳考亭，此后再未离开过。站在高丘，可以俯身看到"考亭书院"的牌楼，那上面应是宋理宗时赐的题额。友人指着更远处的低地，说，历史上最早的考亭书院，也就是"竹林精舍"——后改为"沧洲精舍"——在那边，原有一条小河，后来水位升高，又迁至这个地势高些的地方。我极目远眺，那里原先是有一片片竹林的吗？也许。如今已是沧海桑田。或者，对于晚年学术使命的自认，精舍取"竹林"意？都已不再可考。只知道，在这里，他经历得太多，而最重的一块命运之石就是"伪学"的打击。让我感佩的，就是在这种打击下，他仍以残年病体做着他的理想要他做的工作，完成《周易参同契考异》、《楚辞后语》六卷、《楚辞辩证》二卷、《楚辞集注》，修订《韩文考异》十卷，编订《礼书》，考订《尧典》《舜典》。他生命最后的日子是在修改《大学·诚意章》中度过的，四书集注数十年，最后陪伴他的仍是四书。去日无多，他在遗书中言："道理只是恁地，但大家倡率做些艰苦工夫，须牢固着脚力，方有进步处。"儒之气度，士之气节，无不在这平白如话的句子里，这种坚持到生命最后一刻的治学与做人的精神，使辛弃疾发出了"所不朽者，垂万世名。孰谓公死，凛凛犹生"的唁叹。

在考亭，我想起了已经与武夷山同样不朽的朱子的《九曲棹歌》。

　　　　武夷山上有仙灵，山下寒流曲曲清；
　　　　欲识个中奇绝处，棹歌闲听两三声。

一曲溪边上钓船，幔亭峰影蘸晴川；

虹桥一断无消息，万壑千岩锁翠烟。

二曲亭亭玉女峰，插花临水为谁容；

道人不作阳台梦，兴入前山翠几重。

三曲君看架壑船，不知停棹几何年；

桑田海水今如许，泡沫风灯敢自怜。

四曲东西两石岩，岩花垂露碧㲯毵；

金鸡叫罢无人见，月满空山水满潭。

五曲山高云气深，长时烟雨暗平林；

林间有客无人识，欸乃声中万古心。

六曲苍屏绕碧湾，茅茨终日掩柴关；

客来倚棹岩花落，猿鸟不惊春意闲。

七曲移舟上碧滩，隐屏仙掌更回看；

却怜昨夜峰头雨，添得飞泉几道寒。

八曲风烟势欲开，鼓楼岩下水潆洄；

莫言此地无佳景，自是游人不上来。

九曲将穷眼豁然，桑麻雨露见平川；

渔郎更觅桃源路，除是人间别有天。

武夷山九曲溪摩崖石刻上的"逝者如斯"写于哪一年呢？
或者从孔子到朱子，一直在写啊。

子在川上。淳熙甲辰年仲春时的朱熹，写出这首武夷山九曲溪最早的长诗时，已经将心比心，将一颗心真正放入了深山。

知晓他这颗心的，还有与他并称"武夷三翁"的另外两位，一是陆游，一是辛弃疾。陆游与朱熹相识于武夷山，被贬绍兴后，是朱熹托人辗转送上纸被，并以茶相送，"纸被围身度雪天"诗句记录的就是这种友情。而辛弃疾长久居住的地方是江西铅山，在被贬至武夷山冲佑观任祠官时，与朱熹引为知己。一个是人中之龙，一个是文中之虎，辛弃疾曾作《酬朱晦翁》诗，中有"历数唐尧千载下，如公仅有两三人"，足见朱熹其人在辛弃疾心中的分量。所以他会写下——

"所不朽者，垂万世名。孰谓公死，凛凛犹生！"

"空谷传声，虚堂习听。"

从这里眺望，远方群山巍峨。我知道在那群山的深处，在碧水环绕的丹崖之下，有一个朱熹亲手搭建的"精舍"，续接上了几近断裂的文化脉络。青山巍峨，我仿佛看到九曲溪畔的朱熹。在他的前面，是师学罗从彦的李侗；在李侗前面，是师学杨时的罗从彦；在罗从彦前面，是程门立雪、将洛学带到了南方的游酢、杨时——现在九曲溪畔仍留有游酢当年遗迹，那面大石壁上标识着游酢讲学处；而在杨时、游酢的前面，是被两位远道而来的学子所感动的大儒程颐，也许是望见两位求学者坚毅的背影，他才发出了"吾道南矣"的喟叹；而在程颢、程颐的前面，是……孟子；孟子的前面，是孔子。有谁注意到了这个文化的链条吗？意和园理学的道南一脉，传至朱熹，才有了学术史、思想史上的"考亭学派"；而学术史、思想史因有了朱熹，理学南传，才完成了儒学于那一时代复兴的使命。

这是一座座怎样壮丽的山峰啊，在文化的内部，又有多少仁人志士在往这文化的巨山中输血，道成肉身。我不知能不能用这样的词汇形容，但我坚信，丹山的意义，已不止于它霞一般的光泽和铁一样的外形。

"五曲山高云气深，长时烟雨暗平林；林间有客无人识，欸乃声中万古心。"朱熹以"客"所指的自况，是知晓"无人识"的大寂寞中还能持有一颗与高山平林一起站立的"万古心"。

故土九峰山下的大林谷，终是收留了他。

而他给我们留下的，则是一座哲学的高峰，同时也是文化的高峰。武夷山，这座后世所谓的"理学名山"，正因有了他的到来和他的书写，而变得与众不同。

五

"千载儒释道，万古山水茶。"已经记不得这个句子最初出自哪里了。

被尊为"茶圣"的陆羽在世界上第一部关于茶的专著《茶经》中写到茶与土的关系,"其地,上者生烂石,中者生砾壤,下者生黄土"。意谓茶树生长以土质论,长在乱石缝隙间的为最好,长在沙石砾壤里的次一等,而最差的是长在黄土中的。

《茶经》还对煮茶的水质提出了要求,分出了等次:"其水,用山水上,江水中,井水下。"并言:"其山水,拣乳泉、石池漫流者上。"就是说,煮茶用水,山水为上等,江水为中等,井水最次。而用上等的山水,则要找钟乳滴下或山崖中流出的泉水。

陆羽对于煮茶的火也是有讲究的:"其火,用炭,次用劲薪。"就是说,煮茶的火,用木炭最好,如果没有木炭,用硬柴火也不错。

好了,水之用,火之用,以及茶之生——武夷山丹霞地貌,茶园土壤由细碎石和风化石组成,疏松透气,烂石砾壤,提供了茶树生长的先天条件。从理论上看,所有的条件都已具备,武夷山得天独厚,有山泉,有劲薪,更有长在乱石缝隙中的茶树,可以说,几乎没有哪一座山能够同时坐享这样的地利。

关键在于,《茶经》所言年代,是先于武夷山茶名声大噪之时的。陆羽是唐代人,他不可能对于宋代之后才渐渐有影响以至于名声远扬的武夷茶有如上的判断,他所说的水、火与茶之生长土壤环境的话，都是在原理的意义上的。如此说来，武夷茶生长的环境之得天独厚，它的水、火、土之于最终到我们手中的一杯茶的关系，真是有些现实合于书面的意思。茶，存在于武夷山这样合乎于《茶经》的优渥环境里，也有如天助。

但是，只是有这些自然条件就足以令一方水土与茶建立起紧密的关联了吗？清人陆廷灿著《续茶经》，对唐以后的茶事加以续写，其中，提到了陆羽著作中并没有提到的武夷山。以这样的眼光看，武夷山的茶在唐代茶圣笔下能够"隐身"，是不是意味着武夷山在唐代对于茶还没有大量自觉的种植？陆廷灿《续茶经》书中讲到《随见录》里的"凡茶见日则味夺，惟武夷茶喜日晒"，并言："武夷造茶，其岩茶以僧家所制者最为得法。至洲茶中采回时，逐片择其背上有白毛者，另炒另焙，谓之白毫，又名寿星眉。摘初发之芽，一旗未展者，谓之莲子心。连枝二寸剪下烘焙者，谓之凤尾、龙须。要皆异其制造，以欺人射利，实无足取焉。"关于"茶之造"的这段文字信息量足够大，我们将之简化一下，可以想见，陆廷灿所言要义，一在僧家的参与。僧家心静，对于茶的制法得其要领，没有功利；而禅茶一味的传统，也使茶之制成为一种修行的内容——足见佛教于茶道的影响。另一意在"岩茶"这一名词的出现，我没有考证当今岩茶之谓是否来源于此，但我想这一称谓现如今已经传开，也许与这部清人论著有一定的关系。

　　就在这部书中，在关于"茶之器"的研读中，我还发现一节这样的文字："茶鼎，丹山碧水之乡，月涧云龛之品，涤烦消渴，功诚不在芝术下。然不有似泛乳花浮云脚，则草堂暮云阴，松窗残雪明，何以勺之野语清。噫！鼎之有功于茶大矣哉。"这说明清代之于唐代而言，对于器物的看重，究其原因，我想还是因为宋代生活方式的改变以及审美观的形成吧。唐代还是宫廷美学占上风，而宋代由于茶的普及、城市化的进步，形成了相对广泛的市井美学。武夷山的茶虽在《茶经》中语焉不详，但唐末关于武夷产茶已有诗句，如"武夷春暖月初圆，采摘新芽献地仙"。而刻在九曲溪崖石上的"晚甘侯"也是宋人所命名的武夷山茶的别称。总之到了清代，《续茶经》中武夷山的茶已经跃然纸上，而且当仁不让，比如"茶之出"一节，读来几乎是满目武夷了。

　　武夷山的茶洞，我没来得及去，但《续茶经》中记有"茶洞在接笋峰侧，洞门甚隘，内境夷旷，四周皆穿崖壁立。土人种茶，视他处为最盛"。松萝法制茶，我只是听过，这次未有机会见，但在此书中，已有记载："崇安殷令招黄山僧以松萝法制建茶，真堪并驾，人甚珍之，时有'武夷松萝'之目。"建茶，即武夷山茶的早年称呼，我以为它是一个大的范围概念，但在我的印象中，它似乎也可与武夷山茶相互替换。

　　太多了。武夷之茶已是写满纸上，这与《茶经》形成鲜明对比，说明自宋以后，武夷山茶名气大增。证据是一个接一个，王梓《茶说》："武夷山，周回百二十里，皆可种茶。茶性，他产多寒，此独性温。其品有二：在山者为岩茶，上品；在地者为洲茶，次之。香清浊不同，且泡时岩茶汤白，洲茶汤红，以此有别。雨前者为头春，稍后者为二春，再后为三春。又有秋中采者，为秋露白，最香。须种植、采摘、烘焙得宜，则香味两绝。然武夷本石山，峰峦载土者寥寥，故所产无几。若洲茶，所在皆是，即邻邑近多栽植，运至山中及星村墟市贾售，皆冒充武夷。"这说明当时武夷山茶已大量上市，由于受欢迎而已有冒充者出现。我读其文，想着岩茶与洲茶之不同，可能也是水土的细微区分使然。再有张大复《梅花笔谈》："《经》云：岭南生福州、建州。今武夷所产，其味极佳，盖以诸峰拔立，正陆羽所云'茶上者生烂石中'者耶！"这是说产茶环境的绝佳。还有《草堂杂录》："武夷山有三味茶，苦酸甜也，别是一种，饮之味果屡变，相传能解酲消胀。然采制甚少，售者亦稀。"古人对于武夷山所产茶的功能已有研究，并指出了采、售量少，物以稀为贵。

《随见录》谈武夷茶，"在山上者为岩茶，水边者为洲茶。岩茶为上，洲茶次之。岩茶，北山者为上，南山者次之。南北两山，又以所产之岩名为名，其最佳者，名曰工夫茶。工夫茶之上，又有小种，则以树名为名。每株不过数两，不可多得。

洲茶名色，有莲子心、白毫、紫毫、龙须、凤尾、花香、兰香、清香、奥香、选芽、漳芽等类"。足见那时人们对于武夷茶的认识。其中的小种，那在山崖上的几株野茶树，我以为就是现在我们称的正山小种；而诸多带有果香花香的茶，可能就是各种岩茶了。

武夷山茶可以追溯到南朝，文字记载最初在唐朝，但名气大增的时期在宋代。宋代武夷山茶频频入诗，经范仲淹、欧阳修、梅圣俞、苏轼、蔡襄、朱熹等人的书写，驰名天下，以至于到了元明时期被作为贡茶。1302年，九曲溪设有御茶园，17世纪，武夷茶远销欧洲。

在御茶园中小坐，当我拿起面前的茶品味，与我对面相望的，是亚热带季风气候以丰富的水资源、适中的气温、充沛的雨水、富含腐殖质的酸性土壤所养育的树木林丛。陆羽曾说："烹茶于所产处无不佳，盖水土之宜也。"诚哉斯言。在不远处的五曲的茶台上，朱熹也曾与弟子把茶临风，在仙翁留下的茶灶石上，饮山岚风露，将自己亲手种的茶饮罢，在茶香中乘舟而去，我能看见他的衣衫在风中飘舞并倒映在水中的样子。五曲摩崖之上，还有"庞公吃茶处"刻文，说明当时临水吃茶也是一大赏心事。与朱熹同时期在武夷山生活的道人白玉蟾，更有《茶歌》咏之："味如甘露胜醍醐，服之顿觉沉疴苏。身轻便欲登天衢，不知天上有茶无。"

　　在四围都是原生林木的环境下饮茶，你会体会到此前在城市中任一个地方饮茶都不曾有过的心静。慧苑寺不远，但也要用些脚力才能走到。"客至莫嫌茶当酒，山居偏隅竹为邻。"朱子曾在寺中悟道，不知他的"静我神"几个字，是对茶而言，还是对山而言呢？

　　武夷山的植被物种十分丰富，而且在红壤层多生矮小的灌木。它们不与茶树争阳光，反而供给茶树非凡的营养。它们开出的花所产生的清香，在峡谷中久久氤氲不去，形成了茶叶特有的花香果香。我走在去看大红袍的路上，人们将之称为岩骨花香漫步道。两山之间，峰崖耸立，一道峡谷，谷底水溪潺潺，是从更高的山上流下来汇聚于此的吧。那山泉水中，只见细细小小的鱼——它们简直是透明的——在成群自由地游动。阳光从峰顶照耀进来，随着峰回路转而洒下点点斑斓，山谷里的风时时吹过，给行路的人一些清凉。大红袍母株就在这深谷悠长、水流不息中映入了眼帘，它们长在岩石壁上。抬头刹那，我想起的倒不是传说中从朝廷那里归来的士子为它们披上的红袍，而是范仲淹的一首茶诗："年年春自东南来，建溪先暖冰微开。溪边奇茗冠天下，武夷仙人从古栽。"

　　能够长在悬崖绝壁上的茶树，只能是"仙人"所栽了。

　　在这首名为《和章岷从事斗茶歌》的诗中，我们看到了宋代武夷茶的兴盛。茶走入民间深层的方式，已不只是饮以解渴，而是成了一种市井文化，这种民间嬉戏的方式，不经意间深藏着也包含有宋代文化由上向下的普及性。也就是说，文化已不只是一种精英所专有的东西，而在各个层面有了更广泛的空间、更开阔的意味。武夷茶给民众带来的生活乐趣，从这一点上可作考量。正如坐在御茶园中的我，茶、水、山、树都已具备，手中所缺的只是那标志着宋代以来美学生活化的日常载体之一——一把建盏。

从燕子窠上来，走上公路，不远处便是抬头可望的遇林亭窑遗址。

遇林亭窑遗址地处星村乡燕子窠自然村和武夷山镇白岩自然村交界处的群山之中，20世纪50年代发现时共有六处，规模很大。分布在高星公路的东西两侧。山上可见大量松树，原山谷有小溪，水、木皆备，可能所需的只是火了，松树用来烧窑，溪水用以淬火。但走到山上窑址，我还是着实震惊了，从山下蜿蜒到山上的龙形古窑，深黄颜色的土，夯实的土，经过了烈火的土，兀自立着的土。在站立着的土中间，是瓦的碎片，更确切地说是盏的碎片，它们叠摞在一起，与土粘连。它们来源于土，经了水火，经了古代工匠的手，更经了漫长的岁月，而向我们敞开一段艺术史上的秘密。

我曾说过，古代的工匠就是他们那个时代的艺术家。今天，我仍坚持这样的观点。不然，怎么会有那些神奇到没有一颗钉子的建筑？怎么会有在不同光线下变得五彩斑斓的建盏呢？艺术家并不是高高在上的人，而只是将生活中的物事做到美、做到极致的人啊。比如在我对面的孙建兴和他的女儿孙莉，他们一直致力于对宋代建盏艺术品和工艺的复原、研究与创造，他们的院子里就有一座自盖的柴窑。他们父女对于中国非物质文化遗产保护的最大贡献，就是让这种千年以前的艺术活下去，活在我们今天的文化里。一边采访孙老师，一边从窗子望过去，那座柴窑沉默着，它还需要一些时日的降温才能开启。这次来，无法目睹大师的最新作品了，但从小孙老师忙碌而单薄的身影里，我又分明感到了薪火相传的意义。

莲花峰下的遇林亭窑，依山坡而建，或七十五米长，或百米多长，专烧制黑釉，也有青釉瓷，碗、盏为主，一次能烧五万到八万件瓷器。这里烧制的描金、银彩黑盏，证明了当时极高的工艺，而后来日本瓷器历史之开端，也是南宋嘉定年间随道元禅师的加藤四郎等从建窑学艺，并将其带回日本。今天在日本东京静嘉堂文库美术馆、大阪藤田美术馆和京都大德寺龙光院以及日本永青文库，都还收藏着宋代的"曜变天目"茶碗和茶洋窑的"灰被天目"茶碗。在日本茶道师能阿弥、相阿弥所著的《君台观左右帐记》中，我们读到了对于这些原产自中国的艺术品的介绍：

曜变为建盏中的无上神品，乃世上罕见之物，其地很黑，有许多浓淡不同的琉璃状的星斑。另外，还有黄色、白色以及浓琉璃色和淡琉璃色等色泽互相交织，形成美如织锦的釉。相当于价值万匹之物也。

油滴为第二重——其地也很黑，盏心和盏外壁都呈现出许多淡紫泛白的星斑。存世量比曜变要多，价值等同于五千匹之物也。

星盏，不如油滴，其地釉发黑，色泽带有类似金子发光的效果。和油滴同样，也有带星斑的。价值等同于三千匹之物也。

乌盏，形似兔盏的样子。土釉与建盏同样，形状有大小之分。价廉。鳖盏，与天目茶碗的质地一样，釉色泛黄且发黑，有花鸟及其他各种纹样。价值千匹之物也。

玳皮盏，也与天目茶碗的质地相同。釉色黄中带橘色，盏内外布满淡紫色的星斑。廉价。

天目，众所周知，以灰被为上品，不是公方的御用之物。

其中可以确定的是，曜变、油滴、灰被天目均产自建窑。

我想起自己近年对建盏的追踪，始于几年前在福州"三坊七巷"的漫步，价高所造成的犹豫，让我并没有购得。到了2018年年底的一次西双版纳之行，在我居住的酒店里有一家工艺品店，一向对旅游地的工艺品不太上心的我，这一次被一个建盏迷住了。待取出来，那炫目的五彩，如虹一般，上面竟兔毫与油滴都有，蓝色放射出荧光。反过来看，盏底刻的是作者姓名，我记住了——吴立主。因为太喜欢，便讨价还价，最终还是买了下来。回北京后以之饮茶，但一次搬家，不慎碰裂，那一刻我的心都有行将碎裂之感。也许是这个原因，我在行囊中带上孙建兴先生所赠《品味建盏——建窑系列建盏恢复研究》一书，踏上了赴建阳的旅程。

是修复、续缘？是寻根，还是朝圣？我说不清楚，但此行将改变我的艺术观已成必然。

毫无疑问，我遇见了一个更大的世界。或者说，一个后山的世界向我打开了门。在这里，我遇见了孙建兴的弟子，还有更多的做建盏的艺术家。我了解到建盏制作的方法。单从工艺上讲，建盏的制作就要经过选瓷矿、碎土、淘洗、配料、陈腐、练泥揉泥、拉坯、修坯、素烧、上釉、装窑、焙烧、出窑等十三道工序。我才知道，只有这里特有的含铁量极高的泥制造出来的盏，才能称为建盏；我也才知道，我原来购得的曜变建盏，那些斑斓夺目的图案根本不是艺术家画上去的，而是火与土与水的再创造。我还记得我看到装窑前竟是同一种釉色的盏排列在那里，惊奇得说不出话，惭愧于刚了解到"入窑一色，出窑万彩"。同样的窑，同样的土，同样的胎，同样的釉，同样的烧制，但出来的是完全不同的不可思议的艺术品。

一位名叫光明的工艺师告诉我："从来都是我做一半，天赐一半，而天赐的那一半，只可遇见，不可预见。”这是多么哲学的讲说啊。宇宙、星空、霞光、霓虹，同样的釉，居于不同的窑位、不同的天气、不同的季节、不同的温度，它们最终的呈现绝不相同，这是真正的窑中作画，是天意和神变。光明，的确是修来的。修炼一事，不仅在古代学者那里如此，在今天的艺术家这里更是如此。

如此看来，我们拿在手中的盏也不简单呢。

也是在这里，我第一次看到民间“大观点茶”还原了的宋代点茶。那可是宋徽宗《大观茶论》和蔡襄《茶录》中的步骤啊，从炙茶、碾茶、罗茶、灼盏到点茶、品尝，最后端过来的茶盏里的汤花是乳白色的。能够回忆起来的关键程序大约是，将研细后的茶末放入茶盏，先冲入少量沸水调羹，再慢慢注入沸水，用茶筅击拂，调匀后饮用。

茶兴于唐而盛于宋，所言不虚。我是徐徐饮尽的，当茶汤从我齿间缓缓进入身体，最先跳出来的句子便是：“茶色白，宜黑盏，建安所造者绀黑，纹如兔毫，其坯微厚，熁之久热难冷，最为要用，出他处者，或薄或色紫，皆不及也。”蔡襄的书写历经历史的风尘，在这一刻真是走入了现实中。但无论是范仲淹的“黄金碾畔绿尘飞，碧玉瓯中翠涛起”，还是杨万里的“鹧鸪碗面云萦字，兔毫瓯心雪作泓”，更有陆游的“活眼砚凹宜黑色，长毫瓯小聚茶香”，其中所提到的“瓯”，最终要装的还是茶。

而茶之所得，同样不易。

诗里总是色香味俱全，茶人做茶则是与时间比赛。

我来武夷山正值暮春，谷雨之后，正值武夷茶人最忙的季节。最初进到茶庄，一股深重好闻的香气扑面而来，我以为是院子里的香樟木——那里陈列着几尊大型木雕——发出来的。友人讲，哪里，正是只有这个季节才有的做茶的香气，这种茶香弥漫到空气里，你呼吸进去，是可以治病的。我还从未有过这样的经历。果然是精神振奋的。而在赤石，夜晚探访一家做茶世家，与友人们在厅堂喝茶的间歇，跑到后面的茶作坊，看到他们一家正赶时间一样地做茶，怪不得与我们说话的年轻茶人已经鼻头上火红肿，说这样日夜做茶已经连续几天，接下来的还要赶紧做出来。而在另一茶厂，一位当家人与我们一边讲话，一边不忘到院子里与伙计们交代要怎么怎么样。他们都是在赶茶时啊，时时刻刻，茶提醒着他们，而与我讲话都只能三言两语，对此，他们的言谈中不无歉意，但真正应有歉意的该是我。就是在九曲溪这样幽静的地方，我也看到溪上的茶船摆过，一袋袋的茶青被采摘下来，运出去，如果误了工，便是辜负了一年的光景呢。

茶的制作，并不比盏的制作简单。当然茶的品种不一，制作工序也有差别，以大红袍为例，就包括采摘、萎凋、做青、炒青、揉捻、初焙、扬簸、晾索、拣剔、复焙、团包、补火、毛茶、装箱等多道工序。茶叶就是如此,就是说,当我们沉醉于"黄金碾畔绿尘飞,碧玉瓯中翠涛起"时,其实有那么多人为了这生活的诗意而付出艰辛的劳作。

心手之间的奥秘,只有真正沉入这一劳作的人才能体味,正如经由水火土木而放在我们面前的这一只盏,它俊逸的背后所凝结着的艺术家的智慧,又岂是外人所能轻易猜测和悟得的。

一盏一孤品。就是找到吴立主,我也再不能寻到和以前那只已经碎裂的盏一模一样的了。盏因茶而生,因茶而盛,两者相依相随,成就了宋代被茶学界所称的"龙凤盛世"。

距此不远的水吉窑我这次终究未能走到,它作为遇林亭窑之前的"鼻祖",最长达一百三十六米,堪称世界之最。只有留待下次拜访了。

"曜乃日、月、星辰之光,变乃色彩变异之意。"于时间光色中,曜变的又岂止是盏?茶中乾坤,是一点儿也不亚于它的容器的。

我在武夷山星村、桐木关一路,在正山小种诞生的源头见到的茶人,他们虽居山林,但心怀世界,要做最好的茶,使武夷山茶能够在世界上占有重要的一席之地。我知道,早在17世纪,红茶就已通过海路运往欧洲,还出现在拜伦的《唐璜》诗里，而真正使英国人彬彬有礼并参与改变他们日常生活礼仪的，还是中国红茶。当然武夷茶运往欧洲并不止这一条海路，另一条已经开始引起研究者重视的"万里茶道"，走入了人们视野。我在下梅村，看到气势恢宏依旧的邹氏祠堂对面的梅溪，有些恍惚，我无法想象如此清浅的水，在当年能驮起如此众多的沉重船只，而下梅还只是万里茶道的起点。下梅、赤石我一一走过，可以想象，从下梅村一路北上，那些武夷山产的茶，辗转于（中国）武夷山——江西铅山－信江－鄱阳湖－九江——长江——湖北武汉－汉江－襄阳——河南唐河－社旗－洛阳——山西晋城－长治－祁县——河北张家口——内蒙古呼和浩特——（蒙古）乌兰巴托——（俄国）恰克图－莫斯科－圣彼得堡——欧洲。

想到这里，我忍不住笑了一下。2019年秋天我在圣彼得堡一家品牌专卖店购得一对茶杯，这种1744年由伊丽莎白皇后创立的皇家罗蒙诺索夫瓷器厂生产的杯子，一定也斟满过武夷山出产的茶。

这走过了千万里的茶，这经过松木之火与山溪之水锤炼的盏，谁说不是受惠于武夷山上的一切呢？它们的灵性与仙气，谁说与我未全部见过的至今仍然生长于山上的五千一百一十种动物、三千七百二十八种植物无关呢？谁能说它们与我在武夷山刚刚认识的钟萼木和还没有见到的金斑喙凤蝶无关呢？

当我站在晒布岩面前，站在"壁立万仞"四个大字面前，我知道我还会来。正如那位我并不认识的远在他国的女士说的那样——如果我在世界上迷了路，请把我送到武夷山。

而我所等待的，正是再一次的上路。

去武夷山！

本文初刊于《人民文学》2022年第2期

何向阳，诗人，学者，作家。中国作家协会主席团委员，享受国务院政府特殊津贴专家，中国作家协会创研部主任、研究员。出版有诗集《青衿》《锦瑟》《刹那》，散文集《思远道》《梦与马》《肩上是风》，长篇散文《自巴颜喀拉》《镜中水未逝》《万古丹山》，理论集《朝圣的故事或在路上》《夏娃备案》《立虹为记》《彼黍》《似你所见》，专著《人格论》等。主编"知识女性文丛""百年中篇小说名家经典"等。作品入选《中国新文学大系》，被译为英、俄、韩、西班牙等多种语言。获第二届鲁迅文学奖、冯牧文学奖、庄重文文学奖、上海文学奖等。

我对不起郝美丽

鱼　禾

唯有死亡坐到了对面，你才能尝到生命的全部滋味。

——题记

病　房

几乎在每个清晨，"小燕子，穿花衣"的电话铃声都会率先打破病房的寂静，孤零零地响起来。接着便是郝美丽的沙哑嗓音。又来了，又来了。她嘴上埋怨着，却也不急于接听，只是慢吞吞坐起来，摸索她的衣服鞋子。

这是一间格局特殊的病房，开在十七病区的东头，里面只有一个标准床位，朝东开了一面阔大的观景窗，门前的一截走廊恰到好处地隔离了来自普通病房的噪声。据说这病房原来是专门留给厅局级以上干部的单间，后来伊城新区分院投用，厅局级以上干部住院放到了新区，这间病房便加了两张床，成为

"小病房"。小病房条件虽不如原来的单间那么优越，但比起挤了七八张床的普通病房，还是舒服了很多。

窗玻璃外面还是一派乌色，不过已经是早晨了，那一派乌色中透着隐隐的金属之光。我喜欢清晨，即便是病房的清晨。经过一夜饱睡在枕头上睁开眼睛，有一种难以言喻的轻松。这是纯属身体的轻松，准确地说，是大脑感觉不到身体有重量。在病房，很多时候人只能躺在床上。即便这样，清晨特有的轻松也会准时到来。

我不知道究竟有什么事能让一只手机总是在天亮之前响起来。不过也无所谓，即便没有这电话铃声，这个点儿护士也会进来，随着"啪"的一声轻响，LED顶灯大雪般的白光就会豁然灌满病房。护士要给昨天入院的病号抽血，开灯是必需的。还有在走廊上打地铺的家属，也会在这个时候被要求收拾铺盖，把东西放回病房。反正也不用着急，等这点喧闹过去尽可以再睡回头觉。

一个人进了病房之后就有了足够的时间。时间仿佛大河里偶然涌入岔道的水流，它会陡然减速，甚至停下来。除了在预约时间必须去指定地点做指定的检查，其他时间都可以用来睡觉。

我把眼罩推到额上，垫高枕头，看窗外那一大片剪影般的楼群。在清晨的暗蓝天色里它们是纯黑的，显得极其肃穆。这个城市的人们仍在酣睡，还没有一盏灯打破那一片错落有致的黑。那一片楼群是这个城市最早的楼群之一，楼面破旧斑驳，其间夹杂着花花绿绿的广告牌，白天看上去，也就是伧俗市井的一角。这原本不堪入目的景象，被昼夜交替时分的天色掩去细节之后，竟也颇为悦目。

耐心惊人的郝美丽每次都能磨蹭到燕子回答完毕才去接电话。手机里的歌便兀自唱下去：我问燕子你为啥来，燕子说，这里的春天最美丽。

马上就到春天了，天还冷成这个德行，漫天的雾霾让人觉得里里外外不清爽。燕子来这里为着个什么，谁知道呢？这穿花衣的貌似乖顺的小东西，其实是一种性情高傲的鸟儿。你若想像养鸽子一样把它们圈到笼子里据为己有，它们会愤怒，宁可把自己饿死也不会吃你喂给的食物。这样的灵物，会稀罕你所说的美丽吗？

躺在病床上的人闲得无聊，便常常把燕子的答案换掉——

燕子说，这里有个郝美丽。

燕子说，我们想念郝美丽。

燕子说，燕窝送给郝美丽。

因为这电话铃，来打针的护士总是逗她，美丽阿姨，这歌可是你的专属啊。郝美丽便敷衍着。她拍拍胸口说，你还别说，一听这歌呀，这心里头可安生了。在地道的老伊城口音里，这个"可"字念成拖长的去声，是整句话里的重音。被强调的字音像一道勒进泥墙的长索，引着人去细想里面的原委。

咋了？郝美丽的沙哑嗓音终于接续了唱歌的童声。噫，我还以为又是臭妞打的。郝美丽的声音陡然变得急切。那你等一小会儿，我现在下去。郝美丽边说边从床边站起来，两只脚倒腾着穿上棉鞋。

这两天伊城突然降温，这个点，室外温度大约在零下十来摄氏度。伊城冬天的冷分两种。一种是雪一般的冷，冷得松软、好商量，冷是冷，稍微焐焐也就化了。还有一种，是冰凌一般的冷，冷得生硬、锋利，直扎人的骨头。这两天的冷法，显然是后一种。郝美丽似乎很怕冷，里里外外的衣服有很多层，里面是保暖内衣，外面有暗红色的大针厚毛衣和花色零乱的毛绒家居服。她晚上睡觉极少脱毛衣，都是鼓鼓囊囊穿着睡，出门的话，外面还有一层厚厚的大棉袄，再加上蓬蓬勃勃的大围脖、绒线帽，常把自己裹得像一大团没扎紧的包袱。

不过这一次，事情看来是很急，郝美丽没来得及一层一层往身上裹衣服，就拿了手机，披上大棉袄出门了。

沙　粒

窗外的天空转为含有光感的蓝灰。那是我最喜欢的色调，唯有在晴天，在清晨和傍晚的天穹边缘，才能见到那种玄妙的渐变色。偏执狂的脾气促使我试了许多次，企图调制出同样色调的电脑文档背景——由发光的蓝灰到沉郁的墨蓝。不过，我的模拟没有一次成功过。

黑色楼群剪影被一方白色洞穿。在这个凛冽的寒冬，那个位置，每个清晨都会第一个亮灯。大约一刻钟后，在它的左上方，会出现第二个白色小方块。再过大约半小时，它们的正下方会零零星星出现一片小方块，白色的，黄色的，微蓝的。那也是一簇聚集的亮斑，沙粒状亮斑，它们在黑色剪影中一朵朵开放，犹如杂花生树。"沙粒"在楼群右侧八点钟方向，跟身体中的"沙粒"曾经所在的方位一致。

身体中的"沙粒"已经被拿掉了。在被拿掉之前它们的供血通道遭遇了药物阻断。被切断供养的"沙粒"坚持了两个多月。经历了三波药物阻击之后，顽强的"沙粒"们终于失去了生命迹象。"未见血流通过"的检查结果在我手上，被看宝似的看了许久。打扫沙场的手术已经过去一个多月。手术之后，为了巩固形势，又以药物消杀一遍。药物剂量每次只有九毫克，药力却是极其毒辣。这毒力对每个人造成的影响不一样。我的反应算是轻微——用药之后两三天之内，会有几个小时左右，骨头里有若电流穿过。那是从未有过的感受，难以用任何一种惯用的词汇去描述它，但它极其强烈，让人不可能移开心思去注意别的事情。

"沙粒"早已被歼灭，被同时切断的经脉却迟迟没有接通。有很长一段时间，创伤部位处于无痛觉状态。按照主治大夫的说法，人体神经有强悍的自我恢复能力，它们会慢慢"爬"到受创部位，在那里重新勾连成网。

伤口有一小截没有长好。有一厘米？我问。有两针，主治大夫说，剪开再处理一下就行了。像在讨论一件衣服。

在急救室，处置伤口的医用小刀在骨面上刮。能听到短促的、有节奏的沙沙声。站在旁边的护工金满箩嘶嘶地吸气，好像那几分钟的刮骨疗毒发生在她身上。她嘴里嘟嘟囔囔，对医生表达着不满。还大医院哩，都动刀了还不给麻醉，娘哎，叫病号干受着，啥医院哪。因为最初入院的时候我对检查和治疗程序完全没有概念，而用药打针紧锣密鼓，一项一项都卡着点，年轻的主治大夫按捺不住性子总是嚷嚷，金满箩对这个大夫很不满。她看这大夫的时候也斜着眼睛，一脸的厌烦。我摆摆手，让她回病房等。她皱着脸，一步三回头地退出了急救室。主治大夫的手很轻。我的感觉是有只蚂蚁在那里徘徊，只有轻微的触觉，不痛不痒。

为什么不疼呢？

这里的神经还没有恢复。主治大夫说。

神经不知道，可是我知道啊。

主治大夫开始消毒，敷纱布。你知道它也不会疼。

我看着天花板，厘不清这里的逻辑。我明明知道这件事，却不能被激发痛觉，说明痛觉系统根本不能识别任何语言信号，而只能识别身体内部的生物信号。又或者说，痛觉只是神经的条件反射，而根本不是大脑反应。只是这么一来，我对于我的身体而言，又算个什么东西呢？一个旁观者？一间移动病房？

就是说大脑听神经的，不听我的？

这个……大夫把我扶起来。你也不能想疼就疼啊。

不需要再缝针吗？

不用，皮肤很快就爬严了。

这一块的神经呢，会恢复吗？

当然了，大夫说，不过神经爬得慢一些，别着急。

金满箩战战兢兢等在门口，见我出来，赶紧来扶。我笑笑说不用，其实不疼。金满箩坚持扶着我回病房，嘴里嘟囔着，娘哎，铁人。

走廊上有几个术后恢复期的病号在锻炼手臂。我们被反复提醒，术后十天就要开始锻炼手术侧的胳膊，举手做"爬墙"练习。"爬"，不是一个比喻，而是实际需要的手部动作。病区走廊的几处转角墙上画着标高格线，病号背靠与标线墙垂直的另一面墙，"爬墙"的手臂与身体保持平角，然后上举，先爬到一米六，然后一米七，一米八……直到能够垂直向上，再能够绕过头顶，触摸到另一侧的耳朵。这是一个需要数月才能完成的过程。伴随着贯穿手臂的扯痛，被手术切断而蜷缩的筋脉被一点点拉开。那一侧的手要真的像乌龟一样往上爬，直到筋脉被扯开到某个适度值——到你忍受不了那种筋脉撕扯的疼痛为止。

医生告知，术后半年甚至更长时间内，受创部位会有类似针刺的轻微疼痛，不用紧张，那是你的神经正在"爬"出末梢。

"爬"这个词一遍遍被重复，仿佛在描述某种有独立大脑且四肢健全的动物。手臂会"爬"，皮肤会"爬"，神经也会"爬"。在被"小燕子"叫醒的许多清晨，我都能感觉到它们在"爬"。微微的刺痛从重创区零星传来，犹如冬季常见的静电打击。这刺痛让我觉得安慰。这意味着受创的神经正在竭力"爬"向空白区，它们在倔强地不眠不休地恢复。疼痛充满了正能量。

窗外天色渐淡。黑色剪影慢慢褪色，变得形影驳杂。楼群现形，归入嘈嘈切切的市井之中。这时候，我可以睡个回头觉了。

病　房

郝美丽寒气飕飕地回到了病房。她脱掉外套，换上拖鞋，灌下几口热水，坐在床沿上开始数落她丈夫老朱。大约也是为了筹钱，老朱已经退休了也不歇着，天天跑到西郊一家什么加工厂干活，白天干完活，晚上捎带着晚饭来医院。为了陪郝美丽，老朱夜里就打个地铺，睡在医院的走廊上。

郝美丽的数落与刚刚下楼对付的事有关。老朱的电动车被"弄走"了。

在郝美丽嘴里，数落男人也是有章法有剧情的，悬念、包袱、卖关子一样不缺，像是说书。郝美丽说，从俺家门口儿到这儿，走路也就一小会儿，就是个老鳖，赖好动动腿儿，五分钟也爬到了，然后从这儿去他上班那地儿，看见没？出北门往前多少咕蛹咕蛹，三十七路公交，车都不用转，这边儿门口上，那边儿门口下，够方便吧？噫，他就不，他可成别筋国国长了，他说他没时间等车，快七十的人了，非作妖，非骑电动车。郝美丽又灌了几口水，继续叨叨。一大早，路上黑黢黢的，让他开车灯，就不开，说是白天不用开。这是白天？郝美丽指着窗外求证，隔十来米就看不清人，这是白天？那片天确实已经是白天了。郝美丽转头一看，自己先笑了。奶奶！这天儿亮真快。

郝美丽说，她有时候绷不住，就发动儿子劝老朱。郝美丽把儿子说成是"他儿子"。我跟他儿子说，你爹不听劝，非骑电动车，摸黑骑还老不开灯，还不让我管，我丑话说前头，他要是不让我管，出了啥事可别埋怨我。郝美丽手机响了一下。

她拿过手机，一边划拉一边叨叨。你知道他儿子说啥？他儿子说他，老哥儿，你要是不听阿姨的话，非自己作，作出了啥事，可别指望我管。

儿子叫你"阿姨"，这么说儿子的确是"他儿子"？

郝美丽看了一眼手机，摆摆手说，你是不知道。

异常能闲扯的郝美丽常常以一句"你是不知道"让她的家长里短戛然而止。"你是不知道"，大部分时候相当于"不说也罢"或"一言难尽"，有时候相当于"且听下回分解"。"你是不知道"犹如一道帘幕，会在某些难以启齿的当口，或者在她需要暂停的时候，随时落下。此刻的"你是不知道"相当于一个省略号。因为，郝美丽突然意识到在老朱的种种可恶之外，还有电动车这档子事。

这辆一大早不知去向的电动车，让郝美丽整整折腾了一天。

郝美丽从楼下上来的时候，已经在外面问了一圈。问门口保安，保安说，昨天晚上他十一点接班的时候，门口的电动车就全都清走了，哪儿清的，不知道。问路口交警，交警摆摆手，意思是别问我，不知道。

郝美丽拿起手机打电话。先打了两个，没人接。再打别的，对方接了，郝美丽便从床上下来站在地上，似乎是要表示接下来这番话的郑重。我跟你说，郝美丽对着电话急惶惶地说，你爹的电动车昨天晚上停在医院北门口，今天一大早没影了，一溜几十辆车都没影了，这不用说肯定是交警弄走了。郝美丽的声音低了八度。你能抽个空不能？能抽空那好，你先来医院吧，你找我拿钥匙，对你不用上来，我给你送下去。郝美丽腾出一只手从包里找钱。然后你问问交警拖车都拖到哪儿，我把钱给你，你去把罚款交交，对对，还得麻烦你把车骑回来。郝美丽又套上大棉袄，套上棉鞋，把长围脖往脖子上绕了两圈，拎起包，倒着小碎步出去。

回到病房的郝美丽看上去很放松。她洗漱，吃饭，然后窝到床上，把手机夹在支架上看视频。为了半躺着看视频方便，郝美丽的手机一天到晚在床头架子上别着。来了电话她也懒省事儿，就按下免提键，半躺在那儿接打电话。

大约半个小时以后，"他儿子"的电话打过来了。"他儿子"说，我到三大队堆车的地方看了，哪有车啊，一辆车都没有。郝美丽欠了欠身又躺下去。"他儿子"又说，现在交警队不拖车了，说他们整改了，这几个月一辆车没拖。

郝美丽只好另外想办法。她记得原来停车的地方有根立杆，立杆上有一串电话号码和某某街道的落款，她就顺手拍下来了。郝美丽找到照片看号码，看了一会儿，拿着手机直摇手。你说坑人不坑人，留个电话号码，他中间给你抹掉一个号，这叫咋打呀？我告诉她，直接打114问一下就好。郝美丽向我借了笔和纸，问了，记了，打过去，把原委拉拉杂杂说了。

那边接电话的人显然有点不耐烦，语气昂昂地说，我们办事处从来不拖老百姓的车。郝美丽怯生生地撮嘴，停车地方那立杆上不是写着你们电话号码吗？那意思不就是你们管吗？那边语气端肃，留电话号码是因为"创文"工作需要，那是我们的片区，知道吧？电话是我们留的，不等于车是我们拖的。又高声道，我们办事处是给老百姓服务的，什么时候也不会拖老百姓的车呀。我拿过电话问，既然是你们的片区，几十辆电动车被什么人清走了，你们应该知道吧？对方顿了一下，支吾道，这个，要不，你可以直接问问城管，当然我们也可以帮你问一下。

电话又打了一个来回。城管方面称，拖车的事不归他们管，建议问问110指挥中心。110指挥中心则把电话转给了交警队。交警队说他们早就整改了，有仨月没拖车了，一辆车都没拖。

我说，要不要打一下市长热线，有时候还挺管用的。郝美丽连声推辞。那不敢吧？郝美丽说，为个电动车就能找着市长说话？市长会顾上搭理我？我解释说不是市长，是话务员接，接完了转到管事部门去处理。郝美丽说，那行，我要是说不全了你替我找补找补。我说好，打吧。

热线通了，郝美丽开始有点吞吞吐吐，待报了自己的姓名，便很快镇静下来，开始讲述这件事。大半天过去了，这件事仿佛也已经成为一件"往事"。郝美丽把从清晨到现在发生的枝枝节节，像说书一样说得一波三折。对面开始还问一两句，接着便是嗯嗯，然后索性没声了，只是听着。等郝美丽说完，对方说，请问这位女士，您需要我们做什么呢？郝美丽顿了一下，看看我，决然说，恁热线是代表市长吧，恁说话要是管用，那就把俺家老头儿的车给找回来。对方说，好的，我们已经记录了，回头会帮您查问一下，请问您联系方式是这个电话吗？郝美丽说，是是是，就是这个电话，我姓郝，叫郝美丽。

一条河

一沓校对稿摞在床头柜上。是最近待出的书稿，关于河流。

这条泥沙累累的河流，很早就以它的灾难感吸引了我。很早，1985年。那年秋天，我第一次出远门。绿皮火车经过黄河大桥的时候开得很慢。那是一个晴天的午后，河面上有白花花的反光。我看着被地理书称为"第二条大河"的那条河，有些出乎意料。"第二条大河"竟然没有多少水。黄泱泱的沙洲一绺一绺分布在河床上，把河面切割得零零碎碎。但那河面又是何其辽阔，辽阔得一眼看不到边，让我觉得没着没落的。火车减速了。印象中常常呼啸而过的火车，那时在车轮与铁轨摩擦发出的"咣当、咣当"声中缓慢爬行。

我至今记得路过黄河时那种莫名所以的惊讶和紧张。

时日滔滔，人生张开又收拢，有多少过程与结局，都在时间的冲洗中淡去了细节，其中的绝大部分，连一点轮廓都没有留下。许多段落正如这古老的大河，有时候似乎是空的，却有什么在一刻不停地经过；究竟都有些什么经过了，又无从说起。回顾，意味着今天这个人凝神观看过往时日里那个人。那个人简直花了太多的时间在干蠢事，有时候干得很认真，干得扬扬得意。回顾往事意味着我只好眼睁睁看着她犯傻，干蠢事，得意。时间里面究竟埋藏了什么，它曾经诱导我做过什么，又给予过怎样的果实？回顾往事，常常让人不堪重负，偶尔，会陷入莫名所以的内疚，觉得辜负了那个在已经定格的时光里茫然无措的人。

而河流，几乎就是往事本身。

书稿是在例行体检之前交出的，不过是三个月之前的事。此时再看，观感竟是大改。三个月之前的书稿，亦如三年之前、三十年之前的我；看书稿，正如观看往事中的那人。我看着目录，一时竟看出此前多番修改视若无睹的缺陷。太自以为是了。我在床头靠了一会儿。

书稿形成的时间段，差不多正是体质变得羸弱的时候。也许是"沙粒"聚集引起的——不时发作的眩晕，从未有过的嗜睡，让我敲打键盘的时间很难延续到五十分钟以上。注意力的集中成了一个不得不用时间表以自我强制的事项。写作仿佛是一种为人公认的精神生活，也许，写作还是某种带有巫术气氛的事业。但是，在这个蜷缩在病房打量书稿的时刻，我意识到，而且几乎可以断定，写作本质上是身体的。文字是骨髓、血液、神经、肌肉以及它们的同伙所构成的这看得见的肉身的叫喊，它们堵塞，文字便堵塞，它们酣畅，文字便酣畅，它们的康健与病态也会直接渗入文字，化为文字的状态或曰风格。身体、意志力、写作……与其说它们是休戚相关的，毋宁说它们是一体，它们是"我"的构成，也是我的名称。

书稿背面是我无意中写下的名字。写了许多遍。那个被称为"本名"的名字，吻合我所归属的这个家族辈分和排行谱系、有醒目性别标识的名字。这三个字特别难写，怎么写都不顺畅。汉字仿佛是有灵的。大约与它们的来历有关系。这些字尽管经过了一再的抽象和简化，但形声会意的功能还在。它们的形状与发音，对所指涉的事物有着不可言喻的暗示力。我的名字低眉顺眼，姓氏的风格却奔腾飞扬。当被这样称呼的时候，我大致也就是这么个分裂的人。

在这里，这个名字被漠然地符号般地呼唤。它出现的频率从来没有像现在这么高。它出现在输液单子上，出现在各种预约单、检查单、报告单上，出现在床头卡上，中间那个字变成

"*"号出现在叫号屏幕上。它每一次被呼唤,后面都跟着一个动作——打针;抽血;换药;到某号诊室就诊;签字;或者仅仅是在输液前确认一下,这个名字标示的,就是病床上这个神情涣散面容松弛的家伙。

我拿起铅笔,删掉两个整章,一个整节,再删掉许多凤凰枝般稠密的段落,以及大段大段累赘的引文。已经排版了,这么狠的删减,至少是不礼貌的。我暗暗说着抱歉,却停不了手。虚饰,也从未像现在这样显得累赘而可恶。表达需要考虑的,难道不只是言语的必要性吗?为理解提供必要条件就够了。表达与生存一样,"充分"不仅是浪费,而且不悦目。

撇开那些云遮雾罩,这条河渐渐显露出清晰的轮廓。它的诞生,它流经的全部时间,它的水系,它的新伤旧痕,它的滋养与孕育、暴力与残酷,在剪枝打杈以后仿佛都是视力可及的。这情形,看起来有些清冷,不够绚烂,甚至,很难说是动人的。但这就是它本来的样子。

右手食指被纸边划了一道,小血珠从伤口处慢慢洇出。我把那一摞纸扔到床头柜上,躺在床上养神。"大针"的威力好像上来了。贯穿骨髓的酸痛从髋骨处开始,然后蔓延到四肢。白色药液正在体内发散。它在剿灭某种隐形物,某种可能。它是我身体的保护者,也是闯入此间的甲兵。骨中若有冷风穿过,不时会有被电流击打般的痉挛。这种情形会持续数小时。我已经熟悉了这套把戏。从第二次开始，身体便已具备了卓然不同的耐受力。不可避免的疼痛，乃至，不可避免的任何不适，都会像饥饿和瞌睡的感觉一样，成为身体的某种常规表达。现在，距离第一次已经过去了三个多月。时间恍若流水，仿佛冲走了一切，又仿佛什么也没推动。

叙述河流的文字堆在床头柜上，像一堆精心晒制却又吊不起胃口的霉干菜。你絮叨了这么多，但你真的了解它吗？一条河的个性与体内的隐形物一样不可捉摸，它的逻辑也在人的推理系统之外。"电流"一番番袭来，极其有力，如在冲刺、格斗。相对于这种力量，纸上的喋喋不休显得赢弱而无聊。吻合规范语法的文字真是太累赘了，仿佛在某种持久的惯性作用下，有另一种"沙粒"在其中生成、裂变，成为独立于表达意图之外的存在物。我以为已经陷入某种惯性之内，无法脱离这一场又一场的饶舌了。但在所有经受"电流"击打的时刻，我需要给自己鼓励。我对自己说任何惯性都是可以克服的，只要你舍得下手，所有多余的都可以清除。

病　房

"小燕子"又来了。

电话是妞妞打的，说下午给郝美丽带饭过来，问她想吃啥。郝美丽问，你是不是又请假了。姐姐说，又请了半天，咋了，犯法？郝美丽忽一下坐起来。不行，郝美丽说，刚转正你就一直请假，你那个季度奖还要不要了？就是不要季度奖了，你工资晋级咋办？别人都不请假，就你老请假，领导为啥要给你晋级？哪头轻哪头重你想过没有？郝美丽越说越快，声音也越来越大。姐姐不耐烦，打断了她的话。是我知道还是你知道啊，姐姐说，假已经请过了，说破天也不可能再倒回去。

郝美丽于是换话题，说起老朱的电动车。姐姐没等说完又撑了一句，你是住院呢还是管闲事呢，你咋恁会管闲事啊。

郝美丽往床上一倒，扯过被子盖上。奶奶！啥孩子。

闺女够孝顺了，别要求太高。

郝美丽还是那句叹息，你是不知道。旁边病房来串门的人们还没有离开。我预感到，这一次的"你是不知道"后面，她还会说起那件事。那件事我已经零零星星听过多遍了，只是没有完整的轮廓。这一次，她会对着病房里的人们再说一遍。那些琐琐屑屑的陈年旧事，除了那一件事，或者也没其他什么特别之处还值得如此郑重其事地回忆，但对于郝美丽来说，那一件事就够了。那件事一直在她心坎儿上嵌着，仿佛从来不曾远离，其中的细节也不曾被时光遗漏过分毫；仿佛只要经她一说，往事里的一切便会结伴生还。

郝美丽说，我上一次住院打点滴，还是三十多年前的事。

那是哪一年，88年，不错就是88年。那一次住院是生孩子，跟这住院可不一样。那住得有盼头，受罪是受罪，后头等着的是个孩子。现在住院，钱也花了，罪也受了，后头等着的是个盒子。有人拦话，怎见得就是个盒子，别吓人了。郝美丽说，咋不是盒子？到最后，谁还能活到二百五？不都得进盒子？病房的人哄笑。偏要活到二百五。听说有个什么基因改造技术，能让人一直活下去，那就不用进盒子了。

郝美丽说，俺妞她爸要是有现在这条件，也不会年纪轻轻就死了啊。病房里的人们沉默下来。郝美丽说，他在世的时候，我可真是有福啊。那时候我在客运段干后勤，活儿累点，可是福利好啊，奖金多不说，一年到头吃穿用都是单位发的，穿衣服有工装，看电影有电影票，洗个澡发澡票。妞他爸跟班车，福利比我还好。妞他爸弟兄五个，没一个姊妹，四个哥家生的都是儿子，眼看着一堆光头，她爷爷奶奶想抱个孙女抱不上，噫，急。她奶奶说，你俩千万千万给我生个孙女儿吧。老太太本来就喜欢小儿子，郝美丽说，你是不知道，俺妞他爸多招人待见，又孝顺，又能干，长得白白净净的，脾气还好，知道心疼人，只要在家歇班，里里外外挨着收拾，一个男的，会做饭，还会缝被子，还会织毛衣。

郝美丽从毛茸茸的家居服里扯出一截暗红色的毛衣袖子。这不，我身上这件，就是他给织的。郝美丽说，那一年，我给他家生了个孙女儿，老太太稀罕死了，恨不得一天到晚把她孙女儿捧手上。姐她爸白天黑夜在边上守着，一家人围着我转，天天变着花样给我开小灶。郝美丽摩挲着毛衣袖口磨开的线头，叹了口气。回头想想，我就是那一阵儿太享福，把这一辈子的福都享完了。妞妞不到六岁，她爸没了，心梗。也是合该他死啊，一步一步赶点赶得，那就是老天爷给的死路。那天家里上班的人刚走完，就剩下他、老太太和没工作的三嫂。他起床晚了，老太太说你吃口饭再走吧。他说我今天不上班了妈，我不舒服，你去看看西工房诊所开了没，开了喊个大夫来家给我看看。他妈一听，心里一咯噔，老五从来不支使人，要不是特别不舒服，能使唤他妈去叫人？老太太一溜小跑到西工房诊所，一看，没人。回到家，三嫂正往三轮车上搬人呢，一边搬一边嚷嚷，赶紧吧，小五走着走着出溜到地上了，老天爷，赶紧去医院吧。老太太还算明白，赶紧叫人跑单位给我送信儿，说小五不行了，你赶紧回家吧。我一问，人还在家，我跑到后勤科就打120，我知道他心脏不好，我就说哪哪有个病人，心脏病犯了，家里有人等着，恁赶快过去抢救。我说完就往家里跑。等跑到家，救护车在那儿"嘀呜嘀呜"叫唤，家里人没影了。唉！我那三嫂怕等不及，硬是蹬着三轮把人拉到医院去了。她俩都不知道心脏病犯了人不能动。其实俺家离医院可近，救护车一眨眼就开到了，要是当时就见着人，立马抢救，说不定他还能捡回条命。

郝美丽一巴掌拍到床沿上。她每次说到这儿，都是一巴掌拍下去，话题戛然而止。那一巴掌像个巨大的感叹号，一次又一次拍在白色病床的床沿上。仿佛往事到那个关口便被陡然拦住，再往后，事情还有沿着另一种线索发展的可能。在一遍遍的重复里，这件事的细节渐渐减少，后来就剩下一句话："妞她爸走那天。"再往后，成了三个字："就那天。"

"就那天"，郝美丽三十出头。一年之后，铁路系统大裁员，郝美丽下岗。几乎同时，带着退休金帮她照料女儿、贴补生活的老太太哀伤过度，撒手而去。郝美丽开始了一手带孩子、一手打工的辛苦生活。用她的话说，就是"我的福享完了"。这二十多年怎么过来的，她从来不提。只有当妞妞来到医院、言语冲撞了她的时候，这段日子才会被一语带过："我打工养了你二十多年。"

妞妞当然不会因为这二十多年的抚养是靠她打工就格外让着她。从小经历的艰难，让妞妞比同龄人成熟老练了许多，她通过熟人给妈妈办到了小病房，一下班就跑到医院来招呼，检查、打针、用药诸事，一概不用郝美丽操心。郝美丽那些七七八八的主意，在极有主见的妞妞看来，基本就是笑话。妞妞如今是一家医院的护士，月收入过万，但她爱拿自己的工资跟这个医院的护士比，一比较，她觉得自己"那点工资就提不上嘴"。姐姐工作本来就忙碌熬人，如今又赶上妈妈生病住院，几头不得清闲。到医院办完了杂事，姐姐歪在郝美丽的床边就睡。姐姐的理想是换到行政岗。没人哪，姐姐感叹，没人给你说话，想啥也是白想。郝美丽听着姐姐的感叹，不以为然。好在那时候让你上了个卫校，出来还能进医院，还能转正，有个正式工作，一月一万多，不比你妈强？郝美丽说，你妈打工养你二十多年，一个月两三百也拿过，七八百也拿过，千把块也拿过，熬到现在一个月也就两千来块，不也过来了？别成天没人没人，谁有人哪？不都是慢慢熬过来的？

电动车找到了。姐姐一进门就说。

郝美丽忘了手上还挂着吊针，一骨碌坐起来，张了张嘴，似乎又不好意思问，眼巴巴盯着姐姐。姐姐瞄她一眼，放下饭盒，脱了外套，打开一盒酸奶。事儿赶事儿，一口东西没顾上吃呢。姐姐吱溜吱溜吸着酸奶。晚一小会儿喝会咋着？郝美丽到底绷不住。姐姐偏不照顾她的情绪，索性往床边一歪。累死我了。姐姐抠着手机，把一盒酸奶吸溜到底。

到底在哪儿你倒是说呀。郝美丽夺过空奶盒扔到垃圾桶里。

就在门口斜对面桥底下放着。姐姐站起来打开饭盒。一堆电动车堵在医院门口，当那是你们停车场呢？人家就稍微挪了挪，看把你紧张成啥。

郝美丽看着妞妞，脸上有些难为情。我还想今天好，郝美丽说，总算你不一大早打电话了，谁知道，你不打了，他又给我找个事儿。妞妞说，那一样吗？我打电话给你找过事？郝美丽说，你有事没事打电话，一大早，吵得别人睡不成觉不是。妞妞说，我起床时候不打，后头就不知道忙到啥时候才有空打电话，打电话吧你烦，真不打了你也是事儿，又该说我不心疼你了。妞妞把饭盒饭勺递给郝美丽，又说，早上老朱走了，你身边没人，我不打我也不放心，想想还是得打。

你还是给我双筷子吧，郝美丽顾左右而言他，用勺子吃不习惯。妞妞说，没带筷子。郝美丽伸伸脖子，抄起勺子大口吃饭。你咋来的？郝美丽一边吃一边没话找话。妞妞又歪在床上抠手机。开车来的呗，妞妞说，给你带这又是饭菜又是汤的，你想叫我地奔儿啊。郝美丽放下饭盒说，这儿哪有地方停车啊。妞妞说，街边不都是忽悠人停车的？给他二十块钱，管给你停好，加十块，还能给你停到树荫下边。郝美丽摇摇头，放下饭盒。吃不下了，郝美丽说，咋突然有点反胃啊。妞妞说，没事儿，做个深呼吸，别说话，专心吃。

老朱也拎着晚饭上来了。

吃上了？老朱说，有饭了也不告诉我，我又给你带了一份。妞妞说，这不，正说恶心吃不下呢，你又给她添一份恶心。老朱笑笑，她恶心我不恶心，等会儿我吃了。又解释说，在楼下问了问电动车的事，就晚了。

郝美丽拍拍脑袋"噫"了一声。她这才想起，电动车找到了也没告诉老朱。

老朱说，我先打给交警队，那哥们儿说了，大爷，现在都整改了，有仨月不拖车了，以后不要再跟交警队要车了。我说这一回整改得不赖啊，管老百姓都开始叫大爷了。那人说，我的哥，现在除了老家伙谁还骑电动车啊。又打给办事处，一女的接的，说了，同志，我们有纪律，不允许干欺负老百姓的事，怎么可能拖老百姓的车呢。问保安，说了，老先生，我刚接班，就没见门口有电动车。我顺手给他递根烟，他还不抽，也说有纪律，就跟我要贿赂他一样。我一想，去路口问问警察叔叔吧。那个小叔叔把手往帽檐上一戳，同志请问你有啥事啊？我说了啥事啥事。他说，今天咋回事儿，都是来我这儿问车的，啥都来问交警，交警是执勤的还是给你们看车的呀？我说，执勤也是为人民服务，看车也是为人民服务，你说是不是？他说老同志你赶紧一边忙去吧，那一堆车都在桥底下，自己都不会左右看看，都要我服务，我有八只手都服务不过来。

一屋子人都笑了。郝美丽坐在那儿，看看老朱，再看看妞妞，臊着脸不吱声。妞妞说，你这是讨了个巧，是俺妈打了一大圈电话，交警队接电话接多了，通知了附近的交通岗，你那个小叔叔起先也不知道车挪到哪儿了，还小叔叔嘞。老朱听了，戳着郝美丽的脑袋笑，傻子，做好事不留名，你学雷锋嘞？郝美丽这才释然，自己搓着脸嘿嘿笑。

沙　粒

细胞个数达到十亿个，"沙粒"才会被仪器"看见"。

第一次在胶片中看到那些"沙粒"，我坐在医生侧面，以手支额，迅速做了一次推算：一个变异细胞分裂十次，达到一千零二十四个；它们再分裂十次，个数便增加到一千零二十四的二次方，达到百万加；再分裂十次，个数增加到一千零二十四的三次方，才能超过十亿。从一到十亿，只需要三十次分裂。这类细胞的分裂周期大约是四十五天。三十次分裂，需要一千三百五十天，也就是将近四十五个月。往前推四十五个月，是丁酉年正月。

丁酉年正月，人生积累的压力逼近临界点。它被压到了身体之内，被压到了这个似乎有无限容量的高压容器里面，从外部觉察不到任何危象。彼时，被某个隐藏的机缘触动，这个高压容器松开了一条缝隙。于是，全部的压力忽然炸开了。

我点点头。嗯，时间没错。

大夫看我的眼神儿有点复杂。她先是问，时间？什么时间？然后连声安慰，现在这个都是常见病了，预后很乐观，别有压力啊。

我摇摇头。压力已经释放过了。在螺丝松动之前，它促成了一枚细胞的变异。"沙粒"给予我的不是压力，而是一桩答案，一个结果。眼前这一小撮亮斑，这深嵌在体内的星星点点，怎么看，都像是一张欲哭的脸，像是表达着某种冤屈。如果它们开始于丁酉年正月，那么，它们的表达是准确的。潜伏在每个人体内的"沙粒"长成基质，经过了怎样的催化才发生了质变？许多人携带着它们，于无知无觉中安然度过一生；也有人携带着它们，于无知无觉中被侵占、被终结；还有一些人，体内有恰当的协调机制，以致"沙粒"在被仪器"看见"之前先被消灭了。生长与消灭的动力都是人体提供的。"沙粒"的形成要经过重重阻碍，它们形成之后仍会受到免疫力的围追堵截。是什么样的动力，为生命基质的异化提供了充分条件？总之，从丁酉年正月的某个时刻起，体内有一个细胞发生了质变。

几何倍数递增一旦及物，想象中便有惊心动魄的效果。尽管这些微物体量渺小，根本不会被人眼看见。它们更像是某种特殊的寄生物。正常细胞分裂不会超过六十次。而它们一旦生成，便能够无限分裂，能够脱离宿主继续分裂，能在血清浓度很低的培养液中生长，能通过体外培养堆累成立体细胞群。也就是说，它们能够长成一种无法归类的"活物"。

到底是什么条件加入了那个细胞，以至于它仿佛获得了独立生命，进而产生所向披靡的繁衍力和破坏力？是人们通常认为的尼古丁、酒精，或者多余的糖？我不这么想。对于有嗜好的人来说，尼古丁与酒精都是顺应人体需求的妙物，只要不过度，便不会成毒。那个导致细胞变异的条件，一定是人体的悖逆势力，是某种不由衷与不顺畅。

病　房

护工金满箩是家政公司照我说的标准挑的，勤快、安静。她是个瘦小到看不出年龄的人，说三十来岁也像，说四五十岁也像。她的普通话里有着很容易分辨的南湾口音，脸上难得有笑容。

我常常一觉醒来，发现金满箩坐在矮凳上看着地板发呆。尽管我给她的报酬里加上了一日三餐的餐费，但她总是凑合，不舍得花钱。我每次订餐订得都有富余，不时分给她一些，她也不客气，每次都把我吃不完的汤汤水水吃得干干净净。朋友探望带来的各色食品水果，我也尽着她吃，但她在这些东西上就客气起来，我不塞到她手上，她就不动。我不爱甜食，常常把东西放蔫了也想不起来吃。我说，你要是不吃，放坏了可就只好扔掉了。她这才不再客气，自己拿着吃。只是这么一来，她吃饭变得更将就，常常说吃葡萄吃饱了，吃苹果吃饱了，就省掉一顿两顿饭。

有一阵子，金满箩忽然聒噪起来，在我不需要她的时候，几乎一直在打电话接电话。南湾语音里有一种古怪的委屈。尽管她接打电话的声音很低，但是，有个南湾口音的人一直在耳朵边叽叽咕咕地说话，也是一件让人心烦意乱的事。我问，你老在打电话，是有什么急事吗？目的是提醒她，没什么急事就安静一会儿吧。谁知她竟把我的问话当成了关心，实打实地回答说，我的钱好像被人骗了。

我笑了，什么叫好像？

是这，她说，我有个朋友，在一家大公司做事，去年她给我介绍了个理财，说是百分之三十利息，想着这比我干活挣得还快，又是朋友，就投了。

是不是开始有利息，后来没了，再后来本金也要不回来了？

你咋知道啊，你认识那公司？

还用认识啊？通过私人介绍的高息理财不都是这个套路？

她和我从小就认识哩。金满箩一着急，语音里的委屈便越发明显。娘哎，啥人哪，骗自己朋友哩。

投了多少？

四万七。

好在不多，以后别再干傻事了。

这可是我干了好多年攒哩，我身上就留了几百块零花钱，全都给她了。金满箩抹着眼泪，脸皱成了一团。

想想也是。四万七，有整有零，可不是兜底都搭上了吗？难怪她连饭钱都抠着不舍得花。我简直不知道怎么安慰她。

金满箩忍不住，开始诉说。我去要了几回，都是磨半天才给个三百五百，她还跟我说她多难多难，她有我难？我男人死在煤井底下了，矿上的赔偿金叫婆婆和小叔子把着，我现在身上的钱只够买个回家的车票，她有我难？

他们凭什么把着？我问。

怕我带着钱走了。

怕你改嫁？

是哩，说是都得留给孩子，我一听留给孩子也就摁了手印，谁知道弄这哩。

孩子多大了？

大姑娘十九，在北京打工，给人家看小孩；小的是儿子，十七，不成器，好赌博，手里有多少都能戤光。

这么说金满箩也不小了。按乡村人早婚推测，她也该有四十出头了。我问她，你打算怎么办？

不知道咋办。她皱着脸说，我那钱除了给的利息，还有不到四万三，现在就想把这几万块钱要回来，回老家，种一口吃一口，别的啥也不干了。

估计要不回来了。

噫，得要。俺儿该说媳妇了，还指着这钱给俺儿买家具嘞。

话说不下去了。我闭上眼休息。金满箩坐在床边，替我拿捏右侧的手臂。我从来不支使她做这些。但是她愿意做，就随她吧。她曾经跟我诉说，上一次服务的是个老先生，半身不遂，脾气很大，家里人脾气也很大，一天到晚，一会儿都不能歇着，动不动就被数落一顿。我那时问她，为什么不提前问清楚。她回答，活儿不好找。金满箩手上没劲儿，显然也没有拿捏常识，拿捏也是聊胜于无。只是，每一次我在她的拿捏里都会很快昏昏欲睡，好像她的手能催眠。我迷迷糊糊跟她说好了，她也不理，就一直在我手臂上拿捏着，直到我坠入梦乡。

一条河

伊城以下的黄河不是空间的，而是时间的。它在西部山区、高原和下游丘陵夹持的"Y"形低地上曾经多次改道。把它前前后后的河道标绘在一张图上，得到的是一张缺口扇面。在这个残缺扇面上，没有什么事件能够跟这条大河脱离干系。

河流史把周定王五年大改道上溯至大禹治水时期的河道称

为"禹贡河"。这段河道在伊城以西受山势阻挡转向东北，经太行山与山东丘陵之间的低地流向渤海。在大禹治水之前的河道，则被古人称为"山经大河"，指山海经时代的黄河。山经大河在这个缺口扇面上的流向，与禹贡河是一致的。据说在山经大河形成之前，黄河出峡谷以后不是流向东北，而是向南。听起来似乎是不经之谈。不过，唯有这样解释，济水作为"四渎"之一才是可能的；否则，济水与大海之间就没有直接通道。黄河出谷，右转南下；济水下山，盘桓东流。两条大河在伊城西侧的弯转形成了一对蝶翅般的双函数曲线，而伊城几乎正处于那一对曲线的坐标零点位置。

自然的安排本来井然有序。只是，任何事物的变化似乎都会趋向于紊乱。

后来，这条河开始频繁改道。它开始在低地扫荡，先是切断了济水，切断了淇河，然后切断了汴水、泗水、贾鲁河……水流的秩序崩溃了。山海经时代的大河从太行山南端北折，沿着太行山东侧的台地边缘流向东北。大河左岸的太行山台地上，自上而下，依次分布着如今名为新乡、鹤壁、安阳、邯郸、邢台、廊坊……的古地。那时，大河在今天津以南入海，而如今的天津位置正在海岸线上。传说这条河的下游是在大禹治水时经人力疏通改道的，改道河段在近海右岸，大致在今深州一带。不过我更相信地图。在尧舜禹时代的大洪水到来之前，大河左岸、太行山东麓的河流冲积台地，大约对河流右岸的低地已经形成了地势压迫。避高就低是河流的本性。于是，这条河在今深州以下向东南偏移。而大禹治水，只不过是对偏移之后不甚畅通的河道做了疏通罢了。因为两岸地势的不均衡，这条河不断向右岸滚荡。山东丘陵以北、以西、以南的平原低地上，到处是这条河的旧迹。

那一番番改道形成的河流故迹在我脑中挥之不去。它们是动态的。它们的影像前后相接，仿佛前夏时代至今数千年的时间接力。

公元前602年，大河右岸在宿胥口决口。河水离开了西部较高的太行山麓河流冲积台地，向东南偏移数百里，呈雁翅形掠过华北平原，于今沧州位置入渤海。宿胥口，就在今河南浚县堤壕村附近。大河下游曾经广袤百里的大陆泽，也因这次大河改道南移而丧失了主要水源。它不断缩小，终在20世纪初淤成平野。

改道后的大河六百多年后又出现了淤塞。东汉河官王景受命治河，把雁翅形弯转的河道做了裁弯取直。新河道从今滑县南部位置顺流东下，直入渤海。这条河道，史称"东汉大河"。东汉大河曾经安流千年，直到北宋初年。这是黄河史载最长的安流记录。

然后，大河的灾难史开始了。在近千年时间里，它频频决

溢、改道，向北曾经流经天津以北的乾宁军；向南则多次侵夺
水道南下入淮，借淮入海。1855年，大河左岸在铜瓦厢决口，
河水改道北流，形成如今的河道。不过，由于现代史上那次恶
名昭著的以水代兵事件，大河主流曾有八年多时间离开北流河
道，向东南泛滥直抵六安、扬州。

在"扇面"缺口以上，大河的故道一直撒到如今的天津以
北。与其说那是这条河的故道留下的地理图，不如说那是一幅
时间之图。正如哈勃望远镜所拍摄的太空不可思议地带有时间
性质一样，这条河曾经流经大地的样子，把山海经时代、大禹
时代、先秦直到20世纪三四十年代的漫长时光刻到了太行山、
秦岭与山东丘陵之间的这一块巨大平原上。

它以什么蛊惑了我？在这场大病来临之前，我甚至从来都
没有想过。

疾病是一场突如其来的大风。生命从不曾被如此剧烈地摇
撼。不过我一直确信，这场风并没有刨根追底的力道。我这棵
树，根扎得够深。当层层叠叠的叶子被剥落干净之后，剩下的
部分，那绝对不会被大风刮掉的主干与枝节，才更清晰地显示
了树的形状。

曾有的解释都不切题。只有一种东西是实质性的——我与
这条大河之间，有血缘般的情感。这情感是中性的，混沌，凝
滞，不明亮也不晦暗，剪不断、理还乱。大河曾在祖辈的流浪

故事里、在父母的少年记忆里出现过。每一次出现，它都是一重巨大的屏障，在人的故事里显示为"绝对"与"极端"。年轻时第一次遇见这条河流时的观感，让"绝对"和"极端"的印象又得以强化。在走过的长路上，只有极少数的事物真正惊动过我。那是一种被加予烙印的感觉，是身体某个部位被针刺、被烫了一下的感觉。那种"绝对"和"极端"便成为参照，在冥冥中校正着我的界限感。当然，有时候，它的庞大与不可思议，也会让我陷入沮丧。

病　房

这家医院的位置起初在这个城市的西郊，现在，这里早已是闹市区了。因为拥有占绝对优势的医疗资源，这里成为中原及周边省份治疗重病和疑难病症的首选。任何时候，医院都是摩肩接踵的状态。伏在病床一侧的窗台上，能看到经过医院北面的立交桥。这是伊城最早的立交桥之一。起初，它只是一座双层三岔桥，西、北、南三个方向分别连接着这个城市最早的三条主干道；后来，二层桥面又向东延伸了一段，跨越京广铁路，把快速通道直接接到了城市地标位置——六角广场。

在夜晚，从病房的大窗户看过去，立交桥上静止的路廊灯和来来往往的车灯有如一场无声电影。路廊灯原地不动，变换着赤橙黄绿青蓝紫的色调；车灯或白或黄，在路廓灯线以内来来往往地移动。它们也是河流。只不过道路两侧的车河流向相反，视觉上有些怪异。即便是凌晨暂醒，起身瞄一眼窗外，那车灯的河也从不断流。夜这么深了，车里的人们要去哪里？去做什么？

　　小缘是我在小病房遇到的第一位室友。开始我们话很少。我感到这一次病势凶猛，不愿意多说话。她第二天要手术，大约是有些担忧，也沉默着，只是盯着天花板发呆。孩子们知道了怎么办呢？小缘说。小缘有两个女儿，大的读初中，多少懂事了；小的才两三岁，正是偎在怀里闹腾的时候。丈夫在一边好言安慰，小孩子，就让她们知道妈妈生病了，正好不闹你，还不好？小缘盯着天花板喃喃自语，孩子们好哄，我妈知道了怎么办呢？我妈怎么受得了？丈夫说，知道了怕啥，咱本来就没多大事儿。那一次，她的确没多大事儿，只是发现了几颗小纤维瘤。不过医院的预告总是吓人的，小缘从医院的术前谈话里听出了巨大的危险。在病理检验的良性报告拿过来之前，她大部分时间都在盯着天花板发呆。在她丈夫出去抽烟或者打水的时候，小缘才幽幽地说话，像是自言自语：我这俩孩子，小的也太小了。

　　那一次，小缘在术后第三天就出院了。她走的时候我正好在门诊楼做检查，她于是给我留了一张字条，算是告别。我们彼此都没有留联系方式。我没有一见面就跟人热络的习惯，她似乎也是。我们俩挺合得来，但是，并没有熟悉到彼此要留个联系方式。我把那字条夹在一本书里，心里还在感慨，这辈子跟遇见的许多人，也就是一面之缘，能留下的，也就是个字条了。没想到，我后来又在同一间病房遇到了她。我走进病房的时候小缘已经办完了出院手续，正要和丈夫拎着东西离开。小缘一见我，愣了一下，放下手里的小包，扑上来抱住我，呜呜地哭了。

小缘在上次出院后复查时又查出另一处病变，据说病灶只有两毫米。虽然症状属于最轻的一种，但为了保险，还是做了根除性手术。她搂着我的脖子哭得像个孩子。她丈夫慌了，忙不迭地在旁边哄着，没事儿，啊，咱现在做了手术已经安全了，不难受，不难受啊。又对我说，大姐你看看，这几天跟我都没哭，一见你哭了，这是跟你近。

我拍拍她，任由她哭。这种情形，男人大约是很难理解的。心理成熟的女人就是堤坝，只有一种东西能够颠覆女人的强韧，那就是身体内部出现的漏洞——正如大堤上的蚁穴。身体不仅仅是意志力的载体，也几乎就是意志力本身。现在，意志力被它自身背叛了。一场手术，只是遏制了这场背叛，却索要了高昂的代价。她将有一个相当长的时期，不得不自我为战。所谓"挣扎"，不就是这样吗？她丈夫口中所说的"安全"，怎么想，都是割地赔款换来的和平，这和平里有一言难尽的委屈。

我不想勉强安慰她。很多情况下，能安慰人的只有时间。或者不如说，唯有无尽的时间有可能磨钝痛苦的锐角。只要有足够的时间，人体会渐渐习惯各种改变——病痛、衰弱、残缺——身体会找到新的平衡，去适应它自己的缺陷。

沙　粒

从本质上说，我的后半生正是从丁酉年早春开始的。与必然降临的生理变化一起到来的，有夜间不时冒出的阵雨般的大汗，有日益加剧的膝关节僵硬，零零星星的白发，性别感的丧失，以及对一切熟悉之物的极端不耐受。

我的幽闭恐惧症开始发作。我反复梦见自己身处洞穴。洞穴狭长，两端的出口都很远。我开始厌恶一切紧箍在身上的衣物，厌恶容易发生缠绕和飘浮的东西，比如披肩、围巾、项链、手串、随身包的带子之类。还有长发。我看着镜子里长发蓬松的那人。她个子矮小，却留着这么长的头发，像个滑稽的大头娃娃。我用一根橡皮筋扎紧头发，拿过一把剪刀，贴着橡皮筋剪了下去。还是长。我对着镜子，自己把头发理成了超短。我叫来搬家公司，把家从闹市搬到了市郊，除了书和酒没有搬动其他的物件。我坐在新房子客厅地板的书堆上，对正在帮我码书的胥江说，哥们儿，中午我请你喝酒，咱们从此罢手吧。他一面往架子上码书一面应了声，好啊。开始他以为我在开玩笑。但我没开玩笑。他还是意识到了。他看了我一眼，神情复杂。他扯扯白棉布工装手套，继续往书架上码那些书。那些书码得毫无章法。我心里也像被挖掉了一小块。但我又觉得轻快，仿佛从绳索中豁然解脱——不是从胥江手上，而是从曾绑缚我半生的惯性里。半生啊，其中曾有过怎样的邂逅与琢磨，到后来，都成了缠裹。也许人性本含有作茧自缚的倾向。想到松绑，都是后来的事。直到丁酉年的春天，在夜间不时冒出的阵雨般的大汗里，在日益加剧的膝关节僵硬和不时冒出的白发里，我由衷地渴望给自己松绑。我知道，我终于解脱了。

在一切熟悉的事物里，最难避开的还是这座办公楼。最初来到这里时的清静被业已形成的人际关系逐渐浸透。熟悉的气息浓厚而亲密，正在把我们彼此变成透明人。人们喜欢互相了解的感觉。"了解"了之后，比较和评判也很方便。这时候，不一样便容易成为过错。不一样，显得你像流水线出品中的一个次品。"熟悉"就像洪水，即便你有功力推开，它马上就会再涌过来，围着你，在你四周与头顶，形成一个闭合的洞穴。

第一次得到关于"沙粒"的消息时我在会议室。微信发来的消息虽然含蓄，却也确凿地透露了问题。我感觉头顶呼地热了一下，心口仿佛有沙堆塌下。老卞正在抖着腿卡带似的讲话。老卞有个神奇的习惯，只要是开会，哪怕只有三五个人在场，他也会抖擞嗓门，两字一顿，三字一停，卡带似的说话。老卞还有个更神奇的习惯，一边讲话，一边在桌子下面不停地抖腿。在会场上，只要屁股挨到座位，他就二郎腿一跷，开始抖腿，左边右边换着抖。本来，端着架势说话，纵然过火，在机关并不算什么新鲜事儿；抖腿也是许多男士的通病。只是这两样加到一块，就未免有点让人膈应。按照办公室排定的位次，开会时我得坐在他旁边。一开会，我就不得不近距离看着一个抖着二郎腿的家伙两个字两个字地说话。

那天的会列了七八项议程，不过老卞真正要说的事情只有一个展览。虽然是事后过程序，老卞在会上陈述理由仍然保持着两字一停、三字一顿的端肃。该表态了，会场上鸦雀无声，谁也不想先开口。老卞一直在玩这一套。开始只不过是扎个摊子玩把小钱，如今玩得熟能生巧，人肉包子都能做成素的。这些越办"档次"越高的活动，成了某种不可言说的过场。反正圈外人也不懂。而且这点钱，宏观地看，不足挂齿。会议室的气氛有点微妙。老卞于是又开始卡带似的说话。敦促再三，还是没人吱声。老卞伸出一根食指点着桌子说，不表态就是默许。然后又蹦出两个子弹似的字：散会！

老卞离开会议室的时候步态有些趔趄，几乎绊倒了一把凳子。那个大虾似的背影从会议室门口消失的瞬间，我忽然有了某种不祥的预感，这个人要玩完了。我一直对这种巫婆般的预感怀有迷惑。这是直觉，是所谓的第六感，还是什么不可思议的逻辑给我的暗示？那个人显然有些气急败坏。那正是力竭的征兆。那以后，老卞再也没来过这座办公楼。一年后，正当老卞的离任审计进行到即将收尾的时候，老卞突然栽倒在鲁山上。有人说，老卞那天正和几个人搭伴在一处水潭边拍野鸭，他的手机响了一声。老卞打开手机看了一会儿，再起身时，就一头栽到了水边的泥潭里。

消息传来的时候，我第一个念头居然是，栽倒是什么意思，死了？我想起他耸着肩胛歪歪斜斜离开会议室的样子。我想，当时我之所以有一种巫婆似的不祥的预感，是因为他的背影太像一只缩在枯枝上蔫头耷脑的乌鸦了。如此强烈的憎恶一直在心底盘踞着，让我自己也感到吃惊。憎恶，也是一种自我戕害吧。第一个变异的细胞就是在那时候生成的。它出现了，而且不断裂变，直到1350天后，它们的个数超过了10亿。它们出现在X光胶片上，亮晶晶的，有如堆积的"沙粒"。

那正是时间里所有的拧巴结出的果实。

一条河

黄河和它的水系在黑暗里慢慢张开，有如藤蔓。这神秘的枝丫形状，会在许多事物——水流、闪电、雪花、叶脉、血管，甚至宇宙里的星系中铺开，会循着某种玄奥的规律慢慢张开、分岔，然后，又在某个不可估测的位置终止。河流的枝形是逆向的。与叶脉及血脉的津液流向不同，河的津液从末梢流向枝丫，再从枝丫汇聚到主干。唯有到了入海口，这个枝形才会逆转过来。临近入海口的河水滔滔下泻，为了顺畅入海，水流在大地上自动岔出一道又一道水路。

水流寻找低地的过程自有规划。从高空看，水流的痕迹堪称美妙绝伦。这条河的二级三级支流在黄土高原勾画出纲目清晰的团扇形状。在太行山间，水流则画出几乎规则的叶形。这些仿佛经过了精心描画的水流痕迹，让我一再想起若干年前那个名噪一时的水实验。一位化学博士提供了大量实验证据，表明水可以感知人类的情感倾向而呈现相应风格的水结晶。我记得当时我的第一反应是不信，我觉得那就是玩噱头。然而，逐渐积累的对于外物的印象，却让我不得不承认，"万物有灵"不见得是一句空话。

辛丑年仲夏，从办公楼东墙上蔓延过来的常青藤爬到了我的窗台上。这是北方今年以来异乎寻常的雨水导致的。它们在墙上爬，仿佛长着眼睛，知道在哪里向前，在哪里向下或者向上。我曾小心揭起一段常青藤，看它们是怎么附着到墙上的。它的藤蔓上布满了细如蛛丝的小爪子，每一个关节处都有。这些小爪子牢牢地抓着墙面。它们是手，也是口。粗糙墙面上凝

156

结的每一丝水汽都不会被浪费。它们会自动绕开窗口。因为玻璃太光滑，抑或是因为它们竟能感觉到攀爬这样的方形空洞有被剪除的危险？它们准确地避开了窗口，爬满了窗框四周的墙面。所有的藤蔓、瓜秧，都会准确地沿着架子爬，都会"认路"。

同样在这个雨水丰盈的夏天，我发现早已长好的伤口处拱出了几粒线头。我从来没注意过伤口处有线头残留。我跑到医院问当时的助理医生，是不是拆线没有拆干净。医生一看就笑了，她说，嘿，又一例吐线儿的。我说，什么？医生解释说，这不是皮肤表面的缝合线，是皮下组织的缝合线，本来是可以被人体吸收的，但是有人肌体敏感，皮肤会有排异反应，皮肤组织在痊愈的同时，会把线头一点一点吐出来。

我想起近来驾驶的感觉。开车开熟了的人都有体会，车辆行驶过程中你几乎不需要经过大脑，很多时候需要使用的只是眼睛和手脚。手脚的反应几乎是自动的。有人说，那是一种肌肉反应，是经过许多次操作之后的肢体记忆。省略了对大脑信息报送与反馈的过程，肌肉反应迅速而准确。唯有生手上路才需要使用大脑。也正因为需要大脑指挥，多出了一个信息往复传递的过程，所以，新手虽然知道什么情况下该怎么操作，但是，手脚的动作总是慢半拍，总是不精确。现在，我的车速慢下来。波及右侧手臂的筋脉创伤，使我这个有二十年驾龄的人肢体反应变得明显迟钝。我尽量避免夜间开车上高速。我在转弯的时候要认真看看弯转侧的倒车镜。原来"一把进库"的倒车，现在变得吞吞吐吐。肢体记忆被截断了，驾驶不得不返回依赖大脑的状态。

这实在有点不可思议。我们以为只有具备大脑组织才会有判断。但是显然，水、藤蔓、肌肉、皮肤和手脚，它们似乎不必依赖大脑，而能够独立判断。我又一次记起那次"刮骨疗毒"。不疼痛，是因为大脑没有收到疼痛的讯息吗？也许并不是。真相可能是，疼痛根本就是属于肌肉和筋脉的，而不是所谓通过信息传递，经由大脑获得痛感。

有些时候，简直不得不相信那个"造物者的钟摆"的确是存在的，似乎在一切事物之先，它早就预设了一切。如果人类智能指的是感觉、记忆、思考与表达，那么，水似乎也是有智能的。河流，这水的集合体，往往抱有出乎人类意料之外的目的。

在20世纪40年代以前的数千年时光里，黄河水患的长期存在，曾经对两岸人们的生活方式有过直接的影响。在豫西，黄河有山体夹持，是不大可能决口的，人们有条件积攒，所以在洛阳盆地这样的地方，特别讲究积攒、留余。但是在黄河决口频繁的豫东，人们更习惯于吃干用尽。因为积攒也没有用，黄河洪水一来，一切都将化为泡影。在生产力不够发达的漫长历史上，黄河水患治理的特殊需要，想必也曾对大一统的社会构架有过很强的催生作用吧——没有足够广泛的资源集合，治理这么一条巨大的河流是不可能实施的事。在某种程度上，这条河流的秉性成为这片土地上生活谱系和社会结构的隐形尺度——这是类族谱的、父性的规定，它构成了我们的族谱和姓氏，是隐藏在我们习性里、斩不断的枝形。

一条河与我有血缘之亲，也就不足为奇了。

病　房

小缘出院以后，小病房住进来一位老伊城。老伊城喜欢唠叨她小时候的事。在老伊城和郝美丽齐集的日子，小病房每天都像是办书会。她俩唠嗑，我正好闲着，便就着床头柜校改书稿。郝美丽总是像个长辈似的提醒我，不要老坐着，对伤口恢复不好。我嘴里应着，继续改。郝美丽又提醒我，别喝水了，明天一早那检查，得提前八小时空腹。坐在旁边的老朱笑她多事。别啰唆了，老朱说，人家不比你懂得多，人家住在医院还在干活呢。这话说得，未免太励志了。我赶紧辩白，闲着无聊，弄着玩儿的。这么一说，我倒不好意思再改下去，索性收了摊，靠在床头跟他们闲聊。一到九点，老朱很自觉地抱着被褥去走廊打地铺。

郝美丽瞄了一眼门口，看老朱走远了，便拿着老朱的话找后账。你听听他那话的意思，郝美丽说，不就是嫌我不干活儿光花钱了吗？事情因我起的，我只好打哈哈。我说，不过是句玩话，你还当真呢？老伊城也说，老朱天天跑这儿打地铺陪着你，够意思了，别挑刺儿了。郝美丽摇摇手说，想想吧，他对我不能说不好，不过咋说呢，再好，都好像隔着一层皮，说不是一家人吧，也是一家人，说是一家人吧，又不像一家人，唉，说不清。又说，不过，我也真怕他计较钱啊，你俩那单子上的钱都能走医保，我这一分一厘都得从自己牙缝里往外挤。

郝美丽是从铁路系统转院来的。铁路医院认为她的病在那边能治，既然能治，不好好在铁路医院治，非要跑到外面去治，那这种情况就不能报销。郝美丽说，他说他能治，你要信他的，敢在那儿治，他真能把你治死。因为不能报销，郝美丽最操心的不是自己的病，而是每天一早发来的药费单子。药费单子一到，她会立马拿到窗户边，眯着眼看半天。她眼睛显然花了，药费单子上面那细细碎碎的数字她常常看不清楚，再加上各种拗口的药名，她根本闹不明白单子上罗列的都是些什么。只要哪位病号家里有年轻人陪着，她就央人家帮着念念；没年轻人，她便逮个小护士一项一项给她解释。有一次姐姐碰见了，便冲她嚷嚷，缺你吃还是缺你喝了，你成天抠那几个小钱？你闺女就是干这一行的，人家医院不会给你胡开单子，看

160

又看不明白，成天拖着别人给你看，你倒真不怕麻烦人。说也没用，郝美丽背着姐姐，还是天天看单子。一边看一遍咕哝，一天四千四，唉，够我不吃不喝干俩月了。

我只好劝她，别愁了，整个下来，也没多少。

郝美丽直摇头。十来万呢，在你俩都不算个事，可是我这样的，去哪儿弄十来万去？这么些年，我手里的钱攒攒，花花，再攒攒，再花花，总是进得少出得多。年轻时候，我跟俺姐她爸一块攒，然后呼啦一下，他走了，我下岗，光出不进，一来二去攒那几个钱就花完了。钱没了也得养孩子呀，我就出去打工，抠着毛票过日子，花着攒着。攒差不多了，姐上中学，上卫校，家里花成窟窿窝。好容易等姐上完学了，我再攒。攒几年，姐出嫁，再穷得给孩子备个嫁妆吧，又没了。姐出嫁了，我再攒，心说这往后总算没事了，再攒的可是我自己的了。这才攒了三万多，谁知道，都攒给医院了，兜里掏干净还不算，还得倒贴五六万。

郝美丽说得并不悲苦，依旧像在说故事。

老伊城被"倒贴"这个词逗乐了。医院比老朱还有魅力呢，老伊城说，还能让咱美丽姐倒贴呢。又说，你闺女不是说了不用你管吗，瞎操心。

郝美丽看了一眼门口，说，闺女倒是孝顺，她才领了几年工资，能攒几个钱？我有一点办法，总不能先给孩子添累赘。

老伊城突然激动起来，你觉得不让孩子操心就是对她好？你知不知道想孝顺都没地方孝顺的滋味？跟你说我到现在，一做梦就梦见我妈，她一直就是我心里的疙瘩。

老伊城说，她家里姊妹三个，在70年代，本来不算多。可是家里硬是把她送到了燕庄的姥姥家，好腾出空来再要个儿子。说起燕庄，老伊城是控诉的语气。那时候燕庄还是个小村儿，吃水得挑。我七八岁就开始挑水了。我把水桶放到井里，那水桶怎么都不往下沉，摇半天辘轳，一看，水就盖了个桶底儿。放下再摇上来，还是一个桶底儿。好容易打了个满桶，摇辘轳摇到半截就摇不动了，又不敢松手，因为大人说过，一松手辘轳倒转，辘轳把会把我打到井里。我跑回家一次，被打出来一次，跑一次被打一次，我觉得我还不如家里的一只鸡呢。等我大了被接回家，跟他们一点亲气都没了。后来我才看明白，都是我奶奶当的家。我奶奶大半辈子守寡，泼得很，一言不合，就能搅和得鸡飞狗跳，是个神鬼都怕的主儿。可我刚刚明白过来，我妈就没了。我妈去世前一天，挨了奶奶整整一天的辱骂。我奶奶从早上骂到中午，从中午骂到晚上，我妈缩在屋里，一句都不敢还嘴。为啥不敢还嘴？因为以前有过教训，只要她敢还嘴，奶奶立马会逼着我爹去打她。我妈在奶奶的骂声里挨到了晚上。奶奶不依不饶，越骂话越歹毒。我爹把手里的饭碗一蹾，走到奶奶面前说，欺她欺了几十年了，你也算找够了吧？从今往后，我就泼上落个不孝，也不能容你再欺她！我奶奶一看那阵势，立刻住了嘴。

我妈那天真开心啊，老伊城说，她一面笑一面抹眼泪。我从来没见她那么开心过。第二天早上，我爹才发现她躺在床上没了气。我和小妹睡醒的时候，我妈已经放在灵床上了。

老伊城抽抽搭搭哭起来。

郝美丽劝她，过去的事就过去吧，别想了，再想也没有用。

老伊城说，几十年了，我一做梦，不是梦见井，梦见那井在后面追我，就是梦见我妈，她一面笑一面抹眼泪。我心里这疙瘩，不是我不想解，是它就解不开啊。

郝美丽说，想开点吧，反正这事要搁我这儿，早就过去了，我要是跟你这样啥事都过不去，我都死了八回了。

打针的护士就是那时候进来的。

今天郝美丽要打"大针"，护士先来埋软针。郝美丽手上的青淤还没下去，血管不好找。小护士在她两只手上交替拍打，想找到一处可以下针的血管。像这种情况，搁别的病号，早就嚷嚷着要小护士"喊你老师过来"了。"老师"是指资深护士。资深护士扎针，总能一针准。"大针"药力毒，不能跑针，所以一般都会喊"老师"来扎针。郝美丽扎针从来不换人。郝美丽说，咱不难为人家小姑娘，她不练练手，她啥时候能学会？总得有个人让她扎。我不怕疼，要扎那就扎我呗。

郝美丽伸出两只手臂让小护士挑地方。郝美丽说，你是不知道，干个护士有多不容易，俺妞刚上班那会儿也是这，越扎不上越紧张，越紧张越扎不上，回家就跟我说今天可丢人了，针没扎好被病号吵了一顿。我就让她在我手上练。小护士说，你先别说了阿姨，你越说我越紧张。郝美丽说，紧张啥，你就把我的手当成馒头，扎吧。

小护士总算找着了地方。消毒，再消毒，抽出套针，摘去针套，对准郝美丽的手腕推下去。郝美丽嘶地吸口气。针头没进血管。小护士不好意思地说，对不起啊美丽阿姨，要不我还是叫老师来吧？郝美丽说，不叫，就你了，扎吧。小护士又找地方。找着了，拿出一根碘伏棉签，在埋伏血管的皮肤上消毒，再拿出一根碘伏棉签，消毒，然后抽出套针，摘去针套，对准郝美丽的手背。郝美丽嘶地吸口气。针头又没进血管。郝美丽像是自己做了错事，赶紧说，不要紧不要紧，你先坐下歇歇，别紧张，只要不紧张就能扎准。小护士没歇，做了个深呼吸，再扎。

那天的针扎了四次。总算扎好了。裹好针管，收拾了护理盘，那小护士咬着嘴唇转过身去，自嘲似的说，我对不起郝美丽。待要出去，又反顾再三，说，唉，我今天真的真的，对不起美丽阿姨。

　　小护士出去了。老伊城待要逮着郝美丽开玩笑，却见这个浑不论的郝美丽，竟然在抬手抹眼泪。哎哟，咋啦？老伊城说，看来真扎疼了。郝美丽说，没有没有，皮糙肉厚的，疼啥疼。郝美丽扎了针的手放在床沿上，另一只手抹了把脸。我就是觉得吧，那啥，小姑娘扎个针，没扎好她也不是故意的，多扎了几下能咋着，人家小孩儿还给我道个歉。郝美丽说，我这一辈子，嘿，就没人给我道过歉。

本文初刊于《人民文学》2022年第2期

　　鱼禾，毕业于复旦大学中文系，中国作协会员，河南省作协副主席。以散文创作为主，作品多见于《人民文学》《十月》《天涯》《莽原》《散文选刊》等期刊，已出版作品集六部。散文作品曾获十月文学奖、人民文学奖。

母女关系

碎　碎

一

多年前，哥哥结婚时新房布置在父母家里。当时县里的习俗，是夜里零点举行婚礼。新婚之夜，送走客人已是子夜。妈妈在楼上叫我哥上去，和她把账算一下。

新上任的嫂子没听明白她的婆婆在说什么，哥哥也很不情愿在这个特别的夜晚配合妈做这事。但是妈还是在楼上一声声地叫他。妈是要和哥哥分礼金。哥哥嫂子这边的朋友同学送的礼份子，她划出来给他们；别的亲戚们给的呢，则归妈妈所有。她性子急，急于把这个账算清楚，数钱于她又是平生最快慰的事，所以她等不得第二天。

我们都知道妈的脾气违拗不得。哥哥只能撇下新婚之夜的新娘，上楼配合妈妈算钱去了。

这事一定影响了哥哥嫂子新婚之夜的色彩。尤其是我嫂子，她刚刚踏入这个家门，原来她所看到和想象的我妈该是人见人羡、夫荣妻贵的贵妇人，应该活得高大尊贵，富有教养，温良贤淑。可是她却在子夜时分，在正该新人享受洞房花烛之时，叫走她做新郎的儿子去算账，让这个良宵染上不洁的气息。

多年以后，嫂子偶然和我又说起这件事，我能感受到她那个夜晚的破灭感。我只能无语，失笑，瞬间陷入作为这种家庭一员的局促、难堪与自卑。

是的，自卑。自己家庭的氛围不够好，比如粗野、失和、缺乏尊严感与被尊重感，会使这个家庭的孩子感觉自卑和难过。

没错，我妈是个彻底的物质主义者。她所能感知的，只有物质与实利，别的几乎都进不到她心里去。一个缺乏精神性的人，一个不能让人感受到她的精神性存在与精神光辉的人，令人难耐。哪怕，我们该是世界上最亲近的人。

十六岁时，我在离家千里之外的地方读书。妈搭别人的顺风车来看我。阔别多日之后相见，分外高兴。我带妈和与妈同来的人去学校附近的卧龙岗玩。妈穿着一身藏蓝色、很修身的罗蒙西装，看起来尊贵考究。那时刚流行穿西装，妈一生爱美，永远都打扮得时髦漂亮。遇到卖饮料的摊点，我要求买一盒葡萄汁喝，妈满口答应。一块四一盒的饮料，妈还价要求一块三。对方说不还价。妈坚持还，对方坚持不松口。双方的脸色都变得难看了。以我家的情况，何至于在乎那一毛钱呢，还价于她，只是一种习惯成自然。还价倒也没什么，但是为了锱铢之利弄脏了自己的心情，表情难看，这样远大于一毛钱的损失她从来都不会考虑。我在内心失望到了极点，感觉她那身罗蒙西装顿时变得扎眼而可笑。

暑假的早上，我陪妈买菜，看到她居然会为一分钱的事和人翻脸。买的辣椒已经称好倒在她的菜篮里了，算账时因为一分钱的四舍五入，对方要收这一分钱，她坚持说应该舍掉，两人谈不拢，她马上勃然变色，一把把菜篮扣过来，扑通通倒回去，辣椒滚得满地都是。

一个好端端的早晨被败坏了。真是要命的一分钱。

其实她每天多买回的菜，也因吃不完而倒掉。

我永远无法让妈懂得，感觉受损，内心受损，才是最大的受损。也许，这只能是我的价值观，而不会是她的。我无法改变她就像她无法进入我的感受。和妈在一起，我所能体会的就是，她只会一再地、永不停歇地让你的感觉受损。

她的一生都活得辛苦而计较。在她人到中年，生活并不缺钱时，依然活得辛苦劳碌，那是心的辛苦。活了一辈子，到头来还是芝麻大的事都没能放下，最后压垮的是她自己。

她对一切精神事物似乎都是排斥的。排斥，或者粗暴忽略。她有眩晕症，容易头晕。但我发现她是选择性的晕。逛街逛商场，跳广场舞，一连三四个小时也不累不晕，但是看书看报纸，不到十分钟她就说头晕。她的精力与注意力，几乎关注不了任何与吃穿无关的事物。我们无法对她满意。总是会想，她为何不像别的母亲那样贤惠，那样温柔，那样明理，那样做事节制有水平……在经常被打骂的家庭氛围中长大，是我不习惯温柔，也不太信奉温柔的原因。只有温柔的内心，才能感受温存的世界。可是温柔离我们很远。这是我们生在这个家庭的胎记。

血肉情缘，其实也需要精神的支撑。否则，连血肉情意，也显得被动而可疑。于我，爱一个人，必得首先能爱上他的内心世界。他所能让我感受到的内心世界，必得能打动我，赢得我，爱才成为可能。否则，爱便是无源之水，无根之木。

对自己的孩子，对待父母，应该是无条件地去爱的吧。可能并没有不爱的权利。从理论和道义上是这样。道义上的必须爱，与情感上的无法爱，成为两难。与妈妈的关系，难亲又难疏。这真是巨大的考验。

二

没有谁能没有秘密，完全透明地活着。享有自我的秘密，是心灵必要的外衣。但是妈妈，对孩子、对她丈夫的要求是，不应该有任何秘密，要绝对坦白，所有的领地她都应该知晓，她都有权利长驱直入，我们的一切都该在她的监视之下。

十三岁那年我读初三，一个周末的夜晚，我趴在自己房间的桌子上写日记。正写时妈妈突然推门进来。面对不知道敲门，也不可能敲门的天兵天将一样突然现身的妈妈，我飞快地把日记本合上往抽屉里塞。那个年纪的我已经有了保护自己隐私的权利意识。但是到底是孩子，不善于伪装，我的反常动作更引起了妈妈的注意，她走上来要看我在写什么。

不，这是日记，你不能看。我护紧日记叫起来。

屁大点的孩子，有什么见不得人的，我非要看看。妈不由分说。

她奋力争抢，我坚决不从，两人互不相让，都感觉自己真理在握。撕扯中我被妈妈推搡在地，头、脸和胳膊都挨了打。我们都使出了自己平生最大的蛮力，但是胳膊扭不过大腿，体力远在我之上的妈妈把日记本夺走了。我倒在地上痛哭，直至浑身冰凉，眼泪哭干。

那是我第一次历经的内心的强暴。

日记里写的不过是学校里的一些琐事，诸如中考刚结束的快慰，和同桌分享一包饼干的快乐，某个老师批评学生的措辞。妈妈看我捍卫日记那样刚烈的态度，还以为日记里写有生怕大人知道的惊天秘密，没想到看到的只是些鸡毛蒜皮，她不知是失望还是庆幸，悻悻地把日记扔回给我，鄙夷道，这有什么见不得人的？

就像一个年轻女孩对外人护紧了她的处女之身，却还是被人扒得精光，暴露之后，又被嗤笑道：这有什么好看的。雪白的日记本在刚才的争夺中被撕扯得皱皱巴巴，现在又被摔在地上，它被踩躏过的样子是那么丑陋和肮脏，我一辈子都不想再见到它了。当我从地上爬起身，第一个念头就是，自杀。

那是我第一次想到自杀。

夜深了，我躺在熄灯后的夜晚，睁着眼睛感受潮水一样无边的黑暗。我在想如何自杀。那时我每天上学路上途经的巷子边有一口水井，我想我应该走到那个井边，扑通一声跳下去。决绝地，没有退路地，痛痛快快地跳下去。以我的死，给她最致命的打击。只有跳井才能表达我痛切的恨意，只有死才能抗争我身受的耻辱。

那晚风很大，我躺在床上都能听到风吹得呜呜叫。我第一次在该酣睡的时间没有睡去，心碎地感受一个夜晚的破碎与不洁。我听到了另一间卧室里爸爸和妈妈嘈嘈切切的说话声。他们一定以为我早睡着了，他们无法想象一个孩子无法补缀的内心。

心里有个声音一直在说，我要去跳井我要跳井，但是，我的身体还是躺在床上一动不动。因为害怕。漆黑的夜，呜呜的风声，还有黑暗中从家走到那个巷子长长的一段路，都让我恐惧，我没有胆量完成这些。既感觉只有跳井才能洗刷不堪，又深感没有足够的勇气完成跳井的决绝，巨大的绝望与屈辱感像黑夜一样覆盖了我，虚弱又膨胀的报复欲像狂风一样在内心呼啸。第二天的太阳照常升起。一夜之间，我已由少年走向衰老。接下来的整整一个星期，我都没和妈说一句话。

那些天，一想到还要和她面对面，还要吃她做的饭穿她洗的衣服，还要接受她目光的检阅与继往开来的关切，就感觉恶心得不行，连呼吸都让人痛心。我苟且地继续在这个家生活，带着对身处的一切的厌恶。当这种厌恶来自这世上本应与我关系最亲密、最爱我也最应该让我爱的人时，尤其令人难耐。

我是不是从那时开始，变成一个心事重重的少女，是不是从那时开始，难有无遮无拦的快乐，很难说清。但应该就是从那时开始，我有了一个对家人拒不开放的世界。对于妈妈对我的管理，我不仅有情感的憎恶，更有生理上的不适。我再不能和她亲密。我也许就是从那时开始厌恶家，厌恶让父母面对自己的内心的。

这决定了一个人内心的色彩。

后来我家发生了一件更大的事。

读高中的哥哥去上学时，妈在他房间打扫卫生时发现写字台上的墨水瓶倒了，墨汁流到了没关严的抽屉里。她打开抽屉

172

清理时发现了里面的两封信。一封是在外地读中专的女同学写给哥哥的，一封是他回给她的。回信只写了一半，但已经满纸的热烈。妈终于捉住了自己青春期的孩子劲爆的秘密：她的孩子，在她眼皮底下写情书，在早恋！犹如警察当场抓住正在行窃的贼，她一定从中感到捉奸成功的快感。她看不到情书里所书写的那份刚刚发芽的稚嫩情感的美好，以及这种情感对两个人彼此的鞭策与激励。有很多家长，对于自己孩子身上的美好，都是瞎的，无知无觉。她只是胜券在握地相信，十七岁的孩子早恋就是丑事，就是脏，就是大逆不道，就该遭到最严厉的谴责和扼杀。

如临大敌的妈妈捏着两封信去了哥哥的女同学家，迅猛地剿灭了这一切。

事后，妈妈对此似乎有着猎人捕获猎物般的完胜心理，这种心理需要扩大化，需要与人分享，所以好多亲戚甚至邻居也都知道了这事。哥哥需要面对来自多方面的批判和谈心。在妈妈克格勃一样的注视下，哥哥的人生几乎就意味着污点，罪，不知害臊，必须打压。被人以这样的眼神打量和想象，谁又还能相信自己的干净洁白？这种巨大的压力与束缚犹如芒刺在背，或者万箭穿心。哥哥后来变得消沉而焦躁，性情也变得日益顽劣而粗暴，在家一分钟都待不住，有破罐破摔的意思。本来一心要考大学的他坚持要去当兵。哥哥是家里的独子，之前家人亲友都很看好他的前程，一心指望他考大学的。但是，在一年一度的征兵季到来时，哥哥坚持应征去千里之外了。

对于彼时的他来说，离开监视器般凌厉的妈妈，找到一个能盛放自己心事的地方，比什么都来得重要。

如果哥哥的情书没有被发现，少年的秘密被保全，哥哥很可能会成为另外一种人，有另外一种命运轨迹。他应该会在女同学（女同学的学习成绩很好）的激励下考大学。然后在远方的城市工作，意气风发。他不会属于这个小县城，天天和妈妈脸红脖子粗地暴烈争吵，互相伤害……

我的哥哥，最后成为另外一种人。他当了两年多的兵回来，又回到妈妈眼皮底下生活。家人为他安排了一份不错的工作。作为独子，家里应有尽有都是他可享受的，有人介绍县城最漂亮的姑娘做了他的女朋友，但是他依然并不快乐。我们眼里的他，性情暴烈急躁，做事没常性，爱撒谎，有几年还经常赌博。一个在自己成长过程中无法感受和领略美好的人，他也无法制造美好。

这么说或许残酷。妈妈一定死都不会相信经由她的手，让孩子成为这样。她是无意识的。或许我们每个人，对于自己说过的话，做过的事，大都是无意识的。

一切都是那么无辜。

后来看到台湾作家刘墉在书里写道，在他孩子十六七岁的时候，他每次回家上楼梯的时候，都会故意发出很大声音，想让楼上的孩子听见，这样孩子如果正在做什么不想让父母知道的事，可以早做准备。

这个细节让我怔忡良久，感觉震动。也羡慕了很久很久。原来，做人，还有这么一番挺括自在的天地。他的孩子心里该有多松弛，多完好？

温饱问题解决之后，决定一个家的质量的，是彼此关系的融洽程度，是家庭氛围。可是妈妈对我们惯有的"捉奸"心理，毁坏彼此感觉的能力，让我们成为彼此的地狱。

于她而言，这当然是为我们好。我们想拥有自己的世界，难以肩负起那些秘密的重量，但又必须护卫。我们要承受那种在她眼里作奸犯科的罪感与不洁感。逆反，撒谎，阳奉阴违，成了我们的必然选择。在那些密布的谎言与对抗中，我们感受捍卫自我意志与忤逆的快意。这样的结果，是被妈妈发现之后对我们更重的指责、惩罚与不信赖。然后造成我们更多的不以为意和斗争反抗。如此，恶性循环。

妈妈不爱我们吗？当然不是。她像世上绝大多数妈妈一样，为我们的家，为她的三个孩子操碎了心，奉献了她所能奉献的一切。她对我们生活上照料的精细程度，应该还超出了大多数妈妈。但是她爱的能力、智慧与技巧，几乎没有。精神上的伤害是更大的无形的暴力，她对此无知无觉。

三

从我上小学时开始，只要有同学、好朋友来找我玩，不管男生还是女生，一个还是几个，妈妈几乎从不能容忍我和同学单独待在我自己的房间。我为争得这样的自由抗争过，吵闹过，都没有用。妈妈以她做家长压倒一切的权威，永远比我更强悍更有理。

她会说，在小屋里偷偷摸摸嘀嘀咕咕的，好像有什么见不得人的事似的，一家人有什么可躲藏的？她还会说，客厅客厅，不就是接待客人的地方吗，把客人往卧室里领像什么话！十六七岁之后，在我觉得自己已经长大成人，理当有自己的空间时，这在妈妈那里依然行不通。

那个年纪，也会有彼此感觉不错、开始心生微妙的男同学。当我们小心翼翼地坐在一起，温柔地说笑，一切还都纤弱生脆、颤颤巍巍、缓慢生长的时候，总会遭遇妈妈那股烈火，犹如一簇小草被铁蹄蹂躏过，奄奄一息，再也无力生长。

有次有个我很看重和心仪的男同学来我家，他的祖宗八代、前世今生都被妈妈打探查问了一遍，我怎样的明示暗示都阻挡不了她旺盛的探索欲。这让我感觉像没穿衣服一样丢脸。男同学走后，我和她暴吵了一架，然后躲在卫生间里哭。我把水龙头开得很大，水声淹没了一切，妈不会听见我的哭声，正如她无法知晓我的痛心与郁闷。

当我渐渐长大，感受到了身体的存在与变化时，我宁愿在妈妈面前扮演一个没有身体的人。不愿意和她面对身体的任何事件。

来初潮时，因为内裤留下的痕迹，妈妈发现了。她问我是不是来了，我点头承认。与她共同面对这个，心里别扭得像爬满虱子。晚上我做作业时被她叫到她卧室，她把卫生纸放在床上教我如何折好如何安放在体内，那时还没有卫生巾；又告诉我一般都是多长时间，这期间的注意事项，等等。我感到万分难堪。我根本无法与她面对这些，宁愿自己懵懂无知，宁愿自己去瞎摸索。

好在，我十四岁就离开老家去千里之外的城市上学了，逃离她的视线，有了很多任性和我行我素的权利。我们在精神上早已离散。我早习惯了有什么重要的个人事务也不会告诉她。或者，告诉她，也只是作为一个结果去告诉她，而不是在做出决定之初告诉她。那是一个经过砍削、加工，或者变形过的结果，与事实真相已有距离。包括我的离婚，离婚之初的那些黑暗与眼泪，都没有与她说起，并且永远都不会和她说起。几乎所有的内心事件，我都对妈避而不谈。

她是我生命的出处，但是，我们三个孩子对她的所作所为，使她成为这个世界离我们最远的人。

后来发现，母女关系，以及家庭关系和谐温馨的氛围中出来的孩子，他们的表情、脾性都会写在脸上，是那种温和的、坦然的、知足的、明亮的，有一种与世界可以通达的豁朗，那是对世界的信心与信赖。他们内心对世界的充沛的暖意，来自他们曾经得到的温存。那是一种柔和的光，幸福于他们，仿佛举目可见触手可及。

想想看，冰心好写母爱，她的脸上以及她作品的气质，都是浸透了温柔和阳光的。萧红与家人的撕裂让她只能离家出走，逃婚；她一生悲苦，早早就病死他乡。最典型的可能是张爱玲。没有得到充分的家庭之爱的人，才能写出《金锁记》《红玫瑰与白玫瑰》那样令人齿冷的作品。她人生的底子，她笔下的人物，她作品里的气息，都浸透了寒凉。那是她所看到和感受到的世界。

每次，看到面相甜美、爱说爱笑的姑娘，我都能感受到自己与她的距离。或许也是我们人生的距离，我们家庭的距离。

四

这么多年来，每次回老家，妈妈最惦记的，依然还是想方设法做各种好吃的。吃是永远的主题，几乎也是唯一的表达。每天餐桌上都鸡鸭鱼肉异常丰盛，她是恨不得在那几天时间里把我一年亏欠的营养与美食都补回来。

在我已经结婚成家拥有自己的厨房，吃任何东西都不是问题的时候，妈依然如此。她做事很慢，但又极其讲究和精细，所以她除了睡觉之外，几乎所有时间都献给了厨房。吃完上顿忙下顿，那种时间上的巨额投入与精力上的全部支出，让我感觉惊悚。

记忆中她的样子，都是穿着围裙戴着袖头，坐在院子里择菜，在水池边杀鸡剖鱼，在灶台前炒煮煎炸，一团白汽在她脸前氤氲弥漫。

我每次回去住的几天时间，每顿饭菜她都准备得太多了，经常有一半甚至一大半会因为吃不完而倒掉。这或许也是过剩的母爱的表现方式。面对那些被倒在泔水盆的好饭菜，我们都会有犯罪感与虚空感。

每次回去，妈连坐下来和我聊天说话的时间都没有，然后每次在我临走的前夜，她都会带着满怀的懊丧说，哎呀你这次回来我想和你好好说说话都没时间，光顾着做饭了。

五

当我在这个城市有了自己的房子后，妈妈每年都会带着对城市生活的钦羡与向往，来我这里住一阵。我们有的是截然不同的生活节奏与生活内容，在身心感受上便会有很多差异。老家，县城生活，早已远离我的生活圈，但在我的记忆与想象中，那个小城的日月与生活样式，依然温煦，缓慢，净洁，柔软，宜居，有着沈从文笔下生活的韵致与腔调。

但是在妈妈嘴里的叙述，是另一番样子。

×××，在结婚以前就怀孕了，做了人流，男的不想要她了，和她分手，她闹着要去跳塘自杀，男的没办法，最后才和她结婚的。

你怎么会知道这个？对她道听途说的这些八卦，我大都半信半疑。

她婆婆跟俺们说的，她婆婆一点都看不上她。

要么就是这样的内容：

×××是填房，不是原配。你没看出来吧？

管他填不填房，过得好不就行了吗。

妈咂咂嘴，咂出的是原配才有的优越感。

再不就是：

×××和×××搞作风，院子里的人都知道。他经常整夜不回家。

这些质地不详的人事，妈每次来都会再讲一遍或多遍。

听过一两回之后我便很不爱听。似乎经她一说，也会被她搅入那个不堪的世界，身边的空气都变污了。有时候她刚一开头，我就粗暴地打断她说别说了，你都说过一百遍了。但是我经常打不断，那样的言说似乎总能给她带来快感。

最后我们交流的模式大都是，她说什么我都会打断她；要么就是她说的时候我屏住呼吸，充耳不闻一言不发。

她每次来，还是会无孔不入地检阅我的生活。翻遍我的抽屉、床头柜，力图窥探其中的秘密。还好我最多的秘密是在电脑里，在我写下的博客微博里，在一篇篇电子文档里。她不会用电脑也就看不到这些。我换洗的内衣，不让她洗的，一再跟她交代我自己洗，但她总会在我上班后掘地三尺地找出来洗了，研究我内裤上的分泌物，判断我身体最隐秘部位的状态，然后和我讨论这些。你的白带怎么……她会说起这个。这是爱还是爱的变形，还是对我个人隐私的控制与占有要打探而后快，我无法深想。

因为这种被窥视感，让我对她想要了解我的一切的企图，分外抗拒。她会在给我整理衣物的时候，装作漫不经心地问：

你们是不是在避孕啊？

他爱喝酒，不影响你们夫妻生活吗？你们夫妻生活还好吧？

我都假装没有听见，让空气呆滞，让她的问题悬在半空。我可以和好朋友，和闺蜜，和感觉彼此懂得的网友谈性，谈身体，谈私密，并能在坦然面对中感受彼此打开的快慰。但是我根本无法和她谈这些。

有次她来住时，爱人的表姐也在我家小住，因为表姐对她的指手画脚不感冒，不喜欢听她指挥，她就对表姐各种看不顺眼，总在我面前挑表姐的不是。看爱人对表姐很好，她居然跟我说：他们俩，别是有那事吧？

爸爸去世后，我把手机上原来存为"爸爸"的手机号码删掉了。后来，爸爸的手机和手机号码都被妈妈用了。我对那个熟悉的号码，已产生像对父亲一样敬爱与疼惜的情感，以至于在心里不能接受它会和妈妈连在一起。我没有把那个号码在手机通信录上重新保存为"妈妈"。所以每当妈妈的电话打来，手机上显示的都是一串孤零零的数字。乍一看，有时容易觉得是陌生人的来电。

现在，妈一天天地老了。

六十岁之后的她，患上了焦虑症和抑郁症，很容易失眠焦虑，生气发火。父亲去世之后，她更是过得越来越不快乐，不幸福。

六十岁后她见人就爱谈她的病，从颈椎病到老年性阴道炎，从饮食花销到她大便的次数与形状，都是她大肆谈及的话题。就像她习惯于入侵别人的私密一样，她于别人也没有任何私密。总挂在她嘴边的那些病与烦恼不适，成了她乐于示人的精神徽记。她越来越容易对周遭世界感觉不适，对别人感觉不快，总是陷入连篇累牍的抱怨。

有一天，妈妈一大早从老家给我打电话，说她前一天晚上一夜没睡着觉。我问为什么，她说昨天才听我哥说，我已经离婚两年多了。你怎么不跟我们说呢，真可怜。妈妈说，她的声音变调了，那是竭力忍住的哭腔。

我拿着电话，感受我们曾经的隔膜，感受着她对我的顾惜，不知该说什么，眼泪也突然掉下来。

到底是母女连心。哪怕，我们并不一心。

我们无法选择母亲，就像母亲无法选择她的孩子。一切都是冥冥之中被注定的。作为母女，我们甚至无法选择不爱。只有爱，与被爱。

我曾经憎恶的她身上的种种，现在我常常在自己身上也发现了，比如没耐心，急躁，做事简单粗暴，说话重，爱伤人，好抱怨……发现这些令人恐慌。我真怕自己成为最讨厌的那种人。

我们逃不过彼此。

面对她的种种，也还是会有难以战胜的憎恶与厌烦，但是，我还是希望自己心中能充盈有爱。那是不管对方怎么样，不管遭遇的世界怎么样，依然能爱和体恤的能力。

这于我，是巨大的考验与修炼。

她肯定也是我或多或少的另一面。她是我的镜子。是我的鞭子。是我曾经的糖。是我现在的药。爱她，无关乎她好不好，不过是自我内心的需要，是自我圆满的途径。

妈妈，她应该是上天指派给我的，考验我的心力、能力、智力、耐力、与人相处的能力的凭借。

我不知经由妈妈，我会变得更好还是更坏，更柔软还是更冷硬，更美好还是更无力，更积极还是更消沉。但我已经相信，这一切都可能并不在她，而在于我。

一切，都是命运的馈赠。

本文初刊于《天涯》2017年2期

碎碎，作家、编辑，现居郑州。主要著作有散文集《别让生活耗尽你的美好》。

温暖的故乡

廖华歌

让劳累了一年的老阳儿歇歇

如果说中秋是月亮的节日，那么，在我家乡的习俗中，太阳的节日就应该是每年的大年三十了。

八百里伏牛山顶峰、老界岭山下偏远闭塞的小山村是我的故乡。

在老家，人们都喜欢把太阳俗称为"老阳儿"。

不知从哪朝哪代起，在这一带山乡有一个令人深感温馨神圣的风俗一直沿袭到现在：百里山村同俗，每逢农历大年三十这天，不仅人、牛不再干活要好好歇息一下，村人们在这天也从不到屋外晾晒衣服被褥等一应物什，哪怕这一天外面的阳光再好，也绝没人肯晒任何东西。家家户户为过年特意洗干净的毛巾、枕套、床单、鞋袜、衣裤等物，即便再潮湿，再需要干爽，都只会在屋里燃起干柴和木炭，拿到火边一件件烘烤，决不拿到太阳下去晒。

千百年来，山民们自觉遵守，从未见谁违反过。在多见树木少见人烟的大深山，和村人朝夕相伴的是日月星辰，是苍岩群山，是树木河流，是鸟兽虫鱼……而一天到晚把日子照暖照亮的唯有太阳！农人们与太阳的感情非同寻常，不要说在寒冷的冬季需要太阳，就是在炎热的夏天也同样需要太阳啊。不冷不热五谷不结，不结的话，庄稼就要歉收，就要遭遇荒年，日子自然就不好过！只有光照充足，农作物才能籽粒饱满，果实甘甜，五谷丰登。从某种意义上，说太阳与山民们是心体相连的一点儿也不为过。

老阳儿每天起早摸黑，上山下山，忙累得腿都快要跑断了！村民们都这样说。

除夕之日，他们心疼太阳东升西落、奔波忙碌、勤苦劳累了整整一年，真是太辛苦了！那些粮食、瓜果、菜蔬、牲畜、飞禽、野兽……万物生长哪个不靠着太阳？哪一样不浸透着太阳的体惜与味道？和任何生命一样，太阳也需要休养生息啊。让它好好歇息恢复一下，来年的添人进丁、庄稼收成、禽畜兴旺、林果丰硕等，样样都还得指望着太阳呢！而人，更需要太阳照着暖着才会身强骨壮，要是透支太狠，把太阳用过劲儿，让它劳累坏了，那农家的日子还怎么过？

农人对太阳有着亲人般的连心和至爱。

早年，从外地初嫁到本村的来旺媳妇，对丈夫的叮嘱没怎么在意，眼看年三十这天暖洋洋的太阳那么好，不晒东西太可惜了，就趁着来旺去邻居家串门那会儿，赶紧拿出刚洗过的床单和枕套摊开来晒，不料却被走到半路又拐回来取东西的来旺碰了个正着。他先急忙把床单、枕套抱回屋里在火边摊开，再朝着媳妇一巴掌抡过去，直打得媳妇眼冒金星，媳妇很委屈很伤心地大声哭喊：你个死鬼货，就咱俩，又没外人看见，你却出手怎狠，往死处打我，这日子咱没法再过了……

来旺更是气呼呼地高腔叫骂：给你说过多少遍了，你记性呢？让狗扒吃了？谁说没人看见？天在看，地在看，心在看！不狠打你不长记性，看你还敢不敢了！

为这事儿，两人闹得差点儿离婚，多亏了村会计谭永阳从中说和调解才得以平息。现在的来旺媳妇不仅对自己新进门的儿媳反复叮嘱一定要遵守风俗，就是对村里其他外来人也现身说法，对太阳的那份爱不知有多重多深！

曾经，市、县几位诗人到深山采风，他们被这一习俗惊讶感动得个个在诗句中泪奔！他们说，太阳是象征、是比喻、是照耀人类的大灯盏，山民们这种对太阳的心疼和关爱，正是天人合一的具体体现……

村民们听不太懂诗人的话，不知他们在说些什么，他们觉得太阳就是太阳，谁都离不了它，这可是关涉芸芸众生存活于世的最具体、最紧要、最现实的事儿哩。

从老祖宗到今天都这样，老阳儿就是他们的亲人，它暖着他们，他们心里也暖着它，这样光明盛大就都不冷了。

新年嫁树硕果累累

每年的正月初一这天，家乡的农人们一大早就起来，他们敬过祖宗，吃了饺子后，都纷纷忙碌着将自己房前屋后的果树绑上早就准备好的红布条儿或红绳子，他们把这叫作"新年嫁树"。按照这里流传下来的风俗，绑了红布条儿或红绳子的那些果树，就是将它们嫁出去了，既然出嫁了，就应当多生子女，也就是多结果实，这样，当年的果树结的果实就会格外大而且稠。

全村就数胭霞坪谭四爷家方圆左近的果树最多，这些果树上都绑了不少的红布条儿和红绳子，山风一吹，流苏般飘荡，仿佛是在起舞弄影。说来也怪，被绑了红布条儿或红绳子的果树，年年都结出又大又稠的果实来。按说，果树是分大年小年的，如果今年是大年的话，明年一定是小年，大年的果实结得稠，小年时树要歇枝了，结的果实就稀少。可绑了红已"出嫁"的那些果树却很少分大年小年，年年结的果实都稠得压弯了树枝。不少时候，即便是小年，也比同是小年的别的树结得多。

　　谭家一门五代都是远近闻名的嫁接果树的高手，哪怕是再难栽植难嫁接的树，只要经了他们父子爷们儿的手一摆弄，就十有八九能成活。他们不仅在自己的房前屋后栽种果树，还把村里的沟沟岭岭都种上果树和其他各种树类。村里村外的人每年吃着这些果树的果实，无不赞叹：谭家种植嫁接果树全是为了大家，这是积德行善，造福乡邻！善有善报，等着看吧，谭家的后代还要出大能人哩。

　　大能人没出，倒是谭四爷的孙子谭寒木作为村里开天辟地的第一个大学生，毕业后分配到霞飞市文化局，后来做了局长。家乡人谈论起来总会流露出由衷的自豪：听说那局长的官职是七品，跟县官一个等级哩。

　　多少年了，谭四爷和他的儿子谭永阳农忙之余，在村里栽种嫁接各种果树成了他们重要的生活内容。这些树，当然是属村里所有，他们父子这样做，没有任何功利目的，就是想让家传的这门手艺不断，传下去，让村人一年四季都有鲜果吃……每每看到自己亲手栽种和嫁接的各样果树活了、长大了、挂果了，就像是他们精心培养出的一个个孩子都成才了，有出息了，那心里格外舒展和满足，有一种实实在在的成就感！

　　前些年，霞飞市日报社的两位记者来村里采访，见到村里的果树上绑了那么多各种各样的红布条儿和红绳子，他们惊讶不已，再一打听竟听说是新年嫁树时留下来的，更觉奇怪和不解。他们说，这完全是巧合，是这儿的土质好、阳光充足、雨水适宜，这些果树原本就不想歇枝，它们不"出嫁"结的果实也照样又大又稠。

乡亲们听了，嘴上虽没说什么，心里却很不服气：城里的娃子们，你们懂得个啥呀！真有本事也给咱弄出个巧合的事儿来嘛，信不信由你们，反正我们信！

那两个记者倒是对这一树树的红布条儿和红绳子颇感兴趣，他们抚摩着它们，牵动着它们，还分别跟它们在一起照相，口中不停地说它们是果树的头发、是果树的胡须、是果树的飘带、是果树的翅膀，末了，又说是果树的轿帘子。

后面的这句话，把村人们说笑了。他们想，这样才对着哩，说来说去，还是咱的新年嫁树有道理，要是果树不"出嫁"，哪里来的轿帘子？

心里畅荡得劲儿的村民们，争相让记者到自己家里去，他们特意拿出那些果树上结的柿子、核桃、栗子、红枣、苹果、香梨给他们吃。两位记者香香甜甜地吃着，为使这家的主人高兴，他们两个相视会意，都欢快开心地说：这"嫁过"的果树结出的果实就是不一样，吃起来格外香甜有味呢。

山民们乐得哈哈大笑，一波波的笑声灌满了山谷，向山外溢荡……

给鸟儿留下枝头果实过冬

冬日里，空旷的山野盛满了静寂。

一个习俗不知兴起于何时，一代代的家乡人就这样沿袭下来了。

在深秋，人们收摘柿子、梨子、枣子、十月桃等果实时，总不忘在树上特意留下一些。这些高挂在枝头红红黄黄、又大又亮的果实，农人叫它们"看树姥"，又叫"鸟食儿"，是给树们特意留下的，更是留给鸟儿们过冬的食物。

在农人眼里，树和人一样，从孕育到果熟，它们经历着风霜雨雪，辛辛苦苦繁忙劳作了一年，谁会忍心把果实全都摘干净而不给树们留下一些呢？不但要留，还要拣好的留。留下的这些果子，就像老祖母看护孙儿一样地看护着每一棵树，使树感受到一种特有的慈爱和温暖。木石自有性，树懂人心思，为了感念这份情，果树们会在来年结出更多更好的果实。而鸟儿，它们是通人性的，山民们说，成群的鸟儿往哪个地方飞，哪个地方就一定会走旺运。深冬里，红消绿衰了，茫茫四野一片灰黄，裸露的树木和冷硬的山岩使人的心更加荒寒。这时候，只有翩然飞落的鸟儿才能给人带来难得的温馨和生机，在它们的叫声里，阴郁的心才充满了明亮的暖意。鸟儿不仅是天空和大地之间的使者，更是人类的朋友，尤其在这多见树木少见人烟的大深山，要是没有鸟儿给人做伴儿，那会是什么样死沉孤寂的日子？村民们爱鸟如子，家家户户早就将每一只鸟儿都看作村子里的一员。春日里，鸟儿晚来几天，他们就会惦记得夜不能寐；秋天里，有些鸟儿飞走了，他们的心头又会搁上一冬的牵挂；寒冬腊月天，不给鸟儿们留食，它们冰天雪地吃什么？总不能看着它们饿死不管吧！

风中，树和果实一起沉实地摆动着，像高蹈，似低吟，将洒在上面的阳光抖落一地。果实们一个个发出亮闪闪的光，照亮了荒寒的四野，温暖着人们的目光，使那些瘦弱的河流、冷硬的石头、干枯的花草立时盎然生动起来，人的心也便得到了温润切实的安放。

玉皇岭胭霞坪村的沟谷、河旁、地头、岭坡上，到处生长着数百棵高低不同、品种各异的柿树：镜面、天星、牛心、黑底、老盖头、水葫芦、艳果红、面疙瘩、胭脂瓤、蜜罐子……品类繁多，味道鲜美，光听这些名字心就甜醉了。

山风扫过，霜打叶落，缀满枝头的柿子如高举的一盏盏小红灯笼，一树树一片片相连、集结，氤氲弥散出满空满地的红，光芒四射，颇似胭霞，村子便由此而得名。

如今，日子好过了，柿子每年红软在树上再没人去摘，村人除了尝鲜，将树上的柿子几乎全都留给了鸟儿。那些城里来这儿观光看景的旅游团、摄影家协会、天南海北的过路人、采风的作家及诗人……只要能拿动，尽管随便摘下带走，村人统统不收钱。

现在，与柿子一样红光四射在深秋的，是一树树挤满了枝丫的山茱萸，即王维诗中"遥知兄弟登高处，遍插茱萸少一人"所写到的那个"茱萸"。山茱萸，又名山萸肉，农人更喜欢叫它"石枣"。那是一味很重要的中药材，具有补益肝肾、收敛固涩的功效，治腰膝酸软、头晕耳鸣、遗精滑精、体虚欲脱等病症。这可是山乡家家户户的摇钱树，农人的银行！根据质量和需求，每年的枣皮（脱核后的山茱萸）价格由一斤十几元到几十、上百元不等。这些年因为起步早，漫山遍野种植山茱萸树的胭霞坪人早已富起来了，他们买轿车、盖新房、存款做生意……但每年采摘山茱萸时，大家一定要在自家的树上特意留下一些，供周围那些村里没有山茱萸树或树少树小的人家来"遛枣"。不管山茱萸结得稠与稀，也不管浮动价格低与高，他们年年如此，从未间断过，像给鸟儿留下过冬柿子一样，这也已经成为村里特有的习俗了。

星散呈祥的鸟窝

虽然都是乡村，但大山深处老家的乡村与别处不同，这儿有着非同寻常的独特景观。

山风的凛冽、猛狂、乱刮，使树枝虬曲且多分杈，树杈上不仅鸟窝多，而且在同一棵树上还会有几种不同的鸟儿筑巢。乌鸦、喜鹊、斑鸠、百灵、白头翁、啄木鸟、大山雀、凤尾绿咬鹃……它们是大自然的歌手，春天的绿正是从鸟儿们嘴边上跌落的……

仿佛是哪位高人在空中将手猛一扬，撒下点点灰黑，树杈上便有了大大小小高高低低星散的鸟窝。如此繁多且壮观的鸟窝，我在别处还从未见到过。它们改变了山野的空旷寂寥，温润了大山的冷硬荒僻，使阴森幽静的深山老林充满了歌声和生机，弥漫着温情与暖意。一直以来，鸟儿与山民们相伴相依，他们同顶一片天，互属一块地，共饮一河水，鸟儿们早已成了村子里的"原住民"。它们见了村人如亲人，就那样不慌不忙慢悠悠地走着，有时还跳到人们的肩头、怀里、手上，欢快地鸣叫个不停，一点儿也不担心会遭遇什么不测和伤害。

滴水成冰的严冬，稀薄的阳光下，放眼望去，落尽叶片、直指天空的枝杈间那点点鸟窝，让一颗颗心汪洋着温暖，春天多彩的梦想，正是从这儿开始萌生和孕育的……村人与鸟群共同生活在这片土地上，村庄既是人们也是鸟儿们共同的家园和根！

村南边麻子叔，还在年轻时就为自己栽下一棵楸树，说是楸树材质好、密实耐沤，等他老了把树锯倒解成板子做寿木用。几十年过去，麻子叔老了，还得了重病，眼看活不了多久，他儿子喊来人欲将楸树放倒给他做棺材，他却严正下令，坚决不让把树锯掉，还再三强调，如果非要那样做，他会死不瞑目的。这棵楸树的树冠大、枝杈繁茂，上面大大小小共十九个鸟窝几十只鸟儿呢。每天清晨麻子叔都是在鸟儿们的叫声中醒来的，如果楸树一倒，那些鸟儿还不都得"窝破鸟逃"？为自己一个人而伤走一群性命，那罪孽可就大了、深重了。其他的鸟儿眼见同类遭此不幸，以后哪个还敢再到他家房前屋后的树上造窝？没有了鸟叫声，就没有了好运势，那死沉死沉的凄寂他一家人怎能受得了，还不得压抑憋闷死……儿子无奈，只好听他的。现在这棵足有两搂粗的楸树卓然挺立，早已成为村庄的地标。外地人来找人问路，村人总会指点他们：大楸树东边两层楼谭家，或大楸树西三间新瓦房张家，再或者大楸树往南一直走就是梨树坡赵家……

悠游长寿的鱼群

从山乡走出去一位作家，她在一本书的后记中写道：在河边／倒映的大树上／跳跃着一群鱼／它们要采撷果实吗／这是一群欢快的鱼／深秋的枝头早已空阔／而它们寻觅时腾起的细浪／织成世界上最动听的乐音……

这正是对生活在山村水里那些鱼的挚情抒写！在家乡，农人们是不肯吃鱼的，他们对鱼深怀敬意，认为鱼是钱串子，是祥瑞的象征。如果谁夜里做梦抓到鱼，尤其是大鱼，那就意味着要发大财了，第二天一大早准要悄悄上"独坡"（不与他人一起）去挖药材、找灵芝、打金钗（学名石斛）、寻何首乌（一种中药），据说这种梦很灵验，往往十有八九想啥有啥从不落空。这一带方圆一百多里的山民们，不管是在过去饥馑的年月，还是已富起来开始注重肉蛋果蔬合理搭配养生的当今，河旁、潭边、池塘、水渠前，都没有人钓鱼，更没有谁去用炸药炸鱼或用毒药药鱼。一如江西婺源的民房都要留下足够宽敞的天井，让雨水全都流进自家院子里一样，他们说那雨水是"财"，流进来越多越好，不能流到别人家里；而杀鱼、吃鱼则被山民们认定，如此必将大祸临头甚至可能会遭受血光之灾。

相传早年住在村后岭凹的吴天增，曾梦见一条鱼比人还高，足有二三百斤重，那鱼还长着茂密的胡须，被他揽在怀里。他醒来暗暗偷乐，这下要发大财了！天还不亮就急慌慌起床，媳妇问他干啥去，他也不说。这里的风俗是，做了好梦的人不能跟任何人讲，梦一旦说破，那财就跑了，就不属于自己了。吴天增只管背了镢头往后沟走，他媳妇见状，心忽地全明白了，暗自惊喜便不再追问，由他去寻找。

吴天增依照梦中的情形走啊走，一直走到沟谷深处，突然他眼前一亮，但见一块大青石西南方生长着一棵胳膊粗的何首乌藤茎。一阵战栗的狂喜使他差点儿喊出声来，他响亮地给了自己两嘴巴，以惩罚自己的冲动和不存气，听人说，如果喊出声，那藤茎下真正的大何首乌就会惊逃，被替换成很平常很小的那种了。有着多年上坡挖药经验的他，心里清楚这是一棵珍稀的千年何首乌。何首乌是极好的滋补中药，它滋阴、强健筋骨、补益精血、降胆固醇、抗动脉硬化、抗病毒等。而千年何首乌更是神奇，据说能治百病，且是无价之宝，几十年、几百年才现身一次哩。

他先跪下很虔诚地朝着何首乌藤茎处连磕三个头，嘴里还念念叨叨说了些什么，然后才极小心地一点点挖了下去……终于，当他颤抖着双手捧起那个"人形何首乌"时，激动得泪流满面！天增明白他这财发大了，这种人形何首乌是百年不遇的药王，至少能卖这个数（他用指头比画着，心里早已乐开了花），从此他将告别贫穷成为有钱人，他要活得比村里、乡里哪家人都阔气豪横。

怕被村人发现后"露富"，天增直等到天黑才回家。夫妻二人紧闭房门，夜灯下，他们心肝宝贝般小心翼翼地捧托着这块足有水缸口大的千年何首乌，仿佛看见一捆捆的钱正花开般扑棱棱向他们飞来，很快就堆满了房间……但真是乐极生悲，狂喜中的夫妻俩，不知是谁的手颤抖着滑了一下，只听

"嘭"的一声，何首乌掉了，顿时摔烂在地上。面面相觑的夫妻俩呆若木鸡，眼里的光芒一下子熄灭了，无声的泪水汹涌奔泻……

就像美玉不能有一丝裂口一样，摔烂了的何首乌已不再值钱。常言道，人不得外财不富，马不吃夜草不肥。可得了外财却没福气消受照样是留不住的。天增后来反复追忆梦境，好像那条大鱼是哈哈大笑着一跃一跃消失的……

梦中的情形与白天正好相反。那大笑，可不就应了他们夫妇的痛哭吗?

生活在这里的鱼们非常安全，没有谁去捕逮或杀伤它们。水里的鱼有大有小成群结队，人往旁边一站，它们一点儿也不惊慌，一派悠然自在，游出各种奇妙的图案。

外乡人靳大富，对这水中的鱼群觊觎已久。数九寒天，趁村人窝在家不出门，他悄悄带上雷管、炸药，想要破冰炸死"鱼暖子"(很多鱼挤在一窝相互取暖)捞大鱼。不料鱼没炸到，倒是把自己的右手指头炸掉了四个。村人都说不亏他，没炸死就算不错哩。

从此望之再馋涎欲滴的人，也没哪个敢打这些鱼的主意了……

给数年不结果的树喂腊八粥

村东坡朝阳，土质厚、通风好。岭坡和凹地上生长着一片有一百多棵核桃树的树林。核桃树寿命长，木质坚硬，叶味苦，不容易生虫。这片林子里有二三十棵大核桃树，树龄都在三百多年，其中十几棵年代更久。不管老树新树、树大树小，这片核桃林的共同特点是"勤劳"。虽然树们也有大年、小年之分，但即便是歇枝的小年，与别处的核桃树相比，也还是没少结核桃。那核桃个大、皮薄、仁饱、味香，谁见谁夸，人见人爱。

早年，村里没种山茱萸树时，这片核桃林就是村人祖祖辈辈花钱的指望。不管是大集体时按工分分钱，还是后来树分到各家各户后，每家人的吃穿用度一应花销，主要都是靠卖出核桃挣钱。老人们常说这片核桃树是救命树、是摇钱树、是福恩树，什么时候都不能忘了核桃树的大情大义、大恩大德！这些年，从村里走出去的那些大学生、高中生、中专生以及在本乡镇学校读书的初中生、小学生，哪一个不是家里大人卖核桃挣钱来供他们上的学？从某种意义上说，核桃树可谓功德无量。知识改变命运，走出大山的儿女和孙辈们，有的决意回来发展、建设家乡，使村民们亘古以来的生活发生了很大的变化……如果从根上说，核桃树功不可没！

后来，不知什么原因，像是冥冥中什么人下了一道指令，又像是树们集体遭遇到了什么痛彻骨髓的大事件一样，它们突然就不怎么结核桃了，有些树上稀稀拉拉地结几个，有些树干脆就一个也不结。一年又一年过去了，这片核桃林仍不见一点儿起色，着急的村人到处去打听原因，没有谁能说得清究竟是怎么回事儿。

一天，外村一伙人拎着大刀锯来了，他们殷勤迫切地要跟村人谈合同，想把这片不结核桃的树林全部锯倒解成板子卖钱，和村人四六分成，两下都不亏。村人听了，个个气恼透顶，愤怒至极，纷纷抓起扁担、木杠、竹竿、棍子硬是追着将他们打骂跑了。从此，大家都听村里岁数最大的已经九十六岁的谭大爷的话，每年腊月初八这天，家家户户都要用腊八粥给这些核桃树喂饭，还要边往树上抹饭边说：我喂你吃腊八（粥），你给我结疙瘩（核桃）。大家都相信，这片核桃林会重新结出核桃来的。

春花开谢，秋草荣枯。在近七年的苦苦等待与期盼中，奇迹终于出现了，就像那时候突然不结核桃一样，这些核桃树恍若梦醒，突然又都结核桃了。不仅结得比早先稠，还特别抗灾，即使碰上倒春寒下了桃花雪也冻不死满树的新芽嫩果，秋的枝头照样硕果累累……

要锯核桃树的外村人背后没少惊赞：看来老话说得没错，心诚能让石头开出花来。这片眼看几年都不结果的核桃树，一村人不仅不让锯掉，还坚持年年给树们喂饭，草木有情啊，硬是把这些核桃树给感动了……唉唉，咱当时咋就想不到这一层哩！他们每每见到这儿的村人，都很不好意思，恨不得找个地缝钻进去。村人们早就把这档子事儿搁脑后了，除了见面主动热情跟他们打招呼外，还总把一兜兜的核桃边往他们手里塞边说：咱自家树上长的，拿回去给娃们尝个新鲜，听说核桃补脑子，娃们吃了聪明，学习好考大学哩！

林果专家说，核桃树的这种情况就像人一样，是短暂"失忆"，醒过来后会格外精神。

近几年，外村的姑娘没少嫁到村里来，特别是当初被村人马老虎追打得尿一裤子的外村人孙长喜，现在竟和马老虎成了儿女亲家。马老虎初中毕业的儿子娶了和他同班的孙长喜的女儿，两人说起当年事儿都感慨不已，恍若梦中……

有人半开玩笑半认真地跟那些嫁到村里来的姑娘说，玉皇岭村的小伙子个个英俊能干。这核桃也早就名声在外，功不可没啊！它们颗颗又绿又大，着实诱人得很哩……

被银杏树叶照亮的满空满地金黄

在这云天收夏色，木叶动秋声之季，几阵凉风后，叶子若蝶阵般，在空中飘飘荡荡地旋转着，有的落得近一些，有的落得远，似乎每一片树叶要飘落到什么地方都是冥冥中早已注定了的，没有谁可以改变它们的归宿。

村北沟五十多棵古银杏树，谁也说不清它们具体的树龄，连村里最高寿的谭大爷都说，从他记事时，这些白果树（村人习惯把银杏叫白果）就是这么高大威武、盘根错节！

银杏树长得慢，寿命奇长。据说，天地之初，大地上只有银杏、木瓜、皂角等为数不多的几个树种，因之大家都称它们为千年银杏树。

它们每一棵都是挺立的时间形式。那虬曲鼓突的根、表皮纵横开裂的干、巨大的云团一样的树冠，无不透射出生命历经沧桑、披阅人世、颇具生动传奇的故事特质。我们走近它们，就是在走近古老的岁月、走近历史、走近岩岩垒垒的旧时光……

秋风起，银杏叶儿黄。风中纷纷飘飞的扇形叶片如蝶、如涛、如雪……满空满地一片浩浩荡荡金灿灿的光，这深厚庄重洁净鲜亮的黄，具有一种强大的洗濯人心的力量！山野被这迷人的光芒照亮，人离北沟老远，就被铺天盖地的明黄临照，那种灿亮的温馨与和暖，令人深感惊心动魄，纵是凡·高的《向日葵》《星月夜》与之相比也黯然失色！除了银杏叶，真不知道还有什么叶子可以如此金黄，可以如此燃烧出和太阳一样的灿烂。

在这些银杏树中，有三棵需要四五人搂抱的粗的大树，不知它们是同时还是各自在不同的年代遭到雷击。一棵被雷电劈空了整个树心，只剩下深深的树根抓牢大地，一圈半尺厚的树皮支撑着一树巨大的葱茏；一棵则被劈去了大半边树冠，好像要将失去的另半边补回来一样，留下的这半边树显得更加枝繁叶茂；一棵竟被颇为对称地劈掉了半棵树身，剩下的半棵，长长的枝梢直指天空，绿出一团缭绕的云雾。这三棵树被雷电击劈的地方，至今裸露着黑色的伤口，老人们说这黑，是"火龙"用大火抓走树上精怪时留下的焰痕。

三棵大银杏树虽遭此重创，却丝毫看不出它们痛心切骨的苦态，也看不出重创之后的消极与放任，它们有的只是生命的勃发与繁盛，是把灾难祸患当作营养的通透与旷达！岁岁年年它们和其他银杏树一样，用自己的坚毅、贞静、金黄、明丽、安详、静美和压弯枝头的果实……默默地在天地间，确立着自我的存在和存在的自我！

银杏具有通血管、护肝脏、改善大脑功能、治疗老年痴呆等功效。村人却说白果更清补，妇女们坐月子大都要喝小米汤煮白果仁；老年人更要吃白果延寿；年节下走亲访友，好客的村人常会炒一盘自家都不舍得吃的白果仁配腊肉招待来客。这些年，白果突然金贵起来，特别是家乡这种非人工嫁接、老古树上结出的果实更为原汁原味、本色地道。如此珍贵，卖价自然不菲。但只要有邻乡邻县的人到村里来，不管是住农家宾馆还是到农户家中，每顿的饭菜都少不了白果仁，村人还从不收白果钱。他们说，白果是咱这儿的出产，树上长的，不用劳作，不像自己地里花力气种出的庄稼和青菜，吃点儿白果要啥钱哩！

几年前，谭四爷的孙子谭国强大学毕业回来当村干部，他将那满沟满坡厚厚的、被几辈子村人都担来垫猪圈的银杏树叶，开发成了降血压、治疗心脑血管病的野生银杏养生茶。这下子火了，村子也由此名声远扬，来订货、买茶的人络绎不绝，顺便还买走了各家种植的香菇、木耳、羊肚菌，村人着实因着这银杏树叶子富了起来！

富起来的村人，不仅依然对周边那些邻乡邻县来村里旅游的人吃白果不收钱，走时还一定要送银杏茶给他们，直把那些人感动得成了炎热夏季常来村里吃住避暑的回头客。因着这个，哪怕是在淡季，村里的农家宾馆也家家爆满。

花枝间结出的文化娱乐活动中心

宁昌明是个孤儿，也是玉皇岭村在外工作的人中，唯一一位大学教授，任南京某高校人文学院的院长。

从小就父母双亡的他，是吃着村里的百家饭、穿着百家衣长大的。不仅如此，当初在谭四爷的组织下，村里各家还凑钱供他上学。昌明从小就聪慧懂事学习好，小学、中学到大学，一直是年级里的学霸。他还颇具音乐天赋，吹拉弹唱样样拿手。大学毕业后分配到南京，虽然离老家远了，但他每年都要回村里过春节，给各家各户写对联。后来他结婚了，做了学院的主要领导，工作更忙了，不能再回村过年，他就带着夫人、孩子趁暑假挤时间回村里看望父老乡亲们。他年年都要或长或短在老家住一阵子。每次回来总是带很多礼物分给大家：一大提包香烟、一大提包各样糖果、一大提包给孩子们的学习用品和书本……这些都是铁定不能少的！村里哪家的孩子考上大学了，他不仅远道去学校看望，还总是尽力接济他们。村里老少说起他都赞不绝口，夸他有志气、有良心、有出息，那口气里全是满满的骄傲和自豪！

大前年他退休了，拒绝一切单位的聘请，他要叶落归根，老家的青山绿水和父老乡亲们的亲情乡情，才是他梦中最感念、最牵挂的！现在他和夫人一年有大半的时间都住在村里，也就冷天回南京三四个月。宁昌明夫妇回村来，可不单单是为颐养天年，他们是要用自己的积蓄，免费为村里建一个集图书室、茶馆、音乐室于一体的综合文化娱乐活动中心。

设在行政村部的那个农家书屋虽然好，但离偏远的玉皇岭这个自然村较远，来去一趟大半天很不方便，费时费力不说，还总找不到一天到晚忙碌的掌管钥匙的管理员。生活早已好起来的村人，劳作之余没地方可去，只能日复一日重复日出而作、日落而息的生活，年轻人耐不住孤寂就喝酒滋事或整夜打麻将、斗地主……慢慢地，人们就散了心气，有的还走偏了路……

对村里情况很了解很熟悉的宁教授心里早有准备和设想，回村说干就干，他先拆掉自己的老房子，在原址上重新建造了三层楼房，在规划好的房间里分别放上自买的桌凳、茶具、书籍、乐器、歌谱、戏谱、电脑、投影机……他和夫人一样样给大伙儿示范演奏。这下可好了，有了这么一个好去处，村人在夜晚、年节下、农闲时、雨雪天都到他家的文化娱乐中心来，千篇一律古老的生活方式被打破了，村庄上空飘荡着二胡、坠子、三弦、中阮、笛子、曲胡、秦琴、吉他、电子琴、古筝、萨克斯管等的优美乐音；飘荡着京剧《穆桂英挂帅》《林海雪原》，曲剧《窦娥冤》《大祭桩》《卷席筒》，豫剧《朝阳沟》《程婴救孤》，黄梅戏《天仙配》的唱腔；飘荡着……

图书室更是书多，种类全，应有尽有。宁教授利用他的优势，发动他那些学生、同事、同学、朋友自愿捐书，有条件的就让他们给农民买些最需要最实用的新书。很快三间房屋的书架上满满当当全是书，他还把其中重复的那部分送给行政村的农家书屋。这个文化娱乐活动中心的全部乐器和书籍，都归村里所有，各家都配下一把钥匙，不管宁教授夫妇在不在这儿，他们随时都可以打开房门来看书学习。

寂静的山村沸腾了。不仅本村人来，周围邻村的人也都往这儿跑，有学乐器的，有看书看报的，有来学习、掌握各种信息及种植、栽培技术的，有来看新闻了解国内外形势的，更重要的是，村民们可以通过网络在线，参加专家辅导的各类科技培训班，直接与专家对话解答疑难……再没有人酗酒、打牌、闹离婚、搞迷信活动了，一种全新的生活正在深入、浸润、滋养到村庄的内部，偏僻的山村被时代文化之光照亮！

村人对宁教授夫妇打心底里喜欢和疼爱，因宁家在村里辈分低，大家还像当年那样喊他"小明"。宁教授听了，目光潮湿，深感家的亲切和温暖，乡亲们喊到他心里了，也把他喊年轻了，除了老家的父老乡亲们，谁也没有这样喊过他呀！

村人知道和昌明在同一学院教音乐的宁夫人特别喜欢花木，就趁着他们夫妇回南京时，自发将自家院子里长得最好的牡丹、月季、茶花、紫薇、杭菊、指甲花、虞美人、郁金香、山桃花、白玉兰、映山红、樱桃树、梨树、苹果树……一一移栽在他家周围，拥围着文化娱乐活动中心。种植下的各种花草树木一年四季繁花似锦，如五彩祥云，而缭绕掩映下的文化娱乐活动中心，分明就是这花枝间结出的果实，宣叙着大地的丰收……

本文初刊于《人民文学》2021年第9期

廖华歌，副编审，全国人大代表，中国作家协会会员，中国散文学会理事，河南省散文学会副会长，第六届河南省作家协会副主席，南阳市文联原主席、党组书记。河南省优秀专家，享受国务院特殊津贴专家。在《人民文学》《十月》《当代》《星星》《散文》《长江文艺》《人民日报》等报刊发表作品五百余万字。出版著作十九部。获各级文学创作奖五十余次。

以一棵树的形式

牛红丽

"快，快告诉我你的情况。"

这是我来鲁院后，接到的第一条信息。亲爱的师姐，隔着屏幕，我就能听到你急切的呼吸，就像听诊器听筒传来发热病人的呼吸音。我能想象此刻你痴痴盼望的眼神，然而，面对你的热情，我更多的却是感到无所适从。

鲁院如此丰富，我该从何说起呢?

你不知道，临来的时候我有多紧张，就像期待太久的夜明珠马上要落入掌心，我担心自己不够优秀，配不上它的璀璨。是的，出发前一晚，我最突出的情绪不是喜悦不是兴奋，是紧张。

好在有你们。

进入鲁院第一天，我就在电脑桌左侧抽屉发现了它——《504记忆》，淡黄色封皮印着清明上河图，像极了包中药的桑皮纸，甚至散发出类似药草的淡淡芬芳，让从医的我倍感亲切。翻开来，里面是所有504主人的手迹，或理性或激昂，或细腻或粗爽，无不书写着对鲁院的新奇与留恋。其中有你。我试着添加了你的微信号。

你说："好羡慕你啊，四个月会很快，珍惜吧。"

我说："你是在羡慕从前的自己。"

应你的要求，我每天都发照片，鲁院的池鱼、柳树、玉兰、迎春与雕塑。

你赞叹着、回味着、伤感着，告诉我说："玉兰花瓣可以捡起来做书签。"

我说："玉兰是一味很好的中药。如果你实在想念鲁院，不妨就在自己院里种一株玉兰。"

除了写小说，我还有中医院工作的主业，任何物种在我眼里都是药，草木、石头、矿物，哪怕是最低廉的狗尾草都可以拿来治眼疾。

就先说说玉兰吧。

玉兰又名辛夷，木比花、玉堂春也是她，木兰科落叶乔木。辛夷花蕾性温，味辛，归肺、胃经，因辛散温通、芳香走窜，因而善通鼻窍，可以当作治疗鼻渊（流鼻血）和头痛的主药。

在同学中，遇到患有鼻炎鼻窦炎的，我告诉他们实在没必要采取掀鼻骨那种手术，可以将辛夷与鸡蛋同煮，食疗。取辛夷花9克，鸡蛋3个，加入清水两碗半，煎煮至一碗，取蛋剥壳后放回，再煎煮片刻即可。每日一次，饮汤吃蛋，可治疗鼻炎鼻窦炎，及其所引起的鼻塞头痛。同学们称我为"牛医生"，我因此很快乐。师姐你知道，在鲁院，快乐就是如此简单。

关于辛夷还有个传说。相传古代有一秦姓举人，得了怪病，经常头昏头痛，鼻子流涕，在当地四处求医无效，万分苦恼。某天朋友来访，力劝他到外地寻医。秦举人次日便携带妻女出了门。可惜走了很多地方，都没能治好他的鼻病。后来在夷人居住地，遇到一白头老翁，在房前灌木上采了几朵紫红色花苞，让他早晚各采几朵煮鸡蛋吃，说用不了一个月准好。举人大喜，遂在附近暂住，果然连服半月，鼻疾霍然痊愈。他要了些药种带回家，种于房前屋后，遇有鼻疾者便以此医治，无不疗效显著。有人问他："这药如此神奇，叫什么名字？"举人方才记起，忘了问老人花名，因是从夷人处引来，他便随口答道："这药就叫辛夷花。"

前些日子，鲁院的辛夷谢了，肥硕的花瓣铺了满地，统统被当作垃圾运走，很是可惜。

鲁院另一美丽物种当数梅。这些天鲁院梅花盛开，如粉似霞，我们在梅林中散步、聊天、拍照、咏诗，简直恍若误入仙境。

历来咏梅画梅者众多，却很少有人知道，梅也是药。花蕾化痰，果实敛肺，茎叶用于热毒，树皮治疗牙痛与咳嗽，等等。

在药性上比梅更胜一筹的是桑。你说得没错，就是鲁院大厅台阶下，园子里迎面站着的那两棵大树。

小时候，邻家就有这样的桑树，每到夏天，我们一伙泥孩儿撒开了采桑叶、摘桑葚，爬树捉知了，闹得很是欢畅。邻家女主人并不叱骂。她是赤脚医生，戴白帽，脸膛微红，垂两条大辫子，没病人的时候常常倚着门框，看我们嬉闹，一边懒洋洋地教女儿："桑树浑身是宝哦，青盲眼，取青桑叶焙干研细，煎汁洗目，坚持洗浴可复明；风眼多泪，取冬天不落的桑叶，煎汤温洗，可治愈；清肺止咳，治目赤肿痛……多了去哦。"她女儿从来不参与我们的"土匪游戏"。后来，我也从伙伴中抽离，随她一起坐在门槛上"听讲"。听多了，自然也懂了医道，知道桑葚"滋阴养血、养发美颜、解酒明目"。据说，他们家人眼睛分外清亮，就是桑葚的功劳。那时候我爱上火，眼睛经常红涩，为清火，母亲会在女医生嘱咐下采来桑叶研末，卷上纸筒烧，用烟熏我的鼻子。虽说熏得我面目可憎，不人不鬼，倒也有效，几次下来眼睛就不红了。每年女医生家的桑葚都吃不完，剩下的，她直接酿成"桑葚酒"，给人消水肿。

哦，桑葚酒我也会做：桑心皮切细丝儿，加水二斗，煮至一斗，放入桑葚再煮，取五升，和糯米饭五升，酿酒饮用。呵呵，你猜得没错，我确实没做过，直接照方背下的。等今年鲁院桑葚悬滴，红得发紫的时候，我要试着做一壶，邀你和同学们共饮。当然，我们只是胖了，没有水肿，纯粹解馋。

亲爱的师姐啊，我已经想好，四个月后离开鲁院，我要回自家院子，种一株桑，从此以一棵树的形式生长。一边生长一边安放，安放余生，安放独属于鲁院的草木芬芳。

本文初刊于《文艺报》2019年6月19日

牛红丽，河南确山人。中国作家协会会员，鲁迅文学院第三十六届高研班学员，河南省作协理事，驻马店市作协副主席。2021年参加中国作协十代会。在《山花》《作品》《福建文学》《广西文学》《广州文艺》《莽原》等发表中短篇小说若干。著有长篇小说《厚朴记》，小说集《行走的陶罐》《马骨琴》。

翅　膀

贾志红

厨娘嘎佳站在厨房门口说，明天我们就有很多美味的蛋白质吃了。嘎佳应该是上过几天学的，她知道维他命、蛋白质这样的词儿。我经常看见她往自己的碗里放一种揉碎的树叶子，她边扭动丰美的臀边绘声绘色地说，维他命，很多很多维他命。这会儿，这姑娘望着一团团一片片的飞蚂蚁，和另一个女工阿芙一起，边说边用手做着吃的动作，看着我眉飞色舞地笑。

这是一个雨后的傍晚，一大团乌云刚刚在我们头顶的天空抖落尽雨水，飞蚂蚁就漫天飞舞了。我弄不明白这些小家伙从哪里出来的，怎么会这么多，嘎佳说它们从土里钻出来。我从房间走到十几米开外的水台上打水，飞蚂蚁立刻包围了我，当然它们不是攻击我，只是因为太密集，撞在我的脸上身上，我几乎要屏住呼吸才能避免把它们吸进鼻腔。我的狗壮壮大概也被飞蚂蚁折腾得够呛，我看见它在院子里转圈，摇头摆尾，对着空处一阵乱扑。

　　暮色渐深渐浓，院子里的柴油发电机轰隆作响，乳油树上挂着的一盏灯亮了，瞬间，灯就被飞蚂蚁密密麻麻围绕住。我不敢开房间的门，非开不可的时候也要先关闭了灯，再开一条小门缝，人能勉强挤出去便行。餐厅的门不知是谁忘记了关，那里立刻被飞蚂蚁占领，密集集、黑压压，几根大灯管被它们撞击得叮咚作响。慌乱中，有人关了灯，它们又蜂拥着往外飞，赶往院子里有灯光的地方。

　　这是非洲大陆雨季特有的情景，暴雨通常在傍晚降落，来得急去得也快，隆隆的雷声还没有走远，飞蚂蚁便纷纷繁繁在湿润的低空中飞舞了，仿佛倾巢出动。夜幕降临以后，它们喜爱灯光，我不知道是不是所有的昆虫都具有趋光性，但飞蚂蚁似乎是格外热爱我们院子里的路灯。我们驻地是方圆几十公里唯一有电的地方，在周围村庄陷入黑暗的时候，明亮路灯照耀下的院子像苍茫原野上的灯塔，吸引着这些小昆虫飞奔而来，我猜想我们的院子大概汇集了这一带所有的飞蚂蚁吧。到了深夜，为了节省柴油，发电机安静下来，路灯灭了。但是飞蚂蚁仍在，在黑影里舞蹈。我黎明前起床去洗手间，走过黑魆魆的院子，弱光的手电筒仍能照见它们，没有傍晚时分那么密集、躁动，显得疲惫。想一想，其实它们何尝是为灯光而舞，它们为自己而舞，灯光只是恰好照见了它们。嘎佳说飞蚂蚁将彻夜飞舞，直至天明。这丫头还说，油炸飞蚂蚁，味道好极了。

整个雨季的清晨，收集飞蚂蚁是嘎佳最开心的时刻，她仿佛已经闻到了飞蚂蚁炸熟以后焦香的味道。我也喜欢这些清晨，那是一天中最舒心凉爽的时刻，尤其是雨后的清晨，前一天傍晚的雨带来的爽意还未消失，太阳这个暴烈的君王刚刚苏醒，尚未发威。院里的几棵乳油树叶片油绿，细密的花躲在枝叶间羞羞涩涩地开。这样安静的清晨让我几乎忘记了昨夜飞蚂蚁狂乱的舞蹈，我贪恋这样的清晨，站在院子里，深深呼吸一天中最凉爽的空气。

嘎佳一手提了一只小桶，另一只手拿一把小扫帚，她在地上收集飞蚂蚁，这些小昆虫刚刚死去。地上一层摞一层，厚厚地堆积着。没错，是昨天彻夜舞蹈的飞蚂蚁，它们舞蹈了一夜，在黎明到来的时候死去。嘎佳用扫帚拂去飞蚂蚁的翅膀，这些翅膀和躯体已然成分离状态，显然小昆虫们在临死前主动脱落了翅膀。嘎佳用手把它们褐色的小躯体聚成一捧，放进小桶。在嘎佳和她的同胞们眼里，这是上好的食物。女人们用棕榈油炸飞蚂蚁，看起来焦黄，闻起来喷香，然后，人们围成一圈，边闲聊边用手抓着吃。尼埃纳镇的街边市场，有妇女们卖油炸飞蚂蚁，用塑料袋或者是纸袋子包着，纸袋子上浸透着油。也有走街串巷的孩子们头顶一个小盆，里面装着花生、杧果和油炸的小面食、飞蚂蚁，很低廉的价格，几个硬币就能买一包。

阿芙也来帮着收拾，两个姑娘边干活边叽叽喳喳说话，像鸟一样，早晨的宁静被她们打破。稍晚一会儿，本地工人们就会聚集在院子里，等待大货车把他们送到几公里之外的工地。工人们喜欢与嘎佳和阿芙调笑，他们说班巴拉语，我完全听不懂。好在他们还有丰富的肢体语言，他们说着说着就能舞起来，节奏欢快激越，小伙子们个个身手矫健，有几个人还翻起了跟头。他们乐意在姑娘们面前表现，嘎佳、阿芙很配合他们，笑得灿烂、疯得恣肆。有一个高个的帅小伙，他在一群工人中最突出，他穿得齐整，不像大多数工人邋遢。我认出他是七号水车司机，我记不住他冗长的名字，就随着嘎佳喊他达乌。达乌经常来找嘎佳，收工以后来，能闻出来他洗了澡，没有体味了，也换了干净衣服，衬衣配牛仔裤，骑一辆旧摩托车，身上飘着香水味。他来接嘎佳去参加镇子上的聚会。嘎佳也打扮得美，穿一套鲜艳性感的衣裙，露着肩膀，露着滑润的背。衣裙是在七十公里外的城市锡加索的裁缝铺子里定做的，艳丽的图案，班巴拉民族的样式。平时嘎佳舍不得穿，叠得齐齐整整放在她的花布包袱里。我曾经借穿她的衣服去杧果园拍照，招招摇摇走过村庄，身后跟着一群孩子看热闹，也跟着几条无所事事的狗。雨季的原野一派葱茏，人欢狗叫，煞是热闹。

　　嘎佳坐在达乌的摩托车后座上，一溜烟就出了院子，留下他们的香水味，混合的、缠绕的、不能分离的。那会儿，晚霞染透天际，黄昏像醉了一样，美得眩晕。

　　嘎佳的厨艺极好，据说她在首都巴马科的中国餐馆干过活，学了些真功夫，她包的饺子精致、味道好，做的白斩鸡很地道。厨娘中她工资最高，而雇用厨娘，我们公司包食宿，这样，她便几乎能攒下全部的工资。工人们都羡慕她，又因为她漂亮性感而爱慕她。嘎佳常常在厨房做一种用羊肉和米饭煮在一起的当地饭食，撒上她认为有丰富维他命的碎树叶，然后用一个大号饭盒装了，悄悄溜出厨房，偷偷送到工地。我猜那个七号水车司机达乌一定是这盒饭的享用者。如果我没有看错的话，嘎佳和达乌恋爱了。

　　这是一个秘密，我知道，阿芙知道。厨房和我的房间紧邻，饭香菜香在某个时点具有勾引作用，我坐不住时便去厨房溜达，看嘎佳做饭。她是个天性快乐的姑娘，边做饭边唱歌，边切菜边扭动腰肢。炉子上经常炖着羊肉，香味缭绕，每每这个时候，嘎佳不仅是快乐的，还是兴奋的。她和阿芙，低低地说着什么，又痴痴地傻笑。有几次我们的后勤主管说，厨房有炖羊肉的香气，餐桌上怎么不见羊肉呢？阿芙吓得低下头，嘎佳神色慌张，她看着我，观察我的表情，然后殷勤地给我盛来饭菜。我看着嘎佳惊慌的眼神，像透过一扇没有关严的窗户往里偷窥隐秘的风景。那片风景之地花团锦簇，空气流蜜。

我和阿芙严守着同一个秘密，我们因此常常在目光交汇的某一个时刻会心一笑，随后她眼帘低垂，慢步走过。阿芙是个稚气未脱的姑娘，她十六岁。她的脸十六岁，单纯依然如孩子。她的身形成熟得像二十六岁，丰腴、饱满、婀娜。但无论十六岁还是二十六岁，把她嫁给一个六十多岁的老头都是残忍至极的，况且这老头已经有了三位妻子。本地男人最多可以娶四个，阿芙将成为他最年轻的妻子。阿芙的父亲在一个清晨来领阿芙，像主人来牵温顺的小羊。工人们都很愤怒，看着青春美艳的阿芙头顶着花布包袱跟在她父亲身后，慢慢走出我们的大门，他们眼睛都急红了。但是有什么办法呢，她父亲欠了人家的债，只好以女儿抵债。

有工人倡议为阿芙捐款，单子传到我这里时，已经密密麻麻写了很多签名和许诺的金额。嘎佳拿着那张纸，絮絮地说着，说那笔债务并不高，不过是略大于一头牛的价格，就算是一头好牛吧，而一头牛的债务却要断送一个妙龄女孩的婚姻，这令人惋惜和愤怒。

我握着那张捐款的单子，往院子里望去，阿芙站在乳油树下，她和她父亲被工人们拦了下来，此刻，他们站在那里等着一个结局。那一天的阿芙格外美，早晨的阳光似乎是专为少女准备的舞台灯光，她被这束光罩住，袅袅婷婷，是一朵盛开的花。想到她可能即将进入一个一夫多妻的家庭陪伴某个暮年的男人，我不由得多看了她几眼，回想起她初来我们基地干活时瘦弱单薄如黄毛丫头的样子。厨娘的工资不算多，但是基地管一日三餐，大概就是因为充足的食物供应吧，阿芙敞开肚皮吃饭，在一年的时间里迅速发育，胸脯丰满，臀部上翘，一个标准的非洲美人像画家笔下的人物速写一样，就这样几乎在我眼皮底下速成。

似乎每个月发工资时，阿芙的父亲都会来基地，仿佛来领自己的工资一样应时。不知道这份收入是不是阿芙家唯一的现金收入，但肯定是最重要的收入。

阿芙最后留了下来，她父亲拿着募捐到的钱走了，去还债。我一直把阿芙想象成一只小羔羊，被从狼口解救下来的小羔羊。她该惊恐又该庆幸吧？我甚至想象着她会大哭一场，悲悲戚戚、惊魂未定的小模样伏在嘎佳肩头，等着我们说些安慰的话。但是，没有，我看不出阿芙的异常。这小姑娘从头顶取下包袱，重新回到她和嘎佳合住的小屋，依旧眼帘低垂，长长的睫毛半掩着大而散漫的眼睛，无惊亦无喜。那个在我看来足以颠覆她命运的事件，于她，就好像没有发生一样。她放下包袱就往厨房走去，提一筐菜到水台上洗，动作依然慢悠悠，边洗边和铁丝网外路过的村民闲聊，间或还笑几声，小狗壮壮在她脚边撒欢儿，整个院子似乎从没有发生过什么。倒是我，站在乳油树下，想着这个西非版的杨白劳和喜儿的故事，愣愣的，久久回不过神来。我看着这个小姑娘，她安静、漠然。或许她是糊涂的，她还是个孩子，心里没有婚姻的概念，也不懂什么是爱。也或许她是明白的，大彻大悟。在落后的西非，一个十六岁的没有受过教育的女孩，她眼里的婚姻无非就是吃喝穿戴，是最基本的生存需要，跟了谁都是一样的吧。阿芙是一株贫瘠旷野的植物，她只管生长开花，抓住风是风，噙住雨是雨，观赏、赞叹抑或惋惜、愤怒，那是旁观者的情绪，与她何干呢？

很多个早晨，我贪婪地呼吸清新凉爽的空气，看着嘎佳和阿芙，她们嬉笑着，用小扫帚扫走那些翅膀。我不知道这种我称作飞蚂蚁的小昆虫在西非被叫作什么，嘎佳和阿芙说了一个班巴拉语的发音，拗口难记，后来嘎佳干脆就叫它们蛋白质，我纠正了她，我说还是叫飞蚂蚁吧，你看，它们有漂亮的翅膀。

我请教懂昆虫的朋友，它们到底叫什么？为什么彻夜飞舞、黎明死去？我详细描述它们，飞舞的狂乱、对光的敏感、脱落的翅膀。朋友的解释很简单，他说，或许叫飞蚂蚁，或许不叫，自然界的小昆虫，它们正常的生命轨迹就是如此，出土、飞翔、交配、产卵、死亡。朋友说，这不足为奇呀。我细想想，也的确不足为奇，小小昆虫，一生在黑暗的土壤里生存，于某个时刻，繁衍的使命促使它们钻出泥土，长出翅膀，低空飞舞，在飞翔中找寻配偶，产下后代，随后而亡。大千世界，无数生命，不过如此。

但我终究对那些脱落的翅膀心存戚戚。在雨季刚开始的某个黎明，我第一次看见一团团白花花的片状的东西被低处的风吹起来，在院子里打着旋儿，又被另一阵高处的风带向半空，飞舞一阵，落下来，风再起，又再飞。起初，我还没有意识到这是飞蚂蚁的翅膀，以为是某种植物的飞絮被风捎带至此，疑惑间我看见地上一层层的小昆虫裸着身子，才恍然明白。我挑一双最大的翅膀在手心细看，它们大概刚刚和肉身分离，风还没有来得及撕破它们，小翅膀完整无损，精致、透明、轻盈。薄如轻纱，两翼环纹一模一样，是最巧手的裁缝精工缝制了这华美的婚纱吧。这合体的婚纱在飞蚂蚁出土的那一刻刚好完工，带着在泥土里等待了一生的肉体飞向雨季的天空。肉身沉重，翅膀轻灵。轻灵之翼拖拽着沉重之身去完成一只昆虫生命中最重要的事情。然后，翅膀完成了唯一的使命，齐刷刷脱落，肉身复归大地。

那天，晨风中的翅膀起起落落，像失了灵魂的外壳漫无目的。我突然想，由活体上分裂出去，大概要疼一下吧？针扎了一下的那种疼？但翅膀两翼相连的基部完整无缺，没有撕扯，也没有伤痕，仿佛主动脱下的一整件衣裳，而地上的那些褐色肉身，有的还在轻微蠕动，两者已毫无关系，就此诀别。

我轻轻对着手心吹口气，翅膀飞了出去，又缓缓跌落。嘎佳和阿芙看着我，像看一个孩子玩游戏，她俩也学我的样子，抓起一大把翅膀，用力吹，或者干脆撒向半空。像落雪一样，这些翅膀，一点挣扎都没有，纷纷扬扬落在她们的衣服上、头发上，又被她们弹落，掉落在地。

两个姑娘，她们玩得兴趣盎然。随后油炸飞蚂蚁的香味就会从厨房飘出，嘎佳会请我品尝，她笑容灿烂，她还会说，Madame贾，要用右手抓着吃，右手干净，班巴拉人用右手做快乐的事情。而我，定会想象着那些翅膀，在雨后黎明的风中，像透明的薄纱一样随风起舞的样子，由完整无缺到被风撕得粉碎。我从未吃过油炸飞蚂蚁，不管作为食品的这些昆虫含有多么高的蛋白质，也不管它们多么味美。你一旦赋予一种动物人类的情感，它们就必然远离你的食谱。

…………

嘎佳在另一个暴雨停歇的傍晚来和我告别，她要和她的水车司机远走高飞了，他们打算去首都开个小店，或者找个薪酬更高的工作。我看着嘎佳坐在达乌的摩托车后座上，怀里抱着她的花布包袱，里面一定包着她的美丽礼服和她全部的积蓄。雨后的傍晚，风有一丝凉意，嘎佳披着一件男式的夹克，风吹起两只空袖管，像她的两翼。

阿芙一直阻止嘎佳远走，这个神情散漫的姑娘倚着门框，看着摩托车驶离我们的院子。许久，她冷冷地说，达乌是个好吃懒做的家伙，他并不是真心喜欢嘎佳，他只是看中了嘎佳的钱。

我曾经在一个雨后的黄昏，支起三脚架，借助闪光灯，在乳油树下拍摄飞蚂蚁飞翔的舞姿。那会儿，嘎佳和她的水车司机，还有阿芙围在我的照相机旁边，他们兴奋得像舞蹈的飞蚂蚁，在我的镜头前摆出漂亮的姿势。

几年以后，我离开西非，在一个落雨的夜晚，我翻看我拍下的那些照片，竟然没有找到一张清晰的。或许是光圈速度运用得不够高明，或许是三脚架不稳，拍摄时手抖了。飞蚂蚁斑斑点点，带着淡黄的晕圈，嘎佳、达乌、阿芙笑容模糊。我无法还原三张面孔，亦无法还原那决绝离开的翅膀。

本文初刊于《散文》2018年第9期

贾志红，笔名楚歌。中国作家协会会员。作品见于《人民文学》《散文》等文学期刊。曾获全国孙犁散文奖、中华宝石文学奖等。著有散文集《芒果雨》《人在非洲》。

迷　路

浅　蓝

　　年岁的增长并未让我变得聪明，到现在依然迷路。这个安居了多年的小城，通共不多的几条街道，到现在也没记全。他问你在哪儿？我站在车辆匆匆的街头，茫然四顾，慌乱地对手机念着身旁的商店标牌和建筑名字，半天说不清楚置身何处。他开着车一边恼火，一边根据推测、判断和观察从路边将我找到，带走，像顺手捞起一条搁浅沙滩的鱼。上车后，再隐忍住无奈，用清晰缓慢的吐字、强装的和蔼态度给我一一讲解所有经过的路口和方向。我坐在后面，眼睛认真看着窗外，嘴里嗯嗯应着，内心依然糊涂。

　　我眼中，每一条街道都面目相似。总是宽平的灰泥路发着白光单调地延伸，高低林立的楼房灰、白、红、棕交错闪过，总是一样的广告牌缤纷变幻，一样的绿化带葱茏断续，我看不出有什么不同，努力去辨别，去记忆，却又因枯燥、乏味而很快疲惫，转瞬忘掉。就像永远忘掉那些考试前突击的政治题一样。我甚至记不住所教过的一茬茬学生的脸，那些从早到晚同样低向书本的长发短发，同样青春美丽的眼眸与笑靥。有些方面，与同样身为女性的同事、亲戚、朋友相比，是这样不可理喻得让我惭愧。尽管不看韩剧，不打麻将，温柔谦卑，心地良善。尽管我也写了一本书，这些都不足以证明我就可以如此笨拙，不足以表明我能像那些天才、名人一样，短处也有被原谅的可能与转化为美谈的幸福。

小时候，大人吓唬我们总说，可不敢出去乱跑啊，看拐娃子的人将你们拐跑。据说人贩子有一种迷药，走到跟前往你脑门儿上一拍，孩子就眼前一花，产生幻觉，看到两边都是悬崖，只有一条窄路于眼前伸展，就乖乖地跟着人贩子走了。近日见有统计，我国每年丢失20万儿童。真是触目惊心、令人心碎的数字。其中不知有多少是因迷路所致。没有狼的时代，比狼更残酷的人，照样像叼走小羊一样，一个个掠走母亲们的心肝肉儿。"文革"时期的一天晚上，读中学的来全舅有事晚上从学校赶回。时值月初，月隐星暗，半夜三更一人沿着坡上路回家。那是夏末，玉米秆子长得一人多高，几百亩连成片，风一刮波浪起伏，唰啦啦乱响。他穿过玉米地间的小径时迷了路，绕来绕去，总是又回到原处，转了半夜没出地头，急得一头汗。窸窸窣窣的可疑响动出现，夜鸟嚣叫，谁还往他身上扬土扔石子。这时一位中年妇女出现，对那些暗影斥道，这是我儿子，不要惹他。然后说，你迷路了，跟着我走吧。将他领到一间房里，她坐在纺车前纺棉花，让来全舅舅上床睡觉。他困极了，迷迷糊糊就睡着了，天亮时醒来，大骇，发现自己睡在一片荒冢上。回家讲起，老人说，他父亲当年结过一门亲，女方临过门儿成亲时殇了，就埋在坡头那一块儿。这即传说中的"鬼打墙"。人或无义，鬼尚有情，世间究竟有没有与阳世并存的鬼域存在，至今也是个谜。无论宗教的言之凿凿、通灵者的煞有其事，还是奇遇者的各种证词，听者往往抱着不可不信、不可全信的怀疑态度，当作茶余饭后的谈资消遣。

有段时间，在街头能遇见一位年逾古稀、骑自行车的老先生，他的车前方有一个标牌，上印着妻子照片，写着患老年痴呆症的妻子，在哪里不幸走失，什么衣貌特征，求见到者提供线索。在人流熙攘的街头，秋风落叶中，这位老者佝偻着背缓缓蹬车寻找打探的身影，看了让人动容。那位不经意中松开丈夫的手，在路口迷失的老太太，现在究竟是生是死呢？条条道路通罗马，世上每一条道，在千折百回之后，都有可能通向她家门前的小径。但一个记忆力模糊的人，在天地间巨大的道路网中，不啻迷宫中的蚂蚁，汪洋里的小船。倘若以老迈多病之躯，再受风侵霜欺，颠沛流离，着实前途难料，吉凶未卜。这是岁月加诸老人的悲哀，不仅将一个人曾经拥有的健康、活力、青春、美貌，一一剥夺，竟还残酷到使记忆力也模糊一片，丧失殆尽。那位老先生，年轻时未必懂得爱情，妻子的走失，使他用几年如一日的思念和悲伤，风霜万里地执着找寻，让我们这些路人，低头思考爱情的意义。去年夏天，晚报上刊登一位八旬老母亲，从菜市场出来，在烈日下长时间行走，被太阳晒晕被救助的事。老人平时头脑不大清醒，当酷暑到来，为了给自己六十多岁的儿子煲老鸭汤补养身体，不辞炎热，亲自穿过街区和路口，去菜市场采购。被救助时，枯瘦的手还紧攥着那只鸭子的脖颈不肯丢。这样的迷路，多么令人怜惜，那做儿子的，头发白尽了还有人疼爱，也该多么感慨和幸福。迷路这一过错，竟像一面镜子，也有照出人间情爱。

迷路不尽坏处。《聊斋志异》中，爱迷路的书生们，往往误入灵府仙窟，使平凡的生命有了一段不平凡的际遇。哥伦布也是因海上迷路无意中发现了美洲新大陆。说明辨识力太好的人，只能因循守旧，走千万人走过的路，生命没有新意，也难有惊喜。尽管如此，迷路之迷，毕竟是智短之处，因迷路而获幸的可能性太小，多的则是危机四伏。

《史记·项羽本纪》中记载："项王至阴陵，迷失道，问一田父，田父绐曰'左'。左，乃陷大泽中。以故汉追及之。"战无不胜的西楚霸王，关键时候也迷了路，因为信任一个早起下田干活的农夫，信任农夫那根在熹微的晨光中指向左边的手指，而英雄失路，穷途丧命，一世伟业，霎时灰飞烟灭。那个农夫简直就是命运之神的化身，命运之神所起的作用常常类似于扳道工，他只要轻轻扳动铁轨便能将一列高速运转的列车轰隆隆引向歧路，别的就不劳操心，只须望着那群剽悍又疲惫的人策马奔去的背影嘿嘿冷笑。由此想到，在人生彷徨无主的关键时候，每一个人，每一根伸出的手指，每一条道，每一辆车，双脚迈出的每一步都可能将你拯救，也可能将你引向深渊。那些自认为手握真理、永远正确、像太阳一样指引我们前进的人，并不可完全托付与盲目相信。著名的"泰坦尼克号"，就是因为工作人员的失误与掌舵人的错误判断，撞上了漂浮的冰山，虽然后来努力补救，但为时已晚，造成了巨大的海难，让这号称"永不沉没的"的豪华客船，令人难以置信地沉入海底，成了航海史上难以弥合的伤痛。

另一种迷路是关于人生的。邻家大姐不幸爱上了中学时的同桌，那个外表帅气、风度翩翩的家伙，实质上乃好逸恶劳之徒。结婚后，他不事生产，虚荣浮华，还拈花惹草，后获罪入狱。家人多次催促他们离婚，但在他的花言巧语哀求之下，邻家大姐含辛茹苦抚育儿子，不离不弃地等他刑释。他出狱没两年，又跟别人之妻私奔，将她抛弃。此后大姐一直孤身一人，有段时间交了个新男朋友，说起话来，竟脸含羞涩地悄悄问我，你看这人是不是和他长得有点像？原来她并不恨他，原来她还卑下地爱着。我望着她同情地点点头。有些迷路大约像飞蛾扑火，是明知迷途也不肯返的。

他穿过杂乱的街区，漫长的公路，一路摇摇晃晃，开车将望着窗外发呆的我带回家。对于常迷路的女人来说，一个有责任心，不管多累、多烦都愿意将你从陌生的地址、人群中找到并带回家的男人，是不能不爱，不能不感恩的，虽然他性急，爱批评，大男子主义。一个严谨务实、行动敏捷的完美主义男人，挑来拣去娶到一个迷糊到能令人抓狂的妻子，也是上天诙谐安排的本意，以便双方长相厮守苦苦磨砺，尽早成为时间沙岸上滚动的没有棱角的石头。也为这迷糊，他一票否决了我考驾照的梦想，我只能眼巴巴看着越来越多的女人，优雅地开着她们的小车，从我身边鱼一样游过。也否决了我想一个人出门旅行的梦想，二十年的婚姻，爱情不再（可曾经有过？活得越久，越弄不懂爱情是什么），还有亲情，一个贤惠温顺的妻子，两个正在成长中的可爱孩子的母亲，他不能不在乎，他不能任她因迷路丢掉。从某种意义上来讲，我并不会丢掉，中国这么大，我丢到哪里，也是在国内，绝对跑不到国外去。虽然这样微笑着调侃，但确然没有胆量背起背包远行。

他不甘心地反复给我灌输地理常识，但事实证明，想让我长点记性的愿望，总是会一次次落空。东西南北，这抽象又恒在的方向概念，此路彼路，这异名而恒在的纵横区间，在我心中，是迷魂阵一样旋转多变，不可把握。像我这样的人，也不会少吧。世间有多少条路，就会有多少次迷失。迷路的感觉有多孤独无助，回家的感觉就有多温馨美好。不羁的心装进柔弱愚钝的躯壳，易于迷路的缺点终使我日益变得知足常乐，宽和安详。流浪固然浪漫，追求固然可佩，当流逝的时光渐渐淘洗净那些不可及的梦想，一生一世守住小小的温暖的家，生活在亲人的视线之内，让他们随时可以找到我。这个最实在的梦想，才是最适合的。

本文初刊于《散文》2016年第2期

浅蓝，原名李群娟。宜阳一高教师，美学硕士。河南省作协会员，洛阳文学院签约作家。曾在《散文》《散文选刊》《山西文学》《散文百家》《雨花》《牡丹》等发表散文、小说、诗歌，并入各种选本。已出版散文集《细雨湿流光》。

羊来羊去

阿　慧

　　我的第一次呼吸就有着羊味，羊的记忆里留有我的第一声啼哭。妈生我在羊圈，确切地说，羊圈就在妈的床边。冬夜里，人和羊相互温暖，我在这温暖里势不可当地来到人世，迎接我的是奶奶。还有，就是那只年轻的山羊。

　　山羊不再年轻的时候，我常常端着小碗一路撒着面条来到它跟前。这时，已是老羊的它，会缓慢地站起来，会轻柔地叫两声，会把它的大嘴伸进我的小碗里。老羊呼出的热气弄得我双手痒痒，我忍不住想笑。我朝灶房看了看，还是忍住了，我担心我的声音会引出暴躁的奶奶。老羊吃面条时吧唧有声，这往往会勾起我的饥饿，肚子里的鸣叫提醒我，我还在饿着。我努力把小碗从老羊嘴巴下抢出，羊嘴下悬了几根柔白的面条，滴着汤水晃悠着缩进它的嘴里。老羊只留下一口稀汤给我。我仰着脸喝下，低着头在嘴里抠摸许久，最后抠出一两根白毛在手上，那是老羊的胡须。

　　我曾一度迷惑，那老羊是母羊，为什么下巴上挂着爷爷一样的胡子？在一个冬天来临时，爷爷在老羊身边蹲了半个时辰。他摸摸老羊的胡子，又摸摸自己的胡子说，它老了，卖了吧。早上一打开门，浓雾像几只雪白的羊羔骨碌碌滚进屋里。爷爷把一条长带紧系在腰间，将一顶白色礼拜帽戴在头上说，走吧。身后就跟了我和羊。老羊出门时，回头看了看我们的院子，我也回头，看见人和羊生活过的日子。老羊一走出村子，脚步就出奇地快，牵在我手里的那根麻绳被拉得笔直，我被它拉着疾跑，雾被我们冲开一条灰白的道路。老羊在地头停下，低头嗅着土地的气息，爷爷抚摩着它的头，它伸出舌头舔爷爷粗糙的手，舌头和手在白雾里发出粗糙的声音，我的心开始变得粗糙。

　　爷爷知道，这是老羊年轻时常去的地方，羊的记忆就像脚下的麦苗一样年轻。老羊的眼睛里掠过几个矫健雪白的身影，有一个终于成了它孩子的父亲。老羊这样想时，就拉着我蹚进麦田，小麦苗的清香迷蒙了我的世界。我听见老羊咀嚼麦苗的声响，我的耳边响着年轻的羊们欢腾的声音。

　　接近集市的时候，大雾散了，人和羊的脚步在街上显得凌乱。阳光把羊照得明亮，老羊嘴角的一抹绿，绿了一个寒冷的冬晨。当爷爷把老羊拴在树桩上时，它开始不停地叫唤。它每次竭尽全力想挣脱都是徒劳，它开始变得无望和无力，它灰褐色的眼睛朝我投来无助的光芒，我的眼泪滚落出一片凄凉。一个买主向爷爷神秘地伸出指头，俩人悄声嘀咕了一阵儿，那人付了钱，捏了捏老羊的脊背说，又老又瘦，只配卖皮。那人拉起老羊走时，羊的四只蹄子将土地蹬出四个小坑，又变成两道一丈长的小沟，像地里播种时耧脚划过的痕迹。老羊把那人拖得脸像猴子屁股一样红。老羊的叫声被喧闹的集市淹没，它苍老的胡须在寒风中抖动。

我站在羊站过的地方哭泣，我的泪水不断在地上砸落，那两道被羊蹄犁开的土沟，更如两道新鲜的刀口。爷爷和我在城北的路上走着，新买的盖头在我的头上飘飞，飘飞成一朵火红的云彩，冰糖葫芦融化成满口的甜蜜。羊的叫声凄然响起，我站住四处寻找那声音。有人骑着自行车赶路，车后的大柳条筐里，我家的老羊被捆了四蹄仰面装着，它是老远认出我们的，它的喊叫带着血的颜色，变成一条细碎抖动的声音渐渐远去。我扔掉那半串糖葫芦，追着那人疯跑，我喊：不卖了，俺不卖了，回来呀！那人像没听见一样径自走远。

当婆婆丁、苣荬菜等野花在田埂上竞相开放的时候，那只老羊的女儿悄然发育成一只俊俏的小山羊。羊的脸总是一副温和善良的模样，从不见有生气的时候。眼是细长的，双眼皮比俊俏姑娘还美。小山羊的不安分，也是从这个春天开始的。

当我把一大箩筐青翠芳香的嫩草放在它的嘴边时，它没有专心地吃草，它的目光贪婪地捕捉从门口过往的公羊们。它朝它们殷殷地叫着，勤勤地叫着，声音里多了几分柔媚。它的眼睛润泽得如河底的卵石，它的皮毛光滑得似雨后的鸟毛。不断有小公羊跳墙过来讨好它，它的叫声里浸润着无比的欢愉。奶奶挥着扫帚及时地追赶，公羊们一扫扬扬得意的威风四散逃离。奶奶的数落狂风暴雨般袭向小山羊，就那一群粗野丑陋的家伙你竟能看得上！小山羊咩咩叫着躲在一旁，粗大的树干掩不住它内心的羞怯。

当小山羊嘶哑了嗓子，奶奶将绳索的一头塞给我说，把羊牵给北庄的老漏，你在村外等着，然后把羊牵回就行了。去北庄的路不远，过条沟就到，我和羊乐颠颠上路，春天的风丝绸般抚摩着脸。土沟里一大片花摇曳得我心醉，掐了一大把抱在怀里，心被花染得五颜六色。再看那羊时，它已独自过了沟坎，悄然上了一条宽宽大道，悠悠地，像是谁家的新媳妇。我感叹羊的识路能力，惊疑它不被花草迷惑的原因。老漏果然很老，下巴上飘扬着一撮雪白的山羊胡子。他从沟边站起，接过羊绳说，你在这儿等吧丫头，你奶捎信说了。我的小山羊就这样跟一个陌生人走了，连头也不回一下。我朝山羊投去恨恨的目光，远远地埋怨它的无情。我枕着土沟唱了一会儿歌，看见老漏和我的小山羊一高一低一白一黑隐入绿色的村庄。

听见几声羊叫，我赶忙把身子缩在秫秆垛里，捂着嘴暗暗佩服自己的跟踪能力。透过细缝，我看见我的小山羊拴在不远处坑边的大树上，它在树荫下不安地走动，连水坑中水的褶皱里的倒影也显得不安。老漏的那只大公羊来到小山羊跟前时，小山羊被那山一样的家伙惊了个趔趄，可能这才想起我来，目光朝来时的方向寻觅，咩咩的叫声显得无助。那只大公羊把它硕大的脑袋蹭到我的小山羊脸上时，我吓了一跳，不知它会不会把小山羊咬得满头是血，可是那大公羊很快地转到小山羊背后，我看见小山羊的尾巴夹了一下，又夹了一下，就放松了。大公羊骑在小山羊背上时我吓得闭上了眼睛，我不知道我的小山羊会不会被它活活压死。几声锐利掺了些许兴奋的羊叫，惊得我差一点儿从秫秸堆里滚了出来。我躺在土沟里不停地喘气，我看见小山羊被老漏牵着朝我走来。

小山羊好像这才想起它已经好几天没有吃过饱饭，在沟边忘形地吃草，它的安然无恙使我放下心来。我看它，它却不看我，它不知道，我已经在这个春天里看见了它的世界。

梦被月色印染，我在梦里扎上了透明的双翼，在小伙伴们众目睽睽之下正要振翅高飞，突然有人拽住了我的翅膀，我听见奶奶说，慧儿，快起来，山羊要生啦！油灯扑闪出满屋的黄晕，奶奶的身影在土墙上忽大忽小。小山羊沉重地卧在床前，咩咩的叫声里透着疼痛，奶奶和山羊的呼吸引得油灯忽明忽暗。

奶奶瞅着仍在傻坐着的我说，丫头，还不快抱麦秸！麦秸很快从院子里抱来，瓦片刮伤了我赤裸的脚。山羊的哀号变作低沉的呻吟，它开始用劲儿，肚里有东西拱来拱去，奶奶的一缕灰白头发贴在脸上，显得更加灰白。听奶奶喜悦地说，露头啦！我伸长脖子去看，却看到一条探出的小羊细腿，奶奶的惊呼像一盆冰水朝我浇来，她说，真主啊，受大罪呀！奶奶把小羊的细腿缓缓送入的时候，山羊咩的一声长叫，房上的土块哗啦啦落了一地。我看见山羊四条腿和奶奶的手臂一起在抖，奶奶朝着发抖的我说，快抱住羊头。我冲过去把羊头抱在臂弯里，山羊眼里蓄满泪水。山羊的肚子猛地鼓了一下，一个肉团滚落在麦秸上。

这是一只小公羊，腿长身圆，浑身雪白，天亮时就会在院子里蹦跶了，还会伸出粉红色的舌头亲热地舔我的手，舔得我的心像水一般柔软。奶奶看到这眼前的一幕说，这小羊就由你来养吧。我就欢天喜地地给它起了一个男孩的名字叫滚滚，因为我喜欢的一个男生叫石磙。

滚滚断奶以后，我就常喂饭给它，这样有很多时候我就空着肚子上学。我越来越瘦，我的肉不断变成羊肉结实地长在滚滚身上。我还偷赶着小羊到庄稼地里去吃青苗，吃得它嘴角滴着汁水，皮毛放着油光，直气得看苗老头脸色发青。我喜欢看小羊滚滚在草地上撒欢儿，它跳过一个土坎又要蹦过一条小沟，四只小蹄子踏得草屑翻飞、花瓣纷落，它雪白的身影跃出满野的灵动。有一次我把红领巾摘下包在它头上，它兴奋得把一对鸽子追得失魂落魄。

开斋节到来的时候，我和奶奶兴冲冲地迎回了在城里生活的爸爸妈妈，还有小弟弟。大人们在这个祥和的夜晚，把目光移向了我那圆滚滚的滚滚。我在这个夜晚无眠，搂着我的滚滚泪水滚滚而下，我想了许多救滚滚的方法，其中一个就是带着我的滚滚趁着黑夜逃走，逃到羊的自由世界里去。月儿爬上了窗棂，爬上了屋顶，上下眼皮紧紧地粘在了一起，我在疲惫中沉沉睡去。阿訇来宰羊时，我把自己关在屋里，我的哭声掩盖了滚滚的哀叫。我把头埋在被子里，但滚滚的叫声还是穿过棉被锥子一样扎着我的耳朵。院子里平静了，灶房里却叮叮当当地响起来，有香味飘出来，我的滚滚已经化成了股股肉香，我把鼻子堵上不闻。

奶奶和爸妈轮换来敲门，我不开；弟弟端一碗羊肉放在我窗前，让风劝降我的胃，我不吃。弟弟就搬来高凳坐在窗前，歪着脑袋颠来倒去地啃着羊骨头，啃得满嘴流油。那难啃的骨筋儿被他反反复复地抻得好长，又不情愿地弹回到那根粗大的骨头上，我的口水滴答个不停。家里人都去寺里了，小弟的声音最后一个消失在大门外。我小心地探出头来，确信偌大的院子只剩下我一个人。饥饿牵着我走进灶房，锅灶里暖暖的白烟轻飘着，灶上一大盆赭色的羊骨杂乱地高出了盆口。我掀开大锅盖，半锅浓香使我忘掉了呼气，鲜美和滚烫使我肠胃热烈。喵，灶上那慵懒的黄猫向我唱出殷勤的歌。我坐在灶边的矮凳上，用草棍扒拉着灶膛的灰烬，灰烬里跳起了星星点点的金花。

晨光穿过窗棂柔柔地照在我的小床上，我眯着残留着泪痕的眼睛看尘土在光柱里萤虫般翻飞。奶奶的笑容使小屋更加明亮。她把怀里包裹着的衣服缓缓展开，一只小羊，湖水般的眼睛，雪一样的皮毛，花朵般的嘴头，正怯怯地看着我。它竟跟小时候的滚滚一模一样。

本文初刊于《回族文学》2008年第6期

阿慧，本名李智慧，回族作家。出生于河南省沈丘县槐店回族镇，现居周口市。中国作家协会会员、中国散文学会理事、周口市作家协会副主席。曾荣获《民族文学》奖、冰心散文奖、《回族文学》奖、杜甫文学奖、孙犁文学奖、新月文学奖等。出版散文集《羊来羊去》《月光淋湿回家的路》；长篇非虚构散文《大地的云朵——新疆棉田里的河南故事》。

我的可疑身份

叶　灵

1

一份长达七八页的表格，纵横交错的直线，织成了一个个长短不一、大小不同的方格，像一张巨大无形的网，一点点打捞着我几十年生命中的所有。

方格里，从最基本的情况开始，先是姓名、民族、年龄、籍贯，接着是学习经历、工作经历、岗位聘任、教师资格，再到教学科研成果、技能证书、交流轮岗等——这些琐琐碎碎的信息，汇聚在一起，化成身后长长的足印，或深或浅，或直或斜。这都是些不是什么秘密的确凿信息，于我并没太多实际的作用。

为了完善这些信息，我翻箱倒柜，找出一厚沓档案袋，开始拉网式寻找。一本本证件，一张张荣誉——纸张大多已泛出旧色，或边角破损，隐隐散发着陈旧的气息。这气息，熟悉而

240

遥远，它像某种致幻剂，有着非凡的魔力，能准确无误地捕捉到记忆深处与之相关的所有点滴。要不是这次填表需要核对一些资料，它们或许会永远被压在书柜的最底层，成为不是秘密的秘密。

这些细致烦琐的信息，犹如一个个大小不同形态各异的零件，机械地组装成一个具象的、物质的我。这个我，真实而又虚幻——这些证书至少见证了当年付出的艰辛与一时的荣耀。只是，其所承载的光鲜，犹若一把柔软的细沙，不慌不忙，被沙漏从容滤过，最终却空空如也。

一张又一张地登记，一格又一格地填充，我仔细翻来看去，只怕遗漏了某项信息。其实，大多内容早已毫无任何意义。填充于此，只不过作为个人档案的一种充实，或者作为私人小众的证明罢了——免得空格太多，仿佛虚度了时日。我认真地填着。每一处虽然只有那么短暂的一帧或几帧，但就是这一帧帧连续不断，才得以让时光成为时光。

生命有时就是这样荒诞而真实。为了完成这个规模宏大的工程，我不惜花上几十年的时间，甚至奢侈地把最美好的青春作为赌注。

终于，我幡然醒悟。所有的信念与执着，只不过是一场必然漫长的迷途知返，我就是迷失其中的懵懂孩子——岁月的锋刃，早已毫不留情地把我切割，然后貌似公正地充塞到各种模子里，在统一的流水线上，组装出所谓的合格产品，最终被贴上不同标签。

我突然产生一种从没有过的深深的沮丧与绝望。

我是谁？究竟该去向何处！

眼前的表格，犹如宇宙间南北纵横的经纬坐标，无论处在哪个角落，它都会准确无误地把你定格为一个圆点——这个世界上一个可以随时忽略不计的小黑点。

我常常对自己产生一种莫名的陌生感。或许，这么多年，自己活得越来越不像想象中应该的样子，单调、枯燥、虚伪，整天不得不忙碌于无聊的应酬，却又无能为力。生活是一片没有边际深不可测的大海，它总在不动声色间，与你的意志进行持久的较量，直至你崩溃，被劫持，成为它的俘虏。众生芸芸，谁又能幸免？

记忆与现实纠结，真实与梦幻交错，身体与灵魂牵绊，我放逐着自己。然而，最终的事实却是这样，在无休止的纠缠分裂中，不觉间自己又深陷到另一种困境——在现实中，我依然尴尬；在尴尬中，我又继续漂泊。

2

去年年初，我就告诉自己，若有机会，一定回老家去看

242

看——那生我养我的村子。可是，人在江湖，总是被各种琐事所缠，无奈，这样的想法一拖再拖，到了年末，还是未能如愿以偿——心中不免多了一丝愧疚。今年年初，我又重复着同样的念头，只是仍未能实现，我的愿望一再搁浅，内心的不安又平添了许多——不知是我忽略了故乡，还是村子真的疏远了自己。

好久都没有回村子了。距离上次回村子恐怕也有好几年的时间了。

几年前，我和姐姐把年迈的父母接到小城。人去院空。从此，老宅一下子变得空荡荡的——寂寥的院落，斑驳的老墙，寂寞的梧桐，蒙尘的家什，蜘蛛网在屋子内外开始到处疯狂地扩张。我心生悲凉。宅子是让人住的，人住着，宅子就不会老得那么快。

或许是逃避吧，怕回去。每次回去，几十年的记忆就会一股脑儿地奔涌出来，欲说还休，欲罢不能。

我总是一次次梦回故乡——梦到老宅，梦见院里那块巴掌大的菜地兼花园，已是花红果绿；屋顶上的灰鸽子，"咕咕"地叫个不停，它们一定是学着父母喊我的乳名；还有门前的梧桐树，花儿一簇一簇地拥挤着，在春天里打闹嬉戏；村后崖下的滔滔黄河，还一如既往地在流淌……

有着农村生活的童年应该是幸福的。每回到村子，我心里就莫名地踏实——如同听见父老乡亲嘴里摞出的每句话，都能实实在在地落到地上。

很惭愧，属于村子生活的记忆，只有短短十一年。小学毕业，我就离开村子。后来，我又到更远的地方读大学。待在村子的时间，仅相当于在小城的一半。然而，关于村子的点点滴滴，却几乎占满了记忆的芯盘。一有空闲，我就会不厌其烦地把这些翻出来晾晒，一遍遍咀嚼。

渐渐地，回村子的次数越来越少了。村子里陌生的事物越来越多——贴着彩色瓷砖的高大门楼，水泥铺就的平整大路，晒麦场已经与时俱进，改成了活动健身场地……村口那棵苍老的桑葚树早已不知去向，阡陌间鸡鸣狗吠不知何时销声匿迹，就连飘在村子上空的袅袅炊烟也难得一见——总之，我熟悉的事物越来越少。

回到村子，一些陌生的面孔总是上下打量着我，询问的目光中满是与己无关的忽略与不屑——这些犹如一枚枚绵长无形的细针，猛然刺进我的肌肤，一阵隐隐的锐痛传来。是的，他们才是这村子名正言顺的主人，他们熟悉这个村子里的一草一木，即使一阵狗吠，他们看都不用看一眼，就知道是谁家与谁家的狗儿发情，或殴斗了。而我，只不过是来访的客人。虽然曾经，我对这里的一切也熟悉得了如指掌。

在村口，我碰见了家住同一道巷子的王婶。还未来得及张口问好，王婶早已喊出了我的小名："娟，回来了啊，这次待几天？没事就多住几天吧！"若母亲往日温馨的问候。我的心底顿觉一股久违的暖意——这是只有到亲人跟前才有的温暖，他们都还记得我的小名！"回来了啊！"是的，我是回到家了，这里本是我的根所在。然而，这里却不真正属于我。不久的将来，那些陌生的面孔，还有好奇的目光会越来越多，能喊出我小名的慈祥面容会越来越少。以前回到村子，我理直气壮，而如今，平添了许多情怯。我不知道，若干年后，当我再回到村子，将会是一种怎样的境况。

每每遇到有人问我是哪里人时，我总是毫不犹豫地说出北塬村，我从来都以为自己永远只属于这个小村子——豫西边陲的小镇上，一个守望在黄河南岸上的小村。村子高居在土塬上，是远近闻名的旱塬。虽然黄河就在村后，但依然解决不了干旱。我的祖祖辈辈，就一直守在这黄土塬上，从未离开。我的父辈们虔诚地扒拉着土坷垃，常年喝着塬头上斜掠而过的西北风。他们早已习惯看着老天爷的脸色吃饭，哪一年风调雨顺了，肚子也就有了着落，他们也就很满足了。尤其是一到夏天，若遇天旱，路面上浮土越积越厚，被太阳晒得滚烫，一脚踩下去，就会泛起一团白雾。

无论何时，一想起村子，我就会感到莫名的温暖。村子的故事就是我心中永远的一千零一夜，总也说不完，叙不够。与其说是怀念村子的陈年旧事，不如说是留恋记忆深处那段岁月。小小的村子犹如母亲温暖的子宫。对于子女，它一视同仁。然而在这里，男人与女人的最终命运却截然相反。男人生于此，毫无疑问，他们承担着繁衍后代、生养子息的责任，不管是不是一直在村子生活，最后一定会终老于此。作为女人，犹如蒲公英，生长于此，最终却要飘向四方，寻找属于自己的寄居地。

村子里的女子大多如此——从出嫁的那一天起，村子就决然割断了与你之间相连的脐带。当你再次回村子，你已是村子的客人了。你名下的几分或者一亩多田会被村子收回，重新分配。时间越久，你与村子的关联就一点点地越被扯远，最后被割断。有人说，女人没有故乡，看来这注定是一场宿命。说此话的人，肯定也是女人。

堂弟结婚。这是二叔家的大事。我回到村子参加婚礼。二叔就堂弟一个男孩，婚礼自然要办得隆重。一切按照村子的习俗，又新增了现代的仪式。吹吹打打，热热闹闹，亲朋们划拳畅饮，传统梆子乐队与西洋乐队轮流演奏，尤其是主持人夸张的煽情语调，惹得大家不时鼓掌大笑。

堂弟的婚礼就是一声召集令，几个姑姑，不管远近，还有表兄弟表姐妹全都聚齐了。这是很难得的。平时，各忙各的，上班的上班，打工的打工，忙生意的忙生意，即使同在县城上班，见面的机会也很少。就是到了春节，大家也聚不了这么齐。几个姑姑忙前忙后，我和姐姐也俨然以主人的身份招待亲朋好友。

午饭后，婚礼仪式举行完毕，二叔提议说，趁此机会拍张全家福吧。于是，二叔清点着人数，招呼大家按照年龄长幼、个头高低站成几行。我和姐姐，还有几个姑姑在旁边站着。我们正准备找个合适的位置合影，"嫁出去的女子别拍照！"不知是谁在人群中大喊了一声。犹如一声驱逐令！我们都愣了一下，平时比较强势的大姑不满意了，很不情愿地笑着高声反问："嫁出去的女子怎么啦？嫁出去了也姓郑啊！"但喊归喊，说归说，几个姑姑都很知趣，自觉站到旁边去了。我和姐姐帮父母整理好衣服，也自觉退后。看着摄影师，"咔嚓、咔嚓"地把一张张"全家福"储存。此时，姑姑绽开笑容的脸上，陡然增添了许多隐隐的失落——一种宿命般的无奈。我同情姑姑，也同情着自己。其实，作为女子，自从出嫁的那一天起，我们就再没资格参加娘家的全家福了。虽然姓氏跟着父亲，但嫁出去，就是婆家的人了。自古以来约定的习俗，谁都无法改变。

冥冥之中的牵绊就这样被硬生生地扯断，深入骨髓的疼痛。一种被遗弃的感觉，在心底不可抑制地滋生。故乡把我当成了异乡人。故乡成了异乡。而我，却一直把故乡看作故乡。从此，注定一生别处寻找了。我如一个固执的孩子，仍不肯轻易改变最初的情愫——这与生俱来流淌在血液中的基因。故乡于我渐行渐远了，可不论什么时候，我只要一回头，村子就在身后。对故乡所有的记忆，也成为我文字中永不更换的底色。

前年腊月，八十多高龄的奶奶走了。寒风凛冽而悲怆。天空飘着稀稀拉拉的雪粒。雪下得犹犹豫豫，天冷得出奇。从儿女到重孙三辈人，送行的队伍浩浩荡荡。田野间，哀乐时断时续，婉转哽咽。坟地在一片朝阳的山坡上，祖母、爷爷、奶奶的坟一溜行排列着。听人说，紧挨着奶奶的地方，就是父母、叔叔婶婶下一辈人了。我知道，这里即使位置足够宽敞富余，也没有自己的安身之处。出嫁的女子是绝对没有理由埋进祖坟的。这里的每一个人，都与我的生命有着无法割舍的牵绊。我至亲至爱的人——是他们最终疏远了我，还是我无奈远离了这里？

起风了，天空中的雪花越来越密集。下葬，烧纸，哭祭——葬礼结束，按照习俗，女人都要把身后托着的长长的头巾全部缠裹在头上。母亲帮我缠裹好头巾。在村子活了大半辈子的母亲，早已成为村子不容置疑的主人了。她也早把村子当作生命中最为重要的地方。可我，仿佛从未曾离开过村子——仰起头，头顶的雪骤然落下，几片雪花粘在脸颊，瞬间化成了水滴，仿佛我的泪水——冰凉冰凉。

我不禁打了个寒战。

总以为叶落要归根，叶落会归根，可此时，我的心里一片茫然。我是父辈的后代，流淌着祖辈的血液，可最终却与这里无缘——我是谁？究竟该身安何处？

3

不觉间，生活在小城已近二十年。每当仔细打量小城，我总会有一种熟悉的陌生。这样的念头，时不时突然冒出来，真切而确凿，这更让我肯定了一点——小城于我，仅是一个驿站。我也不过是一个过客。

一张小小的二代身份证，上面有我的照片，短发，胖乎乎的，一脸稚气。上面赫然印有一行"河南省灵宝市某街坊某小区某栋楼几号单元"的字样，这是我在小城的居住之地。身份证是2005年办的，有效期二十年——这意味着在二十年里，这是我作为一个小城人的唯一的具体身份证明。小城千万的鸽子间中，有一处是属于我的栖身之所。它是我奔波于这个世界的一张通行证，我于这个世界也成了一个符号。

换下来的一代身份证，我一直保存着，没舍得扔掉。这是一张最简单的卡片，透明过塑的那种，没有防伪标识。上面写的是我出生时村子的地址。我总认为，这张才是自己确凿无疑的身份证——无论何时，它都会无言地提醒着自己，我来自哪里。

在茫茫尘世万象中，在小城如林的高楼大厦中，一张小小的卡片就把我锁定在逼仄的空间——当初为了进城，能当一个所谓的小城人，我是怎样地费尽心力；为了能在小城有间栖身之处，避风躲雨，我又是怎样地精打细算，盘算生活？小城几度春秋，阁楼恍然一梦，我搭进了人生中最美好的十多年光景，才取得了这铁证如山的卡片。

我终于可以成为一个城里人了！刚进小城，蜗居在租来的一间小房。晚上，看着街道两旁霓虹闪烁，卡拉OK喧嚣沸腾，车流熙攘，我按捺不住内心的激动——微笑着对抱在怀里的孩子说，宝贝，以后你就是一个彻头彻尾的城里人了！宝贝眨巴着眼睛，愣了一下，他好像听懂了我的话，然后开心得手舞足蹈起来。若干年后，当我面对着十几岁的儿子，竟然连五谷都分不清时，我的心里五味杂陈，不知是该无奈还是欣慰？

每天早餐桌上的豆浆油条，曾一度作为城里人生活上的一种优越表现。而十几年来，几乎每天差不多都是，自己一手提着豆浆，一手拿着包子，边走边吃，急匆匆地赶到学校——竟难得有空体验、享受小城人固有的那份闲适。

我栖身在小城狭小的鸽子间里。水泥浇筑的鸽子间，给了我安全舒适又相对独立的空间。然而，冷冰冰的钢筋混凝土，也让人与人之间多了层厚厚的隔膜——更多不可言说的自私与势利——衍生出人情的冷漠，成了许多人为了生存而理直气壮的借口。

时常有这样一种错觉，站在车流涌动的大街，或者人群熙攘的商场，我总会强烈地感到一种莫名的湮没感，自己越发觉得孤独与可怜——若一群整日忙碌寻找食物的蚁。为了安顿明天的生活，不停地寻找食物，仿佛只有粮仓里充实着，心里才会踏实。我何尝不是如此？当初想方设法能进小城，为了房子、儿子、车子等，若机器般毫不疲倦地运转，好像只有存折上那串数字后面的零多上几个，心里才会踏实。多少人正在过着这样一种再正常不过却又近似变异的生活——其中，有你，有我，也有他。

在这小城里，有了一处栖身空间，自己就确凿无疑地成为所谓的城里人。然而，我却发现自己从一开始就错了。生活在小城里越久，就越发现自己与小城是那样格格不入——上下班我喜欢步行，有人却把私家车的档次当作身份的一种标志；生活休闲上，自己喜欢怎么舒服怎么来，却常被人视为僵化守旧；人际交往中，有时身不由己地忙于应酬场合，却常常忽略了自己；大多时候，总是习惯付出真诚与善良，却一次次受到伤害……

不知什么时候，我给自己裹上了一层厚厚的壳，壳外竖起尖尖的刺，以备随时抵御那些来者不善的目光。我越来越习惯于一种简单而朴素的生活方式，可自己与小城越来越不搭调——我不知道，是自己被小城所边缘，还是小城被我所疏远。大多时候，我总是身不由己地深陷各种喧嚣——许多自以为真理的聒噪此起彼伏，震耳欲聋，只能徒增一些无聊的烦恼，让人渐渐失语。

当年，我是怀着怎样迫切的愿望，来到小城。然而，骨子里的东西是永远也抹不掉的。不论我走到哪里，当生活遭遇异化的时候，它都会适时地提醒着我，我来自哪里，又要到哪里去。

蜗居在小城，为了糊口，为了生存，我卑微地活着——寄存在小城，如强行镶嵌在小城躯体中生硬的一部分，永远无法与小城自然融合。小城的一切都将是浮云，与我没有太多的关联。这里，只是个驿站。而我，也不过是小城众多匆匆过客中的一位。

若干年后，当我耗尽生命所有的时光，会不会像小区门口那棵法国梧桐上最后的那片枯叶，在风中瑟瑟地摇曳，犹豫着不忍离去？

小城，终归不是我叶落归根之处。我害怕自己被冷冰冰地装进小小的匣子，然后安放在水泥隔成的某个隐秘的角落。

4

喧嚣了几天的院子，又恢复了往日的寂静。一切都空荡荡的。院子早已习惯了这样的寂寞。

太阳明晃晃的，比往常更刺眼了些。微风吹来，阳光透过密匝匝的树叶，映在地上，满地碎光，随着树叶的晃动，光影在地面上游弋变幻。一切光怪陆离。

送走了婆婆。我仔细打量着院子——这生活了十九年的院子。由于工作缘故，我常年都吃住在单位。十九年累计下来，我在这个院子所待的时间，都不会超过一年。意识里，我一直把它当作临时的驿站。对于我来说，真正暂时的家，还是小城里那间自己辛苦奋斗所换来的鸽子窝。

当我得知，这片桐树林里的某一处土地，将是安置自己的墓地时，我震惊不已。

我从来没有想到自己会成为这里的主人，也从来没有把这里当作自己的终老之地。虽然名义上自己早已属于这里。

嫁到婆家，只有每逢节假日的时候，我们才买点东西回家看看，或者本家有红白事的时候。到家最多也是待上四五天。后来，小叔结婚，我们就把房子让给了他。之后每次回去，不论天再晚，都是当天返回小城。

　　这里的一切于我，都是陌生的——邻居是陌生的，村子是陌生的，土地是陌生的。这种陌生，不同于在小城的陌生。小城的陌生，是一种旁若无人的双向陌生。正因为如此，偶尔，我也会肆无忌惮地我行我素，根本不用理会周围那些惊讶的目光。而村子里的陌生，是一个贴着村子媳妇标签的单向陌生。走在村子里，时常能感觉到一些大叔大婶投射过来异样的目光，在背后指指点点，小声议论着什么。一种众目睽睽下的尴尬与紧张，让我无所适从。大多时候，我会装着若无其事的样子，逃也似的撤离他们的视野。好些年后，不知怎么，一回到村子，面对本家的人，面对公公婆婆，我都无法完全放松，总会有种客人般的拘谨。

　　婆家是个大家族。老公公弟兄五个。堂兄弟堂姊妹就有将近二十个。到了下一辈，枝枝蔓蔓的就更多了。嫁到婆家十几年，我竟然连本家的妯娌们也难以对上号。明明遇见长一辈年龄的人，没想到先生一张口，竟然是称兄道弟；遇见带小孩的年轻妇女，以为是同辈，没想到对方一张口，竟然称我奶奶，应还是不应，尴尬得我半天不知所措。所以每每回去，为避免闹出笑话，我一般不敢贸然开口，见到先生招呼后，我才敢确定地开口称呼。

　　在这里，我无疑是个陌生的主人。平时本家有事了，先生自会打理。有时他告知我谁谁家的闺女出嫁了，谁谁家抱了孙子，我询问半天，也未必能将人和名对得上号。有时，我干脆连问也不问了，他们几乎与我的生活没有多少交集。村子里的人重视这样的仪式，大事小事都要给本家的大大小小兄弟姐妹说个遍。我们知道了，自然回去应酬。每次回去，在那些陌生的熟悉人群中，我像个局外人一般多余。

我从来没有想到自己要去融入这样的一个家族，虽然在身份上已被确凿无疑地贴上标签，但始终眷恋的还是那片生我养我的黄土塬。这里没有我成长的熟悉痕迹，没有太多让我温暖的气息。记忆的芯片，关于这部分的记忆，寥寥无几。

这可能源于我潜意识里的一种反叛心理。

结婚没几天，婆婆到我屋子，特意送了我一把王麻子牌的剪刀。当时，我就有点纳闷，想到自己从来不做女红之类的活计，剪刀无疑是多余的。我没有多想，就对婆婆说，平时我又不做针线活，用不着，还是您拿着用吧。婆婆说，用不用就放在屋子里，说不了啥时候能用上。我这才仔细打量了这把剪刀，黑色的，是铁做的，刀刃上闪烁着一溜新磨出的光芒。显然，这是婆婆特意为我买的。

想起前段在母亲家发生的事，我的心里"咯噔"了一下。结婚后，我准备在单位的小屋开始做饭，见家里多一把菜刀，就对母亲招呼说准备拿过去用。结果，母亲挡住了我，说菜刀你不能拿走。拿走菜刀，就意味着以后和娘家一刀两断。最后，我重新买了把。

看着这把剪刀，黑黑的刀锋，钝涩的光并不耀目，却锋利而冰冷，它会不会怀着不可告人的目的——让我与娘家的关系一剪两清，专心做婆家的媳妇呢？我揣测着其中的"心怀叵测"——内心却是一阵彻骨的冷。

后来，与别人闲聊中，我才得知，原来这是婆家村子的一种风俗。媳妇结婚后，婆婆都要送给媳妇针线笸箩等，就是想让媳妇啥都会干，做个巧媳妇。只不过现在，好多人都把这风俗省略了。而婆婆却把这送女红的习俗简化为一把剪刀。我纠结的心，才恍然大悟。只是，当初心里的余悸怎么也挥不去。

直到婆婆去世，我自以为在内心筑起的坚固堡垒，就在那一刻，瞬间崩塌瓦解。

婆婆年龄大了，久病成灾，她再也经不起半点病痛的折磨。

我从来都以为，和婆婆的相处时间不多，作为晚辈，生活上照顾孝顺就是。我原以为，对于婆婆的去世，我完全可以处在一个稍微平静的状态，就像面对任何一位老人走向百年的感情一样——毕竟没有血缘关系，没有太多的感情交集。

然而一切出乎我的意料。冥冥之中，我感到有一种无形的巨大力量，震慑着，让自己毫无理由地甘愿屈从。

深夜，守灵。先生他们几个姊妹，由于过度悲伤与劳累，已渐次进入梦乡。而我，翻来覆去，却怎么也睡不着。眼前，全是婆婆生前的音容笑貌，以及她忍受病痛时的煎熬。

生命在病痛面前，从来都是如此脆弱。人就像大风刮起的一粒粒微小的尘埃，从来不知道什么时候，就会停下前行的脚步。早知道这样，在她去世的前段时间，我该多去看望照顾一些才是。可我，最终以这样那样的托词，只去过两次。一种深深的愧疚与不安，在我心底顿时滋生疯长。

婆婆与我的联系，突然间变得错综复杂起来，那隐藏着的千丝万缕的牵绊，一下子冒了出来，杂乱而无序。婆婆总是以她自己朴素的方式表达着对别人的好。

院子里的杏树已缀满了青青的果子。每年到杏子成熟的时候，婆婆总是一个电话又一个电话催促着先生，问什么时候回家。有时听说我们回家，婆婆就早早收拾一箱子，全是最大最软的杏子。其实一来回的车费，都要买上好些杏子。但在婆婆的执意要求下，先生就专程回家。杏子不敢多吃，即便给朋友送一些，还是要烂掉许多，不得已只好扔掉。

每次返城时，婆婆都不忘从院子的几垄菜畦里摘上几把韭菜或几个西红柿，用塑料袋装好，反复交代。有时嫌麻烦，不愿带，婆婆脸色马上一变，我们只好带上一些，她就显得很开心满足。一辈子厮守在土地上的她，不能像别人那样，给子女更多物质上的帮助，唯有的，就是自己精心侍弄的一捆豆角或者几把青菜了。

黑夜中，我轻轻地啜泣，继而不可控制地剧烈抽泣。一种刻骨铭心的悲伤，充斥着我的身体。我压抑着自己，捂住嘴巴，感觉体内潜藏着一块硕大的铅，渐渐下沉，越坠越快，最终跌入一个无底的深渊。我努力地向上攀爬，终究是徒劳。那种揪心的感觉，至今难忘。

我悄悄抹去眼泪，不敢有任何声响，怕惊醒了别人。我说不清自己哭泣的缘由——是为婆婆的去世，还是为内心的愧疚，抑或对生命无常的恐惧——我对自己都感到出乎意料，不可捉摸。若先生他们醒后，看到我的样子，一定会很惊讶，他们不会想到我竟会这样悲伤，我的悲伤一定会匿藏着别的原因。

我不想看到别人猜测的眼神。这是一个人的秘密。一旦说起，它就不再纯粹，会掺杂有更多的企图。我更不想别人冠以这样那样的赞誉，抑或毁誉，都已与我无关。这份戚戚的真诚，能给我暂时的心安，就好。

婆婆会不会就站在远处望着？

作为长媳，我自觉地承担起所有的责任——这是一种理所应当的责任。

以前所有和我没有任何牵连的事情，现在竟然一下子都压在了身上。我笨拙地应对眼前杂乱的一摊，显得手足无措，但还要装着一副镇定自若的样子。虽然我对村子里的丧事规矩和仪式一点不懂——幸好有先生三个姐姐帮忙。婆婆是个虔诚的基督教徒，所以一切都按照教堂的安排进行，比起村子里烦琐的仪式要相对简单些。但大大小小的琐碎，只要要钱，帮忙的人都会找我要。因为我是女主人。

三天三夜，繁忙的操劳与隐隐的悲伤，让我憔悴不堪。然而，我的内心却是从未有过的踏实。还好，一切都按部就班地进行。

坟地是在一片桐树林中。已有八九个土堆排列着。年长的妯娌告诉我说，到时候，我们都要聚集在这片土地上，继续作为一家人。她们告诉我的时候，神情是那样自然。在她们看来，这就是顺理成章的一件事，根本没有什么值得怀疑的。而我，只是勉强地笑了笑，那笑一定是世界上最难堪的表情。一种莫名的恐惧袭上心头。和这些不太熟悉的长辈、妯娌一起，会不会感到尴尬与不适？我从来没有把这里当作自己的终老之地。在此生活了大半辈子的婆婆，不知与过世的妯娌们会不会感到一种尴尬与陌生？

可是，我不在此处，又将在何处？固执的我久久地陷入一种深深的无奈与绝望之中。

落叶归根，我要在这里？我内心充满了深深的怀疑与强烈的排斥——没有生我养我，没有储存太多生活气息的土地，这对我简直就是一种不由分说的劫持——在别人看来，却认为是再正常不过的事情。我，始终都无法说服自己。

我不在此处，又能在何处呢？周围巨大的空虚，向我迫近，瞬间悄无声息地吞没了一切。故乡的村子是回不去了。可这里，并不是自己所愿，我更不想去小城冷冰冰的水泥楼。最后的归宿，我别无选择。

女人没有故乡——突然间，强烈的悲怆涌上心头。不管如何，每个女人，都要不可避免地去面对，这人生中不由分说的绑架，她们无疑是生活的勇者——摩梭女人应该是最幸福的人了。

我的人生，若从空间和时间来界定的话，它不过是一条简单明了的直线：故乡、小城、婆家，三点一线，由城市最西的镇子到县城，再到最东的镇子，其间几百里的路程。这些年来，我在这条线上由东向西，由西向东，来来回回，不知疲倦，穿梭其中——最后终于结成一个浑圆而严实的茧。女人的前世一定是长有翅膀的，否则，她的灵魂怎么能穿越山水，回到故乡？

看着表格，我呆呆地盯着"籍贯"一栏，那一行熟悉而亲切的字眼，对我来说，已不仅是一种符号了。这是我的根之所在。忘记了自己从哪里来，终究也不会清楚自己要到哪里去。

那张印有确凿信息的二代身份证，静静地躺在案头的一角，它也不过是人生旅途中一张通用的车票而已。到站了，它就是一张废纸。

此刻，我仿佛站在一个虚构而真实的法庭，没有原告，没有被告，法官却是自己。

我是谁？究竟该心安何处？

耳际响起不同的声音，我沉默不语。

我知道，一切的质问与辩护，都将无效而多余。

本文初刊于《湖南文学》2018年1期

叶灵，本名郑毅，中国作协会员。作品散见于《山花》《黄河文学》《延安文学》《散文选刊》《湖南文学》等文学期刊。有作品被《2011年中国散文年选》等多种选本选载。出版有散文集《秦淮水骨》《流淌在指尖的幸福》《耳语》，曾获首届延安文学奖、第二届杜甫文学奖等。

江南散记

顾晓蕊

一阕山水半生情

夏日熹微的晨光中，我沿着泛青的石板路，穿行在历史老街平江路上。窄窄的河道穿街而过，座座石桥贯通两岸，岸边绿柳婆娑，花团丛簇。澄碧的河水缓缓流淌，摇橹船穿桥而过，船上游人悠然安坐，听船娘吟唱江南小调，脸上漾着闲恬的微笑。

这就是我梦中的姑苏老城，古巷小桥，流水人家，处处透着如诗画般的清雅风韵。这条南宋《平江图》上记载着的延传至今的老街，暗合了我对江南水乡的美好印记。

记得初次来苏州，正是最好的年纪，那时我读大学，临毕业前在上海某电厂实习，几位同学相邀出游，乘着绿皮火车到这里。适逢梅雨时节，一行人穿街绕巷，从烟雨朦胧中望山看水，游园林，访古桥，听路边老茶馆传出的评弹声。

渐渐地，我和他落在后面，有一种说不出的情愫，在雨雾里悄然滋长。巷子里遇见卖花的阿婆，篮筐里有串好的白兰花、茉莉花，他跑上前买了些递给我。那馥郁的香气缠绕着，飘荡着，像极了我们隐秘的心事。

毕业后，我们从同学变成恋人，接着结婚生女。一晃小半生过去，在无数的梦中，我漫步徘徊在幽长幽长的小巷，而再来苏州，竟相隔二十余年光阴。

正如倪弘毅的《重逢》中，那句"你尽有苍绿"，经年之后，起初的浓情深意在时光的浸染下，已成为朴素纯粹的亲情，如长在心上的青苔，化成一片苍绿。那深沉的苍绿中，有老爱情的味道，亦藏有苏州的气息。

几千年的光阴里，一座老城端坐在时光深处，经受着岁月的风吹雨浸。老旧的墙砖间、屋檐上、水井边，甚而潮湿的青石隙间，漫敷出一片片、一蓬蓬的苔藓，那么绿，如一汪凝玉，婉约中透着清凉的古意。

这次到苏州，我们住进平江路附近胡同里的一家民宿，名为"前堂后院"。两层小楼由民居改建而来，修旧如旧，古朴中透着静雅，完好保留老建筑的苏式格局。每间客房都有好听的名字，采莲、心悦、竹露、萱草、穿花等，显现出诗意的细节之美。

晨起，沿胡同向前走一两百米，就到平江路老街。街边店铺林立，过了八点钟，路上游人多起来，挤挤挨挨，喧声沸沸，一番热闹繁华的人间盛景。

我喜欢朝老街的支巷里走走，扭身拐进大儒巷、丁香巷、胡厢使巷、东花桥巷等。弄堂里居住着枕河而居的老街人，清一色粉墙黛瓦的老宅旧院，青灰的外墙上有时光留下的斑驳痕迹。

河畔一架凌霄花丛下，有位老人倚在藤椅上，怀中的收音机里放着昆曲，一听就是小半天。旁边的煤炉上，煮有"凤凰茶鸡蛋"，游人取用随意，费用自付，另有免费的清香雪片茶。老人沉在戏中也不抬眼，有相安岁月的随性自在。

街边拉家常的居民、水井边洗菜的妇人、穿蓝衫摇橹的船夫、桥头戏耍的孩子……这充满烟火气息的市井生活里，处处透出安然自足的从容。当地人的生活是慢的，他们将雅致清宁的生活美学，延伸到寻常日子的肌理。

沿老街步行，拙政园、狮子林、耦园、随园皆相离不远。进入园中，目光所及，尽是苍绿。沿着幽曲小径兜绕一圈，看湖心凉亭，看庭院长廊，看假山鱼池，看竹林花间，几步一景，静美如画。园林布局精巧，温润而精致。

园林的精妙之处在花窗，有牡丹花、荷花、海棠花、梅花、葵花、竹节等图案，还有镂空而成的飞鸟、游鱼、走兽，又或是凤戏牡丹、鱼戏莲叶、喜上眉梢、松鹤延年等寓意吉祥的雕花，古风古韵，且构作精巧。

窗后是另一番更美的风景，芭蕉、竹石、蔓藤、花枝，半绽半隐，无限意趣，令人诧然之下，难免遐思翩飞。临窗望去，花影绰绰映在粉墙上，亦别有幽致。

想起帖书上的一句，"花气薰人欲破禅，心情其实过中年"。园林更贴合中年人的心境，惯看秋月春风，有了阅历，有了沧桑，反而气蕴于内，自有一种清远深美的意味。

从园林出来，已是月色黄昏。沿青石小路朝回走，澄澈的月光落在河面上，粼波闪动。老街上灯火阑珊，迷蒙夜色中，苏州人将从前慢的精致生活，延续到俗常日子的烟火里。

老街人懂得日子是过给自己的，不将就，不凑合，他们舍得花时间和心思，巧手弄美味，在一箪食、一豆羹中，品味滋足味润、余韵悠长的生活。苏州老厨人的心思玲珑，也使得苏式小吃名扬天下。

走累了，寻一处小店坐下。点上些当地名吃，桂花赤豆糖粥、桂花鸡米头、泡泡小馄饨、酒酿小圆子、哑巴生煎……食物的香气在唇齿间弥漫，入口鲜香甘滑，令人回味许久。

这承载着苏州人记忆与情怀的美食，是萦绕在当地居民灵魂深处的家乡味道，也给予我这般外来客以妥帖的抚慰，令一日的疲累全消。

有的传统老店里，还可以边吃边听评弹，在一曲曲软侬清音中，体会美食与时光的缱绻交错。苏州评弹是评话和弹词的合称，旧时又称说书、南词，那如雨滴般清润柔婉的声音，穿透数百年的光阴，依旧令每一位听书人醉心荡魄。

朱红色的老戏台上，桌两边坐着一男一女，男持三弦，女抱琵琶，弹唱曲目有《白蛇传》《珍珠塔》《玉蜻蜓》，是痴绝缠怨的爱情故事。我虽听不太懂唱词，但早已沉醉在那一唱三叹，以及轻拢慢捻的韵律里。

走出店时，空中飘起丝丝细雨。微雨落在身上，打湿了衣襟，而我神思飘忽，心仍沉在戏中。仿佛自己便是那为爱低眉的女子，倾心相许，偏又纠缠交错，迷失在时光巷陌里。戏里戏外，早已辨不清真假。

那夜我回到房间，斜倚在床边，听微雨敲窗，听雨打芭蕉，声声入韵，如一阕清词。夜雨潇潇中，烟雨如画的姑苏城，宛如白莲花般在我的心底盛开，瓣瓣留香。

这便是苏州，令我半生牵念、无限痴迷留恋的千年古城。那一份宁静淡然，是浸润在骨子里的风雅，让人来了便不忍离开，甘愿沉溺其间，静听风雨，淡看烟云，任时光悠悠然然地淌过。

水墨江南入梦来

西湖，是杭州的眉眼。到了西湖，自然要到断桥上走一回。

细雨霏霏中，我撑一柄伞，缓步踱至桥上。耳畔响起京剧名伶张火丁凛冽的唱腔："西子湖依旧是当时一样，看断桥，桥未断，却寸断了柔情。"声音深幽如一潭碧水，柔婉凄美，又分外惆怅。

南宋绍兴年间，青城山下的白蛇化身白娘子，与许仙在断桥相遇，借伞还伞中情愫暗生，两人结为夫妻。偏跑来个金山寺和尚法海要捉妖，生生拆散一段佳缘。

断桥是相遇地，亦是伤心处，千年走一回的断桥之约，令多少红尘男女心潮激荡，思绪翩飞。相传，断桥最美的时节是初冬。薄暮雪霁时分，一个人静静伫立湖边，月如霜，雪似银，看断桥隐隐现现，似一幅素雅的水墨画。

除却断桥，西湖还有两座名桥——长桥、西泠桥。梁山伯与祝英台十八里相送在长桥，苏小小与阮郁在西泠桥一见定情。三座桥，三段爱情绝唱，使得人们来到西湖，总会先上"情人桥"抚思怅想一番。

其实，西子湖畔的爱情，并不尽是悲凉，也有若你不离、执手相依的花好月圆。

"欲把西湖比西子，浓妆淡抹总相宜。"写下这迤逦诗句的，是宋代大文豪苏轼，号东坡居士。相传苏东坡被贬谪杭州时，在西湖游船上遇到出身贫寒的歌姬王朝云，刹那心动，当即吟诗一首，将她比作绝色倾城的西施。

她是巧笑嫣然的豆蔻女子，可他丧偶、被贬，处在失意的人生低谷。然而，她感念他收留自己，更仰佩他满腹才华，与其诗书唱和，意趣相投，成了他的红颜知己。

他多次被贬，她作为侍妾相随左右，悉心照料他的生活起居。这期间他重返杭州任知州，上奏朝廷，"杭州之有西湖，如人之有眉目，盖不可废也"。随即疏浚西湖，修建长堤，后人称为苏堤。

长堤，卧波水上，连接南山北山，而今，它已成为"西湖十景"之首，更是当地百姓喜欢的散步休闲地。苏堤北起岳王庙，延至南屏山脚下，近三公里的堤岸上，花香柳绿，古木成荫，可谓"花满苏堤柳满烟"。

为了纪念这位乐观旷达的北宋才子，苏堤映波桥旁建有苏东坡纪念馆。馆前屹立着东坡先生的雕像，宽袍大袖，长髯飘飘，目光如炬，面露忧思天下的神情。

江南的雨，来得急也去得快，雨后天空碧净，云朵素洁。我沿着苏堤缓步而行，路两边是高大的香樟树，还植有柳树、碧桃、海棠、木槿等，更有流溢千年的花香。有些古树有数百年树龄，或虬枝旁逸，或盘曲遒劲，斑驳的光阴里，它们迎风沐雨，仿若在默默守护着长堤。

"江南忆，最忆是杭州。"唐代诗人白居易离开杭州后，遥思过往，对月怅吟。从断桥至孤山长约两里的白堤，并非白居易任杭州刺史期间修筑的那条堤岸，而是当地百姓为感念白公治理西湖的功德而命名的。

苏堤与白堤，犹如西子裙裾上的两条飘带，横卧于烟波浩渺的西湖上。再看又好似两位大诗人相对而坐，边喝茶边谈笑吟诗。我沿两条长堤走了又走，满目芬芳，绿意流淌，鸣啭声声，一时间竟有些恍惚，恍若人在画中游。

此外还有一处杨公堤，与苏堤、白堤并称"西湖三堤"，远望如一条长虹架在虎跑路与灵隐路之间，是明朝杨梦瑛在杭州为官时，西湖淤塞严重，他力排众议要还西湖一片清明，用挖出的淤泥堆筑成的一条长堤。

杨公堤上游人较少，颇有隐中取静之感。路两边高大的法国梧桐树，绿叶倾盖，密密层层，筛下一地浓荫，行走在这浓浓的绿意里，有种清凉惬意的感觉。

我走走停停，伫立远眺，一潭幽然深碧的湖水中，不时有游船悠悠地驶过，荡起圈圈碎银般的涟漪。"南屏晚钟，随风飘送……"清婉悠扬的歌声踏水而来，听得我心里也柔成一汪水。

南屏山下，千年古刹净慈寺门外，既见"南屏晚钟"碑亭。"夜气溽南屏，轻风薄如纸。钟声出上方，夜渡空江水。"正如明代张岱诗中所言，临近黄昏时，净慈寺浑厚清亮的钟声响起，穿山渡水，叩壁击石，余音回绕，数里之外皆清晰听见。

与净慈寺隔路相望的是雷峰塔，虽明知白蛇被法海施法压在雷峰塔下，不过是民间神话传说，但看到倒掉的旧塔遗址，我心里还是暗松口气。这也应和后人续写的白蛇传说，有了

"塔前祭母"，新科状元许仕林孝心感天，终救母出塔，家人团聚，圆满欢喜的大结局。

而今的雷峰塔是旧址重建，登上塔顶，可一览西湖全景。山峦重重围起绿色的屏障，仿若天然的森林氧吧，那宁静清洌的湖水，如捧在掌心里的一块碧玉。

西湖的水绿得幽静，绿得透彻，绿得空灵。若你凭栏远望，朝湖面静静地凝视片刻，会觉得那绿意仿佛在流动，悄然淌进你的心里，把你的身心淘洗个遍，顿觉整个人都变得明快而轻盈，简直无一处不清爽通透。

从雷峰塔景区出来，沿南山路，又走回到长桥。恰是夕阳西下的时候，这里是雷峰夕照最佳观赏地，有很多摄影爱好者在此守候，我掏出相机，静待落日余晖铺满水面的那一刻。

橘黄色的夕阳，在浓浓密密的云层间穿梭，时隐时现。浩渺的湖面似被镀上一层金光，滟滟流波，莹亮跃动，彼时，远山如烟，塔影巍峨，再看近处的湖水、长桥、亭子以及湖边的绿树，都晕染成浅红色，笼罩在柔美安谧的氛围中。

我正入神地观望时，倏然间，织锦般的红霞浩浩荡荡地铺满天际。闪耀的霞光倒映在水中，满眼灿灿之色，有微风吹皱了湖面，霎时水面如洒下无数碎金片。

稍后，斜阳收拢最后一抹余晖，渐渐沉入云水间，湖面升起淡淡的雾霭。我仍紧盯水面不肯收回眸光，长桥上挽手依偎的情侣，那一抹动人的剪影，连同夕阳映照下的雷峰塔，一并被装进这山水画框之中。

澄明秀美的西湖，真叫人神迷心醉。那月堤烟柳间，留下过无数文人墨客的诗句佳篇；那古渡廊桥上，演绎出多少传唱千年的凄美爱情。

西湖，如一幅水墨氤氲的画卷，带着轻灵温婉的江南情致，闪入我眼里，映进我心中。我盼望着今夜它能入我的梦里来，那该是多么斑斓而纯美的梦啊！

深巷明朝卖杏花

到江南，我转得最多的地方，是曲曲折折的小巷。

那一条条幽静的巷子，狭窄且悠长。小巷，是一首婉约的诗，亦似一阕清浅的词，它从唐朝的风、宋朝的雨，又或是明清的烟云中，款款地吟出。千百年过去了，多少往事湮没在岁月中，而小巷依然是旧时模样。

江南雨多，轻柔的雨如烟似雾，水汽迷蒙中，透着淡淡的忧愁。多情的雨，滴落在屋檐瓦楞上，敲在青石板路上，犹如丝竹轻弹，声声清越，极为悦耳动听。

倘若下了一夜的雨，次日放晴，小巷便会愈加清净、幽深。让人想起那句"小楼一夜听春雨，深巷明朝卖杏花"。雨后幽长的小巷中，传来阵阵卖花声。

"卖花咪，杏花——"卖花的少女，身穿靛蓝花衫，挎着竹篮从巷子深处走来。

花遇有缘人，若喜欢这花，捎上几枝，回去插在青花瓷瓶中，做了案头清供，倒也十分雅致。倘只想听听这卖花声，却也无妨，那软侬的叫卖声，如莹亮的露珠，在潮湿的深巷中滚动，声音幽邃，几许空灵。

水乡小巷多，兜兜转转，不经意间，你就会误入小巷深处。我一向不喜热闹，恐被喧闹声扰了心中清静，偏爱钻进巷子里，静静地闲走。

那日，我到江南水乡同里古镇，沿河道行至鱼行桥，过桥走不远，到了穿心弄，当地人又称串心弄。弄堂里幽深、逼仄，狭窄处，仅容一人通过。迎面如有人过来，一人须侧身敬让，另一人方能通过。

擦肩而过的瞬间，那一低头一浅笑，许令你心湖轻荡，泛起点点涟漪。由此带来一份温暖，一段情谊，或是一场美好的邂逅。而这，恰好应和"串心"之意。

路两边的高墙斑驳老旧，阳光洒落在墙面上，闪闪烁烁，似在诉说着往日的沧桑岁月。老墙在经年风雨的冲刷下，呈现深浅浓淡不一的青灰色，好似洇开的山水画，柔润中带着浓浓古意。

老旧的青石板路，湿湿潮潮的，常年受雨水滋浸的缘故，石隙间探出幽幽苍苔，真是"雨滋苔藓侵阶绿"。青苔爬上墙，攀上瓦檐，阴凉湿潮的地方，皆苔痕青郁。

苔是大地的绿衣，这一袭碧衣，小巷穿上了，从此便不再脱下。郁郁茂茂的苔藓，从明清蔓延至今。苔幽幽地生，寂寞地长，带着些许隐逸情怀，染绿了老街人的记忆。

走在巷子里，我没有遇到卖花的女子，却遇上位唱昆曲的阿婆。

她身着蓝布衫子，花白的发，脸上皱纹如菊，眸光却清亮。她走过来对我说，姑娘，点首昆曲听吧，赏钱嘛，你看着给就好。话落，她递来一张戏目单，我点了《牡丹亭》唱段。

"原来姹紫嫣红开遍，似这般都付与断井颓垣……"她一张口，那声音幽郁沉婉，有如染上苍绿，显得清寂、苍凉。刹那间，时光仿若凝滞了一般，巷子愈加幽长寂寥。

一曲唱罢，我与她闲聊起来。她说自己生在小镇上，住在小巷里，打小喜欢唱戏，家人不允，她便偷着学，为此还挨过打。后来日子好起来，她进到当地昆剧团，唱旦角，在堂子里演出，台下一片叫好声。

几十年过去，她也老了，已登不了台，心里却放不下戏。她便想着，这古镇就是舞台，不如唱给游人听，即使只有一个听众，也用心唱好每一段戏。

我心里明白，她唱了大半生戏，已入戏太深，为戏成痴。

人生的喜也好，悲也罢，只要一唱起戏，她全都忘却。幽曲的街巷，是方寸的舞台，她深情地吟唱，只沉醉在戏里。

这时，从巷口处走来一位阿公，将折扇和水杯递给阿婆，敦厚地笑笑，也不多语，转身又离去了。我正疑惑间，阿婆说，那是我老伴，他以前在剧团弹三弦，退休后闲不住，做起水上清洁工，每天摇着船清理河道。

她抬手轻轻一指，又说，这不，为此还买条小木船。我扭过身，见阿公已回到船上，熟练地撑篙，缓缓地划进河心。而后，他悠然地立于船头，弯腰手持长竹竿做的捞网，清理水上的落叶和垃圾。

古镇上来的人多了，往日的清静被打破，但在他们看来，河水是小镇的眼眸，他们要爱护它，守护它。清凌凌的河水日夜流淌，枕河人家的梦才是香甜的。

想到此，我竟有些眼湿，离开穿心弄，接着往前走去。同里的小巷子很多，如石皮弄、同泰弄、西弄、仓间弄等。狭窄细长的里弄，虽曲曲绕绕，却巷巷相通，因而在古镇上闲逛，无须担心会迷路。

小巷里的人爱花，亦喜养花。正走着，忽从墙头垂下一片绿藤，里面夹有如瀑的凌霄花，青红交映，一团喜气地绽放着。弄巷中暗红色木门半开，探头朝里看，地上种满鲜花，艳艳地开，明媚了整个小院。

住在巷子里的人家，生活过得闲适又有味，他们坐在花树下，吃饭，喝茶。清软香粥，盛在青瓷碗里，精巧的小菜，摆在铺有蓝花布的桌上。这热气腾腾的生活细节里，透出浓浓的市井气息，而小巷贴心贴意的温暖，还须人间烟火的成全。

就这么走着看着，一路飘香，处处花影摇曳。转到另一条小巷时，鼻息掠过一阵浓香，见有个女孩在穿花，新摘的茉莉花。洁白的骨朵，半开未开，小巧，素雅。

可真香啊！我赞叹道。她笑着回道，自家种的花，宝珠茉莉，挑一串戴上，能香一整天。我当即付钱，买一串花别到衣襟上，缓缓朝巷口走去。

"卖花嘞，卖花嘞……"身后传来温婉软糯的叫卖声，那声音如唱戏般清和圆转，在街巷中回荡，余声缠绕，袅袅不散。听得我心里一漾一漾，溢满了欢喜。

本文初刊于《脊梁》2020年第1期

顾晓蕊，中国作家协会会员，中国电力作家协会会员，河南省作家协会会员。鲁迅文学院第二十二届中青年作家高研班学员，全国中考高考热点作家，作品曾获第二届林语堂散文奖、第九届冰心散文奖、冰心儿童图书奖等奖项。出版散文集《你比月光更温暖》《点亮自己，你就是一束光》等。

埋在土里的爱

马万里

我从小是吃着娘捂的豆瓣酱长大的，那种味道是娘独特的味道。

小的时候，娘每年都会在秋天豆子成熟时节，去附近的农村捡拾豆子。然后放起来留待第二年的五黄六月天给我们捂豆瓣酱吃。娘会在西红柿下来时，买许多便宜的西红柿下豆瓣酱，最奢侈的是买几个便宜的西瓜下西瓜豆瓣酱。那时，娘总爱在暮色四合时站在街口等卖西瓜的人最后降价。然后买一些小瓜蛋蛋，抑或被人退回来的生瓜。第二天她会派爹跑到附近的农村采摘一些桑叶或者梅豆的叶子。把叶子一片片用清水洗净，控干水分后在阴凉处晾着。在一张干净的牛皮纸上先撒上一层白面粉，然后将煮好的黄豆均匀地摊在上面，下手把面粉裹匀，放到她里间屋里的方桌上，在上面先盖一层桑叶，再盖一层小棉被。四五天就会长出绿毛毛来，这时屋子里就会弥漫出一种浓浓的霉味，娘就把小被子、桑叶撤掉，把豆瓣转移到大锅排上自然风干。最后再把绿毛毛用手掰开，一颗颗胖胖的黄豆就像身怀六甲的孕妇一样充满了喜气。娘就开始往备好的瓮里下，最后再放入西红柿或西瓜，里边放盐、花椒、大料，偶尔还会放一些花生粒。最后娘用干净的白布将瓮口密封严实，再盖上盖子。西瓜豆瓣酱和西红柿豆瓣酱是不能放在一起捂的，那样会串味。一般娘喜欢放在煤火边上温，天气好、日头毒的时候也会放在当院里让太阳照晒。但夏天雨水多，豆瓣酱最忌淋雨，一旦瓮里进了雨水，一瓮上好的豆瓣酱就彻底毁了。

生过孩子后，我依然爱吃娘做的豆瓣酱。每每领儿子回娘家，娘就会在煤火边提前给我炕像锅巴一样的酱饼，又焦、又咸、又香。每次只需咬一点点，就满口酱香了。儿子一进屋就能闻见那种霉味，他说是脚臭味，往往会皱眉苦脸，捏着鼻子拒绝吃。我便笑他不懂。我们小时候吃饭，用筷子夹一点点豆瓣酱放在糊涂里，可以喝下一大碗的糊涂。娘为了让我们能多吃饭，让我们长高、长胖，她会变着花样给我们烙烙馍吃，烙馍蘸酱、蒸馍蘸酱、糊涂蘸酱、甜面叶蘸酱都很好吃。那时生活清苦，豆瓣酱为我们的粗茶淡饭增加了许多美味。

本以为一切美好的事物都能天长地久，本以为能永远享受到娘的这种美味。然而，在一个猝不及防的刹那，冰冷的铁门在我身后戛然落下，娘温暖的目光没了，我们像断了翅膀的小鹰一下子失去了依靠。娘生病了，而且是绝症。娘在医院经受化疗、放疗的痛苦，她曾大把大把地吞食黑色的药粒，以致她的舌头到喉咙部都浸染成黑色。但这依然没能挽救她的生命。娘许是猜测到时日不多了，她在化疗第二个疗程后回家，就开始给我们做豆瓣酱，她依然精心地做，捂好后给我们姊妹五个每人分了一饭盒，让我们带回各自的小家吃。娘特意多给了我一份，让我留着慢慢吃。我的泪水像海潮似的溢出了眼眶，随口说了一句，娘啊，这以后该咋弄啊，没豆瓣酱我吃不下饭啊！在最冷的冬至到来的前一天，我骨瘦如柴的娘走了。

娘走之后，我的日子就很惨淡了。我一直想念娘，想念她的豆瓣酱，那一年我的体重迅速下降，由120斤跌至96斤。爱人心疼我，曾去超市里买豆瓣酱，但超市里的豆瓣酱没有黄豆，即便有也是少得可怜，不耐嚼，不好吃，不像娘做的那样有风骨。爱人也曾去向会做豆瓣酱的同事索要过，但拿回家的味道还是不一样。有一天在我们家附近的月季农贸市场里，我突然发现有一家"杨大娘腌菜"，她做的豆瓣酱和我娘做的很像，重要的是她的摊位上写着"杨大娘腌菜"，里边有个"娘"字，我总以为肯定是我娘在冥冥之中还关爱着我，特意派她给我送豆瓣酱来了，就开始买她的豆瓣酱吃，但依然不是娘的味道。

娘去后的第三年，弟弟家开始翻盖房子，在挖地基时意外地发现在苹果树旁埋了一只瓮，两个弟弟当时都愣了，他们惊得张大了嘴巴，还以为挖到了什么稀世珍宝，但那瓮显然是自己家里用过的，埋得也浅。他们急忙把我喊回家，我们把瓮小心翼翼地搬了出来，打开口一看是娘做的豆瓣酱。我一下子闻到了娘的味道，我仿佛看到了娘的那双巧手，看到了娘温润的目光，看到了娘下豆瓣酱时的一丝不苟……我不由得放声大哭。瓶口处还有一个硬纸片上写着：给小霞。娘没文化，字也写得歪歪扭扭。娘活着的时候我曾埋怨过娘，为啥小时候不上学，不像我同学的妈妈是师范毕业，人家给女儿写过许多信，当时我羡慕得很。"给小霞"这三个字分明是娘写给我的一封最珍贵的书信啊！娘这一生，没有什么追求和梦想，她的梦想全都在自家的孩子身上，她想把我们一个个养活，一个个养胖就心满意足了，就完成任务了。没想到我随口说的一句话，娘会在病痛之中依然奉若神明，娘用了多大的劲，费了多大的力专门给我做了一大瓮的豆瓣酱。她得的是肺癌，终日咳嗽不止，我不敢想象她为我做豆瓣酱时的模样，我一想心就会像针扎一样疼。我不知道，我的重口味，我的暴脾气是否和吃豆瓣酱有关。母女连心，娘喜欢看我大口大口地吞吃豆瓣酱的馋相，她总是默默地给我冲杯菊花水端来让我喝。年幼时，我很瘦弱，娘和爹一边一个拉着我的手去给我看病。看完病回来，娘给我买了一毛钱的猪头肉，包在黄色的草纸里，他们嘱我快吃，说家里孩子多，有好东西也轮不到你的口。我让他俩吃，他们都说不爱吃肉。现在想来，我们幼年的顽皮，成长的艰辛，还有我们与生俱来的软弱，我们异于常人的禀赋，我们从小到大最详尽的档案，全都在娘的心里记着呢！我们记的往往是娘的一点一滴，而她记的，却是儿女的全部啊！

我满含着热泪把那只瓮带回家，放在堂屋的桌上，像供奉神明一样，供奉着这只瓮……

空空的墓穴

不要站在我的墓边哭泣

我不在里边，我没有睡去

我化作清风随处飞舞

我化作雪地上闪闪发光的钻石

我化作阳光催熟成长的谷物

我化作秋天绵绵的细雨

当你从寂静的早晨醒来

我是催你快速起床的动力

我是一只安静的小鸟在空中盘旋着飞舞

我也是天空中柔和的星子

不要站在我的墓边哭泣

我不在里边，我没有死去

我以为这就是娘！

本文初刊于《北京文学》2017年1期

马万里，中国作家协会会员，鲁迅文学院第二十二届中青年作家高级研修班学员，河南省诗歌学会理事、杂文家协会理事，焦作日报社副刊编辑。2002年起先后在《诗刊》《诗神》《北京文学》《清远日报》《散文报》《文艺报》《延河》《山花》《中国作家报》《山东文学》《金山》《青春》《青年文学》《大别山诗刊》《河南日报》《牡丹》《南方周末》《大河报》等多家报刊发表小说、诗歌、散文千余（篇）首。

泡桐树

容三惠

2014年8月下旬，我们市委宣传部为深入开展群众路线教育实践活动，弘扬焦裕禄精神，组织本系统七十余名工作人员，赴兰考瞻仰焦裕禄纪念馆，了解其生前事迹。使我感受最深的是当年焦裕禄为治理"三害"倡导栽种的泡桐树，为兰考人民造了福谋了利，如今已经成为兰考县经济发展的支柱产业之一。

去兰考那天，阴而无雾，气温宜人，觉得是一个很凉爽的日子。下车时，我被眼前的美景吸引了，完全打消了昔日印象中贫困县的想法。望着面前那崭新的"焦裕禄干部学院"，虽然楼层不高，但设计雅观，体红檐白，给人耳目一新的感觉。其前面是一个空旷的大院，平坦洁净的水泥地坪，左右两边便是绿化带，里面有焦裕禄神采奕奕巍然屹立的雕像，好像他望着今日的巨变在欣慰地微笑呢。教学楼的左右和其后是一栋栋别具一格新颖时尚的红白色小别墅，仿佛坐落于大花园中，其间散发出清香扑鼻的田园花草味，让人感到空气清新，赏心悦目。不难想象，这里可能是接待全国各地学员的场所吧。因为这一年全国各地响应上级号召深入开展群众路线教育实践活动，赴兰考参观焦裕禄纪念馆、学习焦裕禄精神的学员络绎不绝，这里要接待一批又一批来自全国各地的学员。

我转身看到它的对面，那是一片郁郁葱葱笔直的泡桐树林，一棵棵一排排肩并肩、头碰头，昂首挺胸向天空的泡桐树，林立于大道旁边，美化着这里的环境。它们欣欣向荣地挺立着，好像为这里搭起大片的绿色帐篷。在我情不自禁地观赏这里的美景时，带队的讲解员召集我们，带领我们往前走，来到距路边不远的一棵巨大的泡桐树下。

我很惊奇，这里怎么有一棵与众不同的高大挺拔、枝繁叶茂的参天大树？它一定是古树了，和身边的其他泡桐树相比，算是这里的老树王了。它的树干粗如大缸，估计四个成年人也难以合抱。一条条粗壮的树枝直冲云霄，伸向四面八方，又发出许多密密麻麻的小枝杈，展现出它生机勃勃的美丽风采。树上那毛茸茸手掌形的绿桐叶，又多又密，层层叠叠，遮天蔽日。整个树冠像一把撑开的绿绒巨伞，呵护着身下的土地，为人们挡雨遮阳。不难想象出这里一年四季的美景。到了春暖花开的季节，那紫中透粉、粉中有白的一簇簇小喇叭形桐花，顺着树枝成串成串地挂满枝头，散发着一股股淡淡的清香，这里岂不成了花的海洋？微风吹来，花朵随风舞动，好像在对人们点头微笑。桐花还可以用来充饥，采下它用面拌拌蒸着吃，炒着吃，晒干吃，是很好的菜肴。到了秋天，树上结出很多像棉花桃一样的果实，沉甸甸地挂在枝头。这些饱满的果实在阵阵秋风中不停地晃动，好像表露自己的喜悦心情。冬天里，树叶在凛冽的北风中飘飘悠悠地落在地上，还可以当肥料。它长年默默无闻地无私奉献，从不为自己着想。我低头观其根部，想到树大一定根深，兰考人民为使它更加茁壮成长，在树根周围砌着高高的水泥围栏，中间填充肥沃的土质，为它增加养分。它被如此地精心呵护和重视，想必是一棵来历非凡的大树。

　　讲解员亭亭玉立站在我们面前，为我们滔滔不绝地讲解。原来这棵高大粗壮的泡桐树是焦裕禄同志于1963年春亲手栽种的，如今已经五十余年了。兰考人民深深地爱着它，为了纪念他们的好书记，称这棵泡桐树为"焦桐"。有人说，这是焦书记给俺留下来的致富树、招财树。"焦桐"已成为焦裕禄精神的象征。它的周围那一片生机勃勃的桐树林，好像是兰考人民紧紧跟随焦裕禄的情境。如今它们不再是抵抗风沙的泡桐树，已经浑身变成宝，成了兰考人民的"摇钱树"，造福于兰考的子孙后代。"要想富，栽桐树，生产致富好门路。一年一根杆，两年粗如碗，三年能锯板。"这是兰考人民的致富思路。现在的兰考种植泡桐树面积已达到二十六万多亩，道路两旁、田间地头、房前屋后到处都栽种着泡桐树，还在泡桐板材加工上做起了文章，出现了多家大小型泡桐加工企业，仅个体加工厂就有三千多家，大部分板材远销国外，年产值十几亿元。还有厂家把泡桐加工成外观精美的琵琶、古筝、二胡、文琴等民族乐器，畅销大江南北。有人算了一笔账：如果把一棵普通成材的泡桐树用来做盖房的木料，不过卖几百元；给现在的乐器厂做乐器，收购价要高出两三倍；而把它加工成古筝、琵琶、出口家具等，就可以卖上万元。泡桐树开发成了兰考的致富路径。

"看到泡桐树，想起焦裕禄"，这是兰考老百姓中广泛流传的一句话。那是1962年，当焦裕禄调任到兰考任县委书记时，看到的是一望无际的黄沙滩，白茫茫的盐碱地，到处凄惨荒凉，种植的庄稼几乎不长，甚至是颗粒无收。为求治理风沙、盐碱、内涝之患的办法，他始终践行"没有调查就没有发言权"的理念，实地调查，依靠群众，深入研究。为治理水害，他一到下雨天就出去，根据一位瓜农提示，他认识到观察洪水流势和变化的重要性，一路追寻洪水去向，绘制了排涝泄洪图，构建了沟河相连的排水体系；为治理盐碱地，他走村串户，发现有一农户的菜地长得好，当即与农户交流座谈，并了解到，可以把地下一米深的泥土翻上来，解决盐碱问题；在治风沙方面，他在村头调研时，从完好无损的坟头上获得灵感，与乡亲们座谈交流后，提出了"扎针、贴膏药"的治沙方法。所谓"贴膏药"就是在沙丘上把地下的泥土翻上来，"扎针"就是再栽泡桐树。他说："沙区没有林，有地不养人；有林就有粮，没林饿断肠。"这是他治沙的观点。他想到如果照此办法把土层翻上来，在田地周围种植泡桐树不是很好吗？泡桐树干直，叶片大，种在田边既防风沙，也不挡光，有利于农作物生长；泡桐树根又深又直，也不跟庄稼争肥，长得又快，十年就成材。于是他带领当地人民栽泡桐。那一年焦裕禄带领群众在兰考县推广种植五万多亩泡桐。为保护好这些泡桐树，他还制定了"护林公约"："爱林护林，人人有责，破坏一株，栽三棵，保护三年；谁把泡桐树弄断了，要在原地给泡桐开追悼会。"就是开会批评。很快兰考县就没人盗树了。

焦裕禄在兰考的一年多里，跑遍了全县一百二十多个大队，带领兰考人民造林治沙，排水治碱，为人民种下了遍地绿树。只要春风吹到兰考大地，就到处盛开着美丽的泡桐花。当地群众说："焦书记一心想的是怎样让老百姓有饭吃，过上好日子，不再逃荒要饭。他是累死的，带病工作，没有时间住院，到最后肝癌后期病危时，才住进医院。"据他女儿回忆，病危时，当地同志给他带来一张泡桐花的照片，久被病痛折磨不成人形的他，看到照片上泡桐的花穗，欣慰地笑了，笑得很甜，快乐安详。他在逝世前说："活着我没有治好沙丘，死了也要看着你们把沙丘治好。"他死后就葬于兰考县。

当年兰考大地上的泡桐树已经扎根，后植的泡桐树也已遍布兰考的街头田园，它们开出了经济繁荣之花，结出了不畏艰难、迎难而上之果。它们记录着焦裕禄带领兰考群众治"三害"的过程，承载着兰考人民对焦裕禄书记的思念，见证着人们对焦裕禄精神的传承，即始终相信群众，依靠群众，为了群众，实事求是，清正廉洁。

本文初刊于《北京文学》2016年第3期

容三惠，原名张书霞，河南西平人，中国作协会员、研究馆员、文学创作一级。曾在《中国作家》等杂志发表作品五百多万字，并被《小说月报》《中国短篇小说精选》等选载；著有长篇小说《刀子嘴与金凤凰》《城市天堂》《谁主沉浮》《红牡丹》《望青春》等，中短篇小说集《都市情缘》《简办的婚礼》《容三惠小说选集》等。另有散文两部。曾获河南省"五个一工程"奖、全国优秀中短篇小说奖。有作品被改编为影视剧，译成英、法、德等多种语言。

疏影横斜以及其他

李　梅

1

最好看的画，是疏影横斜。一棵梅树的影子，投在小路上，时节不到，尚未着花，枝条清瘦而自然，可见好风骨。想起"移梅初作诗，梅开重成赋"一句，梅树的栽种者，当初怀有怎样柔软的诗心？山中高树，与众芳菲，而一棵梅树，独成画意。昔日曾于某处租住，窗外梅树一棵，多年伴我，纱窗之外，暗香隐约。室内简约无画，唯有这树梅四季摇曳不同，爱极了那样的姿影。

《山园小梅》诗中，以"疏影横斜水清浅，暗香浮动月黄昏"写梅，自此人们多以"疏影横斜"为梅花独有，其实这"疏影"原也是化用"竹影"一词，无非是取其朴素、雅致而又丰富，摇曳、灵动而又宁和之义。树影婆娑，万物可和谐而相生，这疏影何尝不可以是树影？树枝给大地以投映，好看的树枝、摇曳的轻风、干净的地面，在恰到好处的光与影里，粗干与细枝自然构成画意。

山中返回，在小区的院落里走着，穿过一条略略有些弯曲的小路，不经意地驻足，就看到了那样的画面，一株梅树的枝条横生在小径之上，她们的影子投映在我必经的林间小路。在这瞬间，我驻足在那里，深觉得似曾相识，也许心怀简单而宁和，就总能与这样的意境相遇。大地作纸，光影如线条，疏影横斜而不是旁逸斜出。我轻轻退后，不忍心触碰那画面，自然是多么好的艺术画廊，这天然的意境和由衷的敬意，如同面对世界名作。

如同素色的铅笔，自由勾勒，而不失去草木之心，我站在那里，不舍得离去，光影不变，如同永恒。有谁能画出那样的画呢，万物的心意，许是光影最多明白。小径两边修剪整齐的绿草好似画框。一些树疏影横斜，一些树暗香浮动。我抬头，也看见另外的一些树，是几棵大树，它们有巨幅的画作，树是那些画的原创者，高大的写生人。

我小心地经过，画面自然保持原样。好看的树木犹如身材窈窕的女子，她在阳光下舒展自己的手臂，随风轻舞。有时会是月光，小时在乡下，院落宽敞，整个的院子是一张宣纸，墨色的树影印在上面，一棵高大的梧桐，占据整个画面，我在树影旁绕着走，不说话。我在纸上，亦如画中。有时是校园的林荫道，是一些笔直的水杉，黄昏光线柔和，青春的身影在树影间晃动。

树有自己的影子，树们和自己的影子，和人和自己影子一样，也会是形影不离。一棵树形影相吊，茕茕孑立，独自拉长了身影，是空旷里的一个人，两棵树的身影错落有致，高低不同，好似私语，一些树密集在一起，影影绰绰，光影斑驳。树独居也群居，树沉默也枝叶喧哗。树可以站立，成为一首清瘦的小诗，也可以成为一份冗长的报告。这取决于树在人间的秉性。

人总是选择与美好的草木比邻而居，选择嘉树为院中之树。它们或者有质朴的枝干，有清逸的枝条，有芳香的花朵，或者沉实的果子。树成为这个世界的意象，如同我们靠近梅树，即可想到梅似香雪，飘落裙裳。那么我们呢，将会散发怎样的灵魂香气，飘落到哪里？在一条幽寂无人走过的小径，那些枝条的浅影怎样画出自己，以怎样的画风和初心？是否有人经过时，一双高跟鞋踩碎过你的画面？好在香如故，清风依旧。

在生命的秋天，清扫自己的落叶，折叠岁月的旧衣，你可否看到疏影横斜的你自己？当躯干和双臂投影在那里，你愿意立在什么样的画境里？我想做一棵梅树，夜色里有暗香，月色下有疏影，想想，就美不可言，仿佛自己已经长在那里很久了。

2

每个人都是一棵树，一棵有故事的树。在秋天的树林里，和小女孩、猫咪一起走，看那些黄了的树叶，如同遇到一些不惑的人，树叶丰富、通透，也有些橙黄的意味，一些叶子在秋天里变得通透明白，唯有经历让人豁达，也让树变得坚韧。

一个人也是一棵树，一棵树经历春夏秋冬，遇到风雨和暗疾，曲曲折折地生长。想起小区里的一棵树，只剩下大半人高的树桩，两个枝丫，却被风雨从中撕裂，树干也折去了一半，有人以水泥覆住巨大的伤口。这棵树胸膛开裂却向两边挣扎生长，我曾站在它的边上，感受树的疼痛，想象它的一生。多少人这一生会想长成一棵参天的大树，却不得不面对风雨的巨人。

山里有一棵树，只剩下矮的树桩，留下一些年轮，我们坐在上面，如同泛水乘舟，遇到时光的旋涡。人也终将被时间砍伐。我不知道这棵树有没有留下一帧照片，谁曾倚靠它的挺拔，谁又在它老弱时将它忘记。树木之于树林，多像人在广袤的人群，人在人群里会孤独，那么树呢，树应该也会孤独，在风里和另一些树狂欢，然后回到原来的平静。我们常常喜欢拥抱一棵树，基部笔直，树干粗壮，那种感觉有时好过拥抱一个人。

山林里有激烈的竞争，有些树会结出好吃的果实，有些树有药用价值，有些树天生名贵被予以保护，有些树因为名人眷顾而身价倍增，而有些树平凡至极。我们在树林里寻找大树，寻找红了的叶子，目光掠过那些平凡的树，人们的目光在人群里掠过我们。喜欢参天的大树，喜欢古朴的枝丫，喜欢树奇特而没有名目，我不知道是不是所有的树都渴望参天，但秋天的事实是，高低错落，参差相间，因而万物相生，彼此和谐。

大山是树的背景，山与山也不同，有的山是普通的小山，有的山是扬名天下的山。山是树的倚仗，如同一个人站立的地方，是否有人脉、资源和背景。最好是名山大川，最好是有高人经过此山，他将目光投向了一棵幸运的树，一棵来历不凡的树，这棵树开始被关注，被记录，被众人仰望。所有被圈起来的树，好像是那些被重点关注的人。一棵几百年的银杏树，是树林里的模特，站在山林秀台显眼的位置，一棵古银杏树被圈起来，介绍、命名，关联故事，补充历史，一棵树已经不再是他自己。

山里有很多的落叶，它们混合在一起，分不清是从哪棵树上落下来的，它们一样经历四季，经历衰老，然后开始干枯和脱落，就像我们分不清那些老去的人，谁的固执的白发，谁的脱落的牙齿，谁的被扔掉的名片。树的本身是树。树和树不同，它们各自独立生长，除了有风的时候，它们各自严肃，唯有干枯和衰老时，才会一起回到大地或者被送到灶膛。人在顺境时，常常望向大树上方的天空，心在云端，双脚飞升；而在低谷和挫折时，可能会看见身边的石头和河流，兴许会觉得自己也是一棵树吧。

在山上，我看到一个完整的世界，和一双喜鹊说话，也从树的身上温习人生。这里是有名气的山，树自然如同在都市，身处繁华。山里有古茶树，有上百年或者几百年的树，是树里面的长寿者。我们寻找那些古树，像是探寻一个个鹤发童颜的长寿老人，也许树和人一样，都想要活得更加久远。我们有时愿意栖息在一棵老树的下面，感觉像是和老者一起闲坐，但树比较沉静。人在山林里，树在闹市中，人和树彼此交集，人和树互相介入，人有多少故事，树就有多少叶子。

喜欢那些自然的树，那些春天里蓬勃秋天里落叶的树，喜欢一棵树在秋天里有红色的叶子，喜欢一些老榆钱，枝叶依然美好，仿佛是说人生永远不晚。我们一起将小女孩的用各色碎花缝制的猫头鹰造型的书包，挂在一棵不知名的树上，然后看着树各自发呆。我觉得，最好的样子是树活得像棵树，人活得像个人，而孩子永远是孩子，比如和我一起漫步山里的小女孩，生命通透而语出惊人。

3

我仍然不能认出它们中的大多数，也许它们快要认出我了。居住在这里已经三年了，当初因为那许多的树，我选择住在这里，如鸟儿衔枝筑巢。我觉得自己是缺少常识的人，总是关心它们的样子，它们的花朵，它们的高度，所以，这些树多是些什么树，我仍然叫不出名字。

我在人群中也是这样，并不刻意打量、辨别和猜测身边的他们，或者她们，只是愿意友好地相视，仅此而已。或许，处于汹涌的人群，我在别人的眼中，是一棵不知名的杂树，在时而茂盛时而幽暗的林中，可以随意被淹没，目光撇过，极致忽略。

闲暇的下午，穿过湖畔的小径，绕过儿童乐园的滑滑梯，经过一些树木，我慢慢停下来，仔细地看其中的一株，但毫无目的，看树的年轮，树的枝叶，树的纹理，感知一棵树的喜怒。这样的亲近机会并不多，那是仲秋的时候，我为一阵花香驻足，小区里的金桂，香气幽远，我嗅一嗅就会走开。

不想太靠近一棵树，一棵普通的乔木或者灌木，也许植物和人一样会有感应。假如我是一棵树，我也害怕那样的靠近，你的花朵呢，你的果实呢，你的风声和诗意呢？我什么也给不出，如果给出一些草木之心，有多少人会在意这样的回赠呢？假如人是一棵树，你的靠近会不会让他觉得，你要索取些什么？我不习惯那些防备的目光，如同一棵树枝叶繁茂，却有着并不好闻的气味。是的，人们会对树下的花草投去一些目光，但你确定这是真的关心呵护吗？

我很抱歉，我这样揣度一棵树。日常忙碌，闲步这里的机会本来就不多，何必呢？好比人和人日渐地疏远，人们各自忙碌，彼此笑意相迎，有风铃般的笑声，但并不能确定真假心意。那么和树呢？怀念我小时候怀抱的一棵河边的大柳树，乡下的一棵老银杏树，山上的一棵大麻栎树，学校门前的那棵梧桐树，我们有时候几个人交叠合围一棵树，人和人，以及大树都亲密而大度。

　　树在暮色中渐渐隐去了自己，我已经看不见自己设喻的一棵树，几棵高大的乔木也渐渐模糊，有些树只适合远望，犹如有的人只适合互相不去熟识。我曾经为了几棵特别的树，用软件识别，但之后很快就忘记，当时提到的名称有什么用呢？我们和这棵树有什么关系？如果它并不像儿时记忆里的那棵柳树，有温暖的枝丫和母亲站在树下的定格，如果那树上没有诗意的鸟巢以及诸如倦鸟归林的诗意，如果树上的果实也没有给过你提示的风声和哲学的思考，那么我们未必会在意或记住这棵树，短暂的相识于生活和存在有何意义呢？

　　普通的人在熙攘的人群中，好比杂树，常常不被提及名称，提起也很快会被忘记。张冠李戴的事情也时有发生，好比我们在树下捡到了一颗饱满的果实，我们并不确定它来自哪棵树上，会以为是某棵好看的树、某棵亲近的树、某棵高高在上的树。一切话语权和心意的归属，不过来自权属、亲疏，也来自媚俗和固执，甚至于情感寄生。

　　树不会开口辨别，我们也常常选择沉默。所以人们拼命地向上生长，忘记所谓的草木之心，只为长成遮蔽的大树，长成名贵的树，以期会被重视和标注，名称、属别、科目、树龄、花期、能否入药，等等。为此，哪怕可能失去自己的本心、曲折事实的真相，或者给功能的心附以雅致、温柔和假意。一棵树终于有了自己的名片，可以在显赫的位置介绍，或者双手递出去。你有自己的名片吗？假如有人问我，我说抱歉，我没有，我是一棵不知名的树。我渴望疏影横斜，比起缠绕的枝条、旁逸斜出的身姿，我更愿意相信灵魂的气息。

你会渴望自己长成一棵什么样的树，结出什么样的果实？你有没有被别人劫掠果实而并不告知，你渴望树的顶端有哪片云，你想长在庭院还是荒野，抑或是修剪整齐的园林中？那么我呢？我想起一日于山顶，十几棵百年大树高耸，枝叶匀布，无数的树叶在我的头顶上，抬头仰望间，仿佛见到了芸芸众生一般，我近乎潸然。那一瞬间，我觉得我身处空旷，却人潮汹涌。

本文初刊于《散文百家》2020年第8期

李梅，河南信阳人，中国散文学会会员，河南省作家协会会员，河南省文学院高级研修班学员。发表散文和各类作品一百余万字，散文作品入选多种选刊、年度选本，曾获全国散文原创大赛等多种奖项。著有散文集《光和影的比例》，该文集入选"文鼎中原"河南省作家协会重点作品。

雪之畅想

宋宛容

雪花如同天外来客，终于翩然而至。人们对她期盼了很久。

飞雪连天，漫空洒落。初始细小如沙，继而大如鹅毛，时而还夹带雨滴。迷迷茫茫，飘飘洒洒，又纷纷扬扬；斜飞乱舞，如雾似烟，旖旎多姿，轻灵曼妙。它飘在眼前，落在肩上，洒在马路上；但当你热情迎接时，它似乎并不领情，立刻化在了你的脸上或手中。你仿佛看清了它的身影，但又感觉朦胧，且转瞬即逝，让人依稀间来到了梦幻之境——传说中的"天女散花"，犹如此景否？

雪随风舞，铺天盖地，霎时，白色一统天下，大地一派肃杀。远望高山白头，大河冰封，近看枝丫低垂，百草残压；原野虎狼藏形，百鸟不惊，曾经随处可见的小蚂蚁也不知去向。大千世界，千里一色，朴身素颜，万籁俱寂。

然而，除个别遭际之外，人们并不畏雪，而是发自内心地欢迎。你看雪中的孩童，跑来跑去，欢喜非常。用手接雪，用脚踩雪，有时还仰脸张口，体验雪的融化。时久雪积，孩子们就堆雪人、打雪仗、踏雪、滚雪、卧雪；有的还把雪搦成"鸭蛋"，垒成"城墙"或"山峰"，再插上树枝当旗帜，用彩笔画上人头、小鸟或花朵，宛然进入童话世界，充满了童真童趣，以致衣湿鞋透也浑然不顾。

雪地是儿童的乐园，而大人们则像往常一样忙碌。大街上依然车水马龙，小巷里照旧行人匆匆。商业街区买卖如故，交易照常，不论开店的，还是摆摊的，吆喝声不断，降价声不绝，东来西往的人们，并未因风吹雪打而乱了脚步，只是多了几把伞和几个眉发皆白的客商，平添了些许色彩。一旦雪厚，人们又忙着扫雪，铲雪，清除道路，有心者把雪堆到树根处或菜地里，以待雪融，滋润万物。

文人墨客则不同，雪历来就是他们的助兴剂。白居易《问刘十九》："绿蚁新醅酒，红泥小火炉。晚来天欲雪，能饮一杯无？"张九龄《答陆澧》："松叶堪为酒，春来酿几多。不辞山路远，踏雪也相过。"可见，下雪天是喝酒天，趁下雪得闲，相约会面，把酒言欢，畅叙友情，同时以酒壮怀，写诗作赋，给后人留下了许多佳作和佳话。当然，志宏善学之士则借雪攻读，演绎出惊世骇俗的"程门立雪"和"囊萤映雪"的励志故事。晋代才女谢道韫不满兄长"撒盐空中"的比喻，一句"未若柳絮因风起",被人赞为"咏絮才"。不少诗人则把雪比喻为花,"忽如一夜春风来,千树万树梨花开","千峰笋石千株玉,万树松萝万朵银","长天远树山山白,不辨梅花与柳花","春雪满空来,触处似花开","白雪却嫌春色晚,故穿庭树作飞花",等等。诗人们想象力之丰富,比喻之恰切,由此可见一斑。李白则把雪之大夸张到惊人,"燕山雪花大如席,片片吹落轩辕台","地白风色寒,雪花大如手",充分显示出诗仙的浪漫。"七星仗剑搅天池,倒卷银河落地机。战退玉龙三百万,断鳞残甲满天飞。"西夏张元将雪写成了天兵激战,击落了龙鳞,使雪具有了侠客和战士的性格与形象,表现出作者不同凡响的胸怀和抱负。清朝著名诗人纳兰性德作《长相思》:"风一更,雪一更,聒碎乡心梦不成,故园无此声。"用雪寄托了对故园的思念,想到了家乡的温暖。卓文君曾写过《白头吟》,用"皑如山上雪,皎若云间月"以喻爱情的纯洁,并表达出"愿得一人心,白头不分离"的忠贞。然而李文甫的"青山原不老,为雪而白头"拟人写法更显生动,将爱情的纯洁、坚守、付出表达得淋漓尽致,直击内心。是啊,青山本来无情,但遇雪生情,情之所至,甘愿白头到老,这不正是中国传统文化的内涵吗?

其实,雪乃天成,它遵循自然规律,并不随文人的情感而变化,也不会关心人间的悲欢离合、嬉笑怒骂。雪因寒而生,又助寒生冷。毛主席《沁园春·雪》可谓千古名篇，其"北国风光，千里冰封，万里雪飘。望长城内外，惟余莽莽；大河上下，顿失滔滔"的优美描写，客观上表述了雪与寒的相依相生，主观上抒发了"数风流人物，还看今朝"的豪迈情怀。

在古诗词中，描述最多的还是雪与梅。仅以宋诗为例：陆游的"闻道梅花坼晓风，雪堆遍野四山中"，吴淑姬的"烟霏霏，雪霏霏，雪向梅花枝上堆"，吕本中的"雪似梅花，梅花似雪，似与不似都奇绝"，王安石的"墙角数枝梅，凌寒独自开；遥知不是雪，为有暗香来"，卢梅坡的"有梅无雪不精神，有雪无梅俗了人"，李清照的"雪里已知春信至，寒梅点缀琼枝腻"，等等，可见，在诗词中雪与梅往往是同时出现的。梅以雪相托，雪以梅相衬，梅与雪相映成趣。表面上看，这得益于诗人对世界的敏锐观察，深层看，则源于诗人对社会的深邃思考。在自然界，梅花与雪花同处一个时令，而雪的纯洁、梅的孤傲，正是文人独立人格的向往和写照，也是仁人志士"为天地立心，为生民立命"的精神追求。正因为如此，雪与梅是历代文人梦牵魂萦之物。另外，雪与梅还是春天的信使，正如毛主席《卜算子·咏梅》中所述"风雨送春归，飞雪迎春到……俏也不争春，只把春来报"。瑞雪兆丰年，也寄托着人们的希望。

百姓们没有太多的浪漫情思，他们重视现实，看重经验。千百年的生活实践，使他们深知，雪对人类是有益的。雪净化了空气，有利于人们的健康；"麦盖三床被，头枕馒头睡"，雪覆大地，给麦苗、蔬菜挡风御寒，同时还在较长时间里滋润它们，使之苗壮成长，既省钱又省力，还会带来好收成。所以雪历来是人们的希望和祈盼。

雪，生于天堂，归于地表，用激情亲吻一切，用躯体化育绿苗。

雪，象征着纯洁，昭示着力量，呼唤着春天，寄托着希望。

雪，来时浩浩，问世间哪个敢露真面？

去时渺渺，看万象谁人崭露头角！

雪，孩子为你欢笑，农民为你祈祷，画家为你欣然泼墨，哲人为你深度思考，文人为你放歌抒情，文思滔滔。

啊，雪！

本文初刊于《莽原》2021年第6期

宋宛容，原名宋丽，河南省作家协会会员，濮阳市作家协会秘书长。发表和出版诗歌、散文、随笔、报告文学、小说等多种，主要作品有《雪之畅想》《吃"花料"铸钱币》《红色"战号"宣传队在梁村》《河南的好省长》《宏观视野下的情怀》《水美之乡》《穿越鹊桥的念想》《女人应该精致地活着》等。

胡杨，胡杨

张春峰

一

　　那年秋天我去新疆，沙漠里的一片胡杨带给我的震撼，前所未有。这是一片什么样的林子呀，有的矗立着，有的躺卧着，有的斑驳，有的死去。活着的枝繁叶茂，泛着明黄的色彩；死去的铁骨铮铮，向天而立；躺下的风吹不蚀，雨淋不朽。

　　我走过很多地方，看到过很多树。在陕西省，我看到过被称为"世界柏树之父"的"轩辕柏"，此树耸立在桥山脚下的轩辕庙内，树高二十余米，树围七米八。时过五千余年，依然枝繁叶茂。山东浮来山定林寺，有株树龄达四千余年的银杏树，古银杏树参天而立，远看形如山丘，龙盘虎踞，气势磅礴，冠似华盖，繁荫数亩。湖北荆州市的章台古梅，树龄两千余年，据传为楚灵王所植。每年腊月，满树的蜡梅盛开，香飘百米，吸引不少游客前去观看。还有九华山的凤凰松，黄山的迎客松，两棵千年古树，依然枝干遒劲，苍翠挺拔，姿态优美，生机勃勃。我对它们栉风沐雨，历经岁月磨难仍表现出顽强的生命力，由衷地赞叹。

不管是"轩辕柏"，还是"帝王树"，或者是千年古梅，它们虽然让我感叹生命的顽强，但与长在干旱的沙漠里，经受着风沙拍打，忍受着盐碱腐蚀的胡杨相比，那些备受呵护的柏树、银杏树、松树、蜡梅，谁更值得赞美？在我看到胡杨的那一刻，我就觉得，再没有一种树，能像胡杨那样，让我的心充满敬畏。

在去新疆之前，我是没见过胡杨的。同行的朋友梅，是生活在新疆的南阳人，每次回南阳，总要说说新疆的事情。梅说起新疆的天，总是喜欢用"瓦蓝瓦蓝"来形容；梅说新疆大地的辽阔，是"没边没沿"；梅说新疆的沙漠，踏上去一个坑，又松又软，像块大海绵；梅说新疆的狼，像南阳的狗，四处乱窜，吓得我大惊失色。梅看到我的恐惧，笑得花枝乱颤。

梅如愿把我从南阳钓到新疆。在路上，梅告诉我，秋天是看胡杨的好时节。梅问我："看过胡杨林吗？"我说："没看过。"梅说："胡杨树，长得枝杈舞脚的，秋天的胡杨，叶子黄爽爽的，好看。"梅说的"枝杈舞脚"就是自由自在，恣意疯长。梅的用词，既形象贴切，又风趣幽默，通俗易懂。与梅相处，总是让人开心。

对于胡杨，我多少还是了解点。听说胡杨"生而一千年不死，死而一千年不倒，倒而一千年不朽"。在新疆维吾尔族人的心中，胡杨树是"英雄树"。记得看过一篇写胡杨的游记，说胡杨是不死树，给我留下了深刻的印象。胡杨，它确实是一种不死的树。不管别人相信不相信，但我相信。

胡杨，这沙漠的儿子，用一片绿意，撑起了沙漠的脊梁。它让我在敬畏的同时，生出无限的好奇。资料显示：胡杨，又称"胡桐""眼泪树""异叶杨"，为杨柳科落叶乔木，是世界上最古老的一种杨树，以强大的生命力闻名于世。

是的，闭上眼想一想，你就会觉得，这确实是一种了不起的树。长在沙漠，面对着盐碱、干旱和恶劣的气候，能在如此残酷的环境生存，依然枝繁叶茂，用夏天的绿、秋天的黄，亮丽着我们的眼睛，给辽阔无垠的沙漠一点色彩，让人怎么不心存敬畏？

二

在乌鲁木齐，梅说："去看胡杨林，有两个选择，一个是去老龙河胡杨林风景区。不过，这片胡杨林很年轻，树龄在百余年左右，但距离近。另一个是去木垒胡杨林景区，距离远，二三百公里。但那里的胡杨，树龄有六七千年，是世界上最古老的原始胡杨林。去木垒，还可以看看梭梭林、七星泉、鸣沙山，都是很美的地方。"

我没有犹豫，直接选择木垒胡杨林景区。我笑着说："既然你把我钓到新疆，我就不为你省那仨核桃俩枣，只当打土豪分田地了。"梅大笑："知道你要宰人，既然要开饭店，就不怕大肚汉。"

新疆的天真蓝，就像梅说的那样"瓦蓝瓦蓝"的，那是一种澄碧的蓝、旷阔的蓝、幽雅的蓝，蓝得耀眼。还有云朵，白得纯净，不掺一点杂质。看新疆的蓝天白云，感觉心都变得纯净了。心纯净了，人自然也就纯净。此刻，我是个纯净的人，我为自己变得纯净而感到自豪。

梭梭林，在木垒哈萨克自治县县城北部，是现存最原始、最古老、保存最完好的梭梭密林，林中树木盘根错节，树干粗大，枝繁叶茂。因为时间关系，我们没有走进梭梭密林，只是沿着密林走了一段路。据说密林中还有黄羊、狐狸、青羊、石鸡、蓝马鸡等野生动物出没，但我们没有看到。说实话，我很喜欢狐狸，古灵精怪的动物。我在想，要是能留下来多好，看看我梦寐以求的可爱的小狐狸。尽管不能留下来看狐狸，但还是有收获的。在梭梭林的上空，我看到一只鹰在天空中盘旋，鹰很大，伸开的翅膀有一两米长。这么大的鹰，我还是第一次看到，但不知道是什么鹰，这有点遗憾。

　　鸣沙山原本是不打算看的，几年前我去敦煌，专程游览了鸣沙山和月牙泉，心想都是沙漠里的沙丘，大致长得一样吧。我这样对梅说时，梅并不赞同。梅说："虽说都是沙丘，但各有千秋。中国这么大，山河这么多，难道你看了张家界，就不去九寨沟了吗？你去了青海湖，就不看洞庭湖了吗？你到了长江，就不看黄河了吗？"梅说得有道理，我张了张嘴，无言以对。我说："你巧嘴八哥，我说不过你，去就去吧！"

　　梅说："这就对了。再说，木垒的鸣沙山与敦煌的鸣沙山是不一样的，木垒鸣沙山是由大大小小几十座山冈组成的，山的形状像锥子，棱角分明，跟金字塔有点相似。沙子金黄，色彩艳丽，太阳一照，金黄金黄，童话世界一般。最奇怪的是，沙山常常发出雷鸣之声，响声高亢，断断续续，高高低低，高时音如万马奔腾，低时细若丝竹之声，很奇妙的。"

　　梅这么一说，倒是勾起了我的好奇之心。我想，既然要看，就要认认真真地看。我对梅说："今天先不看鸣沙山，明后天咱们专程游览鸣沙山、七星泉，免得后悔。"我们是第三天去看的鸣沙山，梅说得没错，木垒鸣沙山，给我留下了深刻的印象。关于木垒鸣沙山，我在另外一篇文章里作了详细的叙述，写下了我由衷的赞美。

　　说实话，我的心里，始终牵挂的是胡杨林，那种一睹胡杨风采的急切心情，催促着我。我对树木，有一种特殊的情感，这么多年来，不论走到哪里，我的目光，总是离不开那些郁郁葱葱的树木。我觉得，一座山没有树，山就少了些灵气；一个村庄没有树，村庄就显得凋敝，人丁不旺；一片土地上没有树，这片土地就是孤寂的，像茫茫的沙漠，毫无生机。更何况，我要看的是沙漠里的不死树。

三

雄浑，壮阔，浩瀚，斑斓。这是木垒胡杨林给我的最初印象。我找不出恰当的词语，来描述我此刻的感受。一望无际的胡杨林，让我惊讶、瞠目、震撼、心悸。

在这里，我不得不说天空，这里的天空确实很美，仅仅用一个美字，你无法形容。是的，在新疆，在昌吉，在木垒，天空都是一样的，湛蓝湛蓝。蓝的天空，金色的太阳，明黄的胡杨，交织相映，你无法形容那种色彩。那种无法言说的美，让你感到词汇的欠缺。

胡杨林，与我想象的并不一样，不是密密麻麻的林子，不像我家乡南阳的大山，松树林密不透风。木垒的胡杨林，看上去有点稀疏，三五米一棵，有的十来米一棵。这些胡杨，树干粗大，颜色浅黄，树皮皱裂，写满了岁月的沧桑。林子里的树高的足有二十余米，树干奇粗，多人合抱尚显不足。树冠呈伞状，叶子形态各异，有的细长，像柳叶，状如蛾眉；有的椭圆，扁圆光滑；有的半卷如扇，边缘带齿痕，有"三叶树"之称。摘一片树叶，面对阳光，你能清晰地看到叶片上的纹脉，像密布的血管，呈扇形展开，甚是奇特。

我寻一高处，站在那里眺望。阳光下的胡杨林，明黄的叶子与金色的阳光交相辉映，在微风的吹拂下，涌动着金色的波浪，充满着野性之美。我想，它们多么像新疆妩媚的女人，张扬着个性之美。或许，它们更像新疆的男人，有一种粗犷奔放之美。

在胡杨林，我看到很多形状奇异的胡杨，或站，或蹲，或坐，或卧，或爬，姿态各异。有的高耸挺拔，有的如苍龙狂舞，有的似猛虎出笼，还有的静卧大地。那种磅礴的气势，向大自然展示着不屈不挠的精神；那种千姿百态的造型，凸显着历经岁月洗涤后的壮美。

面对胡杨，我只有敬畏。它们在干旱的沙漠里，被如火的阳光炙烤着；它们在冷酷的严冬里，被冰雪包裹着；它们在漫天的狂风中，被沙砾拍打；它们在不毛之地里，被盐碱侵蚀。但是，它们以顽强的生命力，走过了六千五百年的苦难岁月，站成一道亮丽的风景。

是的，是风景。我看到过这样一棵胡杨，它已经倒下，究竟什么时候倒下的，我不知道，可能有上百年，也可能上千年。树干已经被风雨侵蚀得千疮百孔，但那像头颅一样的枝干，依然伸向蓝天。似乎是在告诉我们，就是死，也不能低下高贵的头。

而另外一棵胡杨，更让我震惊。这是一棵连体树，被风沙侵蚀得斑斑驳驳，树干上没有了树皮，裸露出黄褐色的纹理。如果你不往上看，它就是一排没有生命的枯木。然而，当你抬起头向上看时，那上面有一排树冠，像一柄柄伞，金黄的叶子，在风中微微地摇动着。我真的很惊讶，它们能够活下来，简直不可思议。

在一个小沙丘上，我看到几棵倒下的树，已经没了生命。中间长着四棵胡杨，最大的一棵已尽显老态，枝干皱裂，枝丫枯死，只剩下一小小树冠。老树的旁边，是一棵虽然显得苍老，但看上去依然生命力旺盛的树。而下面的两棵树，正值盛年，挺拔伟岸，充满着青春活力。如果把四棵树组成一个家庭，那最老的就是爷爷，略显苍老的是父亲，下面的就是孙子辈了。那些倒下枯朽的树，当然就是爷爷的爷爷了。我想，树和人一样，一代又一代，代代传承，繁衍不止，生生不息。

其实，一望无际的木垒胡杨林，像一个个粗犷刚毅的男人，以坚强的毅力，抗拒着飞沙走石的蹂躏，尽管树枝干枯，树冠残缺，依然挺起胸膛迎风而立，站成一尊尊庄严肃穆的雕像。用一抹绿，昭示生命不屈；用一抹黄，为荒漠染色，装扮大地。

我们是在看过鸣沙山和七星泉后返回乌鲁木齐的。昌吉五天的行程，带给我的是一次次的震撼和感动。这里的山峦，这里的花草，这里的树木，这里的沙漠，这里的泉水，都一一烙在我的心中，给我留下了美好的印象。

离开新疆返回南阳时，朋友梅问我："新疆美不美？"我说："真美，昌吉更美。"梅笑："美了以后多来。"我在心里想，不用你提醒，我肯定会来的。一晃就是几年，我却一直没有再踏上这片美丽的土地。但我的心，留在了新疆，留在了木垒的胡杨林，留在了梭梭密林，留在了鸣沙山。这片土地，拽走了我的魂。

本文初刊于《回族文学》2021年5期

张春峰，供职于河南三色鸽乳业有限公司，河南省作家协会会员。近年来，五十余篇散文先后被四十余家杂志、报刊发表、转载，出版散文集《画一页山水如梦》。

人间必要的温度

暗　香

就算人能够未卜先知，但在大自然面前，也很难逢凶化吉。

如果可以，我的记忆想一直停留在那场极端暴雨之前，大脑却不停地为记忆重新建立秩序，让思绪不得不倒回到今年的七月二十一日，疼痛瞬间再次鲜活起来。

七月的上旬，气象部门就发出了红色预警，说焦作地区可能会迎来前所未有的特大暴雨。焦作北依太行，南临黄河，素有"太行山下小江南"之称，很多预报中的极端天气，极少真实地光临我们的生活。可市委、市政府仍然极为重视，从上到下层层制订了预案，以应对激烈天气的到来。

预警中的大雨仿佛被我们的严防死守吓住了，"犹抱琵琶半遮面"地迟迟未现身，以至于大家开始调侃——做了那么多的安排部署，这雨要是下不来，领导们的面子怎么办？甚至还编成了段子：整个焦作都在等雨，就像初恋中的少女等待她的男友，怕他不来，又怕他胡来。

在"狼到底来不来"的声音中，大雨不怀好意地光顾了。先是哗哗啦啦地下了一整晚，次日早上短暂的停顿后，开始了它的接力赛。朋友圈陆续晒出暴雨中的情景，桥下和涵洞中满是积水，更为惊险的是，老家所在的山村遭受了洪灾——桥梁被冲垮，停电断水，村庄成了孤岛。

我的心揪成了一团，正想打电话询问详情时，接到了朋友的电话，说已驱车从郑州出发来焦作看我。他前两天到郑州讲课，我以为早已回京，没承想还在郑州。

那时我在县郊的老房子里。望着窗外的瓢泼大雨，担心路上有险情，我叮嘱他注意安全后，打电话在迎宾馆订了房间，喊上老梁，开上车去和他会合。

路况之险远远超出了视频中所呈现的。车开出去不到一公里，马路就成了河道，艰难行驶的车辆宛如风雨中飘摇的小舟。暴躁的大雨挥舞着无数的小铁锤，将车身击打得叮当作响。尽管雨刷调到了最快，雨水还是瞬间就模糊了视线。

车开到海华路与丰收路的交叉口时，陆续看到有车辆淹灭在水中。不知道水究竟有多深，我们停下来踟蹰着不敢前进。一个穿着反光背心的警察出现在视野里，冲我们摆摆手，指挥着驶过了那段深水区，而他完全浸泡在铺天盖地的大雨中。

我不由抱紧了双臂，仿佛泡在水中的是自己。老梁满脸凝重，叹息着说幸好事先做了准备，不然……

一路上虽然走得担惊受怕，但每个路口都有警察和志愿者执勤，倒也有惊无险。

过了普济路，进入市区后，雨越发大了。车缓慢地向迎宾馆驶去，却在距离不到一千米时，被执勤的交警拦住了，说前面水太深，封路了。望着不远处被淹没的绿化带，我和老梁吓出了一身冷汗。

天空越发阴暗得厉害，仿佛咆哮的太平洋倒扣在了头顶。我们开着车，在大水中试图突围，可跑遍了大半个市区，通往迎宾馆的主要道路都因积水封掉了。朋友打电话说他们的车已经下高速了，离迎宾馆仅有几公里。无奈中我们只好绕到一条新修的路上，涉过深水后总算杀出重围，和朋友会合，将他们带入酒店。

安顿好朋友一行，已是晚上十点多了。大雨不知疲倦地继续在人间造孽，我和老梁本想在附近的家中过夜，出了宾馆才发现，小区前后门所在的两条马路上全是齐腰深的水，根本无法进入。业主群不停有消息传来，说小区进水严重，已停水停电了。我家在二十多楼，实在没勇气摸黑攀爬，只好硬着头皮再次驶入大雨里。

马路上，因积水熄火的车辆比来时多了几倍，像一艘艘失去动力的船飘摇在海面上。我双手合十放在胸前，默默祈祷着平安。

我们的车跟在一辆商务车的后面，眼睁睁地看着它熄火在十字街头。红灯亮了，我们的车战战兢兢地停了下来。值勤的警察艰难地走了过来，敲打着车窗，大声喊："现在不拍违章，赶紧走，水越来越大了……"雨完全模糊了他的五官，积水几乎淹没了他的膝盖。我隔着车玻璃朝他挥挥手，催促老梁赶紧走。

所有的路都变成了波浪汹涌的河，失去了"道路"的定义和初心。若在平时，我肯定会拍个视频，记录下这惊魂时刻，用作以后的创作素材。可这晚，我连举起手机的念想都没有，那一刻，满脑子都是独自在家的女儿，只想安全地逃离。

经过一个多小时的艰难跋涉后，车总算安全地停在了城郊的家门口，老梁悠悠地说："开了一晚上的船啊。"

开门进屋打开手机后，各种信息扑面而来——极端降雨已使河南很多地方进入紧张状态，省城郑州也成了一片泽国。很多朋友都在那里，我刚有些平缓的心绪再次掀起了波澜，连忙给他们打电话、发微信，大多都报了平安，有两个闺密音信全无……我在万分煎熬中不停地刷着手机，希望能刷出来她们的消息。

瓢泼大雨仍在窗外作恶，我家三楼的房顶开始漏水，珠帘子似的往屋里滴落。有大块的墙漆从天花板上掉了下来，我不得不拿着脸盆去接。老梁拿着手机跑了过来，将屏幕举到我面前说："焦作进入紧张状态了——沁河决堤、蟒河决堤，博爱告急、修武告急、马村告急……"

恐惧在我心中群魔乱舞，这夜闹腾到很晚才入睡。第二天一大早朋友的电话就飞来了，说他们的车在迎宾路和韩愈路路口熄火了。原来他有重要事情亟待处理，紧急订了从新乡东返京的高铁票，早起急匆匆想赶往新乡，不料车刚出酒店没多远就趴窝了。

我和老梁连忙开车出门，接上他送往新乡东高铁站。朋友在车上感慨万千地说："焦作人真好，我们的车在大水中被淹后，不仅交警同志帮忙推车，过路的人也都来帮忙……"

全世界的雨仿佛都下到了河南，不时有航班、高铁在河南境内停滞的消息传来。担心新乡东站也有类似情况，途中我打电话给那里的朋友询问情况。接通后，他慌乱地说水都淹到二楼了……他家不在新乡市区，我一边叮嘱他注意安全、必要时赶紧撤离，一边心存侥幸地继续往东站行进，谁料导航在半路就指挥我们下了高速。老梁的神情严肃起来，明白新乡东站附近的高速肯定出了问题，导航才另辟了路线。

天空仍旧一副包公脸，时不时会来一阵疾雨。幸运的是，在导航的指挥下，我们绕过积水过深的地方，还算顺利地到达了新乡东站附近，可就在仅剩下一公里的时候，再次被深积水挡住了去路。那里聚集着一群人，每张脸上都写满了焦急，从身上的背包和手中的行李箱不难推断出，都是去新乡东站的旅客。路两旁停满了各种车辆，连一向威风八面的公交车也被迫停在了路中央。那条四车道的宽阔马路变成了混浊的江河，没人敢轻易涉过。

雨像个不知疲倦的大力士，蛮横地继续向大地施虐。有大铲车从深水里开出来，锯齿形状的挖斗里装满了人。我连忙挤过去，请求人家把朋友载过去，却被拒绝了，说站内滞留了大量的旅客，目前只准出不准进。

焦灼的情绪复制粘贴般蔓延着。一些人的眼圈红了，说："已经改签几次了，送行的车都回去了，留在这里怎么办啊……"现场乱成了一锅粥。不知道谁喊了一句："呀，怎么没信号呢？"所有人都拿出了手机，发现网络真的气若游丝，难以为继。互联网时代，人们对网络的依赖程度很深，大家顿时像坐在一条失去航向和动力的轮船上，不知道会漂向何处，茫然无助中，恐惧感骤增。

见此情景，朋友也只好改签了。可随着时间的推移，改签过的时间也在一点点逼近……我们只能赤脚撑伞站在大雨中，望积水兴叹。

在大雨的冲刷中，转眼便过了午时。水越积越深，进站的人越来越多，站满了半条街道。饥肠辘辘中，我在手机上查找饭店，可微弱的信号，怎么都刷不出来。想起附近好像有个加油站，我让老梁把车开了过去。下车后我直扑便利店，想买点儿面包、泡面之类的抚慰一下肠胃，可进门后的景象让我惊呆了——店里仿佛遭遇洗劫般空空如也，货架上除了几瓶洗手液外，所有吃的全无影无踪了。

隔窗望着马路上大量滞留的人员和车辆，我知道食品都去哪里了。食物是维持和谐稳定的泰山石，那一瞬间，我害怕极了，不死心地来回在货架上搜寻着，总算在角落里发现了一包漏网的巧克力，忙跑过去将它紧紧抓在手里，生怕被谁抢了去似的。

朋友高血糖，这个时候却不得不吃下一块巧克力充饥。巧克力是我的最爱，我却食不知味，因为咀嚼出来的全是恐惧。

大雨狗皮膏药似的粘着中原大地，一直下个不停。进站无望，朋友只好联系了长垣的学生来接他，对方却在最后的两公里外被大水挡住了去路，用了近两个小时，才绕过来接上他，往菏泽而去。

挥手送别朋友，我催促老梁赶紧撤，因为从新乡当地朋友们反馈的消息推断，这里一分钟也不敢多待了。果然，在返程的途中，新乡市区及下辖县区遭遇洪涝灾害的各种视频流出，那些景象吓得我后背都湿透了，女儿从小到大的音容笑貌在我眼前闪啊闪的，鼻子忍不住酸了。老梁感知到了我的情绪，无言地伸手拍了拍我的手背。

我把自己深深地埋在座椅里，心怦怦直跳，半晌没有说话。劫后余生的小庆幸尚未平复，沉痛就重重地袭来——道路的两旁，昔日的田野全成了汪洋大海，偶有一根求生欲极强的玉米顶穗从洪水中冒出头来，控诉着万恶不赦的大水。毫无疑问，这里将来会颗粒无收！我曾是粮食系统职工，明白这对农民来讲是怎样的浩劫，眼泪忍不住夺眶而出。

老梁心情沉重地开着车，我不停地刷着微博、抖音、朋友圈等社交网站，郑州告急、新乡告急、荥阳告急……极端天气像穷凶极恶的暴徒，在中原大地打家劫舍，河南遭遇了有记录以来的最强降雨，多地告急的消息铺天盖地而来，许多地方停水断电。我连忙打电话给在医院工作的朋友，他哽咽着说："全面停电，呼吸机都无法工作了，各科病房乱成了一团，家属们明明焦急万分，却只是含泪望着我们……"我的心顿时又悬了起来！我的家乡，我的亲朋好友正在遭受天灾，我祈祷着，眼泪不停地流啊流，跟着大家伙儿一起疯狂转发各种救援电话和联系方式。

暴雨无情，人间有爱。不久后医院的朋友发来信息：兄弟省份支持的发电车及时赶到，救了患者，也救了医院。昨晚联系不上的省城的闺密随后也报来平安，昨晚她被大雨困在单位，又遇上大停电，刚回到家充上电。我说平安就好，眼泪再次控制不住地涌了出来。

…………

318

一夜间，"河南暴雨"上了热搜，牵动着全国人民的心。除了普通老百姓坚强不息地自救外，本省的消防和公安队伍更是勇敢地冲在第一线，从深夜到黎明，他们坚守在堤坝、积水过深的村街、十字路口等处，谁的车辆陷入水中了，马上会过去帮忙推车，有小孩子或老人时，还会背起就走……他们用行动诉说着对这片土地的热爱。

外地的志愿者们也纷纷赶到了。兄弟省份毫不犹豫地派来了救援队伍，他们用浓厚的各省土腔，释放着人间温暖。最令人激动的是，人民子弟兵来了，风雨中的国防绿、火焰橙，无所畏惧地奔向了救灾的前沿。

极端暴雨让河南陷入危急状态，那群勇敢的人却替我们支起了遮风挡雨的帐篷。昼夜不停奋战后倒在地上睡着的战士，三过家门而不入的普通抗洪志愿者，号召全体村民给抗洪人员烙油饼的村支书，拿着菜刀和铁锤破车救人的饭店工作人员……接下来的几天，有太多感人的画面涌现，我的眼泪都没停过。

又是一个无眠之夜。晨曦中，收到朋友发来的微信：已抵京，勿念。英雄的河南人民给我上了生动的一课，我将把这个做成课件，下学期给各地的领导们上课时用。

我的眼睛再次湿润。大自然翻云覆雨的魔爪，掀走了家园的帽子，灾难如同一匹无常的布，裹挟了我们赖以生存的空间。可故国家园的土，最值得我们用血脉偾张的双手去守护。那些勇敢的"逆行者"化作一道道护身符，用万众一心凝聚了华夏之魂，用坚强无畏重铸了中华民族的脊梁。

致敬这些平凡而可爱的英雄，这是人间必要的温度。

本文初刊于《啄木鸟》2021年第9期

暗香，本名尚成敏，中国作家协会会员、影视编剧，河南省作家协会理事。代表作有电视剧《盛宴》《爱我你别走》《冲出迷雾》《那年小米正芬芳》《向南有小雨》等，长篇小说《盛雪》《瓷惑》《闷骚》《闷骚2》《小城大医》，古诗词解析《愿得一心人：诗词中的红颜往事》《桃花得气美人中》等。

320

别样的陪伴

酒慧慧

风很冷，更冷的还是我的内心。要做一个小手术，提前几天就告知丈夫，希望他能请假，白天到医院照顾我，晚上照顾两个女儿。可是到了手术前一天，他还是失约了。我在微信上问他"有什么工作能比妻子住院更重要"，他说扶贫工作到了关键时候，单位每个人都在加班，请假的话真的开不了口。

手术当天，小姑子到医院陪我一个晚上，第二天她还要工作，也就离开了。后来的几天里，我一个人点外卖解决吃饭问题。医院不让外卖骑手上楼，我就在电话里跟他说让他放进电梯里，然后按下我住的楼层，我直接在楼上等着拿就行了。为了错过人多高峰期，我就把送餐时间选到饭点后半个小时。同室的病友阿姨觉得很不理解，就说："你家孩子爸爸有多忙啊，让你一个人受这罪。"一句话勾起了我所有的委屈。

丈夫在一个镇当公务员，也是一名共产党员。平时他一周只能回家两次，孩子接送、生病等各种问题，刚开始时我会向他求助，后来发现求助也没用时，就不跟他说了。因为那些时刻，是他在村里农户家里走访、在会议室讨论事情的时间，他根本无法分身。又想起去年大年初三，他去值班上岗，女儿抱着他的腿不让他走，他还是义无反顾地出了门。

有这样当丈夫的吗？有这样当父亲的吗？我忍不住愤怒，打开手机，与他视频，他却只说了一句话："在路上！"这时是夜里九点多，短短的视频，让我知道他行驶在黑漆漆的山路上。我又为他担心起来，想要打电话，又怕他分心，驾车不安全。忐忑中，发了一条微信，让他注意安全。半夜了，他回了张夜幕照片，配文说："安全抵达，勇敢前行。"这才让我悬着的心放到肚子里。接着他又发来一张照片，是一条向高远处延展的路，他配文说："面对每一条向前的路，我们都有跋涉的理由。"又给我留下语音说，山里冷，要降温了，得将单位捐助的棉衣棉被送到群众手里，这个晚上他还得再跑两个村。末了，却突然来了一句："老婆，我很想你，照顾好自己。"

我瞬间感动。因为常常不在家，他只要能过个双休日，就抢着做家务，尽力抽时间带孩子去游乐场玩。有一次女儿回来告诉我，爸爸用银杏叶给她们做了个跳舞的小人，她们好喜欢。晚上他如果在家时，总是抢着给二妞冲奶粉，二妞每次接过奶瓶都会说"爸爸我爱你"。我问二妞，为什么妈妈冲的时候你不说呢，她说这是爸爸要求的。所有这些事，都让我清楚地看到他内心对家的渴望。

其实丈夫只是一个普通的乡镇干部，一个普通的共产党员，比起先进模范来说，他没有获得傲人的荣誉，但我感觉他和先进模范一样，都有一颗为百姓办事的责任心。也正是有这么多共产党员的努力，我们的生活才变得更美好、更幸福。

出院时，丈夫终于回来了。看着他疲惫的面容，关切的眼神，我心里的委屈烟消云散。打的回到家里，我把两个孩子带到另外的屋里，悄声念故事给她们听，给丈夫片刻的安宁，让他能休息一会儿，做个好梦。

本文初刊于《河南日报·中原风》2021年3月4日

酒慧慧，河南济源人，生于1981年6月，喜欢散文、诗歌创作，在《河南日报》《大河报》《楚天都市报》《济源日报》等发表文字作品一百余篇，散文《别样的陪伴》曾被人民日报客户端转载。

春色，一半在眼里，一半在心里

李　娟

老家的村落因为小浪底水利枢纽工程早已沉没在黄河水底，偶尔水退下去之后，可看到昔日走过的土坡，还有生生不息的河边柳。河对岸的娘娘庙始终都在，那是判断老村方位的标识。西面的岭叫"西岭"，成为我思乡时常去看看的地方。

一

这是西岭一年中最美的季节。桃花的深红浅红点缀在深绿浅绿中，满山的清新脱俗。偶尔，有山鸡扑棱棱从树丛飞起，有松鼠机灵灵跳过山崖。

欣喜，从内心深处升腾而起。想起艾青的诗句："为什么我的眼里常含泪水，因为我对这土地爱得深沉。"曾多少次站在西岭下的青萝河桥上，想起无法回去的老村，如迷路的孩子一样茫然无措。可是今天重归故里，心里眼里满是欢喜，这一方滋养我灵魂的山水，在春天里美得大气，直入心房。

一直想在西岭有个小院儿，开门就是青山，开窗满目青翠，春天里桃红梨白，秋天时银杏金黄、乌桕绚丽。门前有个小菜园，这个季节里，大葱、蒜苗、芫荽、荠菜、菠菜、生菜，都是绿得发亮，用水冲洗后，做了素汤面，满碗都是绿油油的春天。

表弟在西岭有个院子，前面是两层小楼，后面是两孔窑洞，西面是玻璃茶房，石凳石桌，古朴和新意相互映衬，各美其美。

我在山间的几日，附近的老人家时不时送来葱、蒜苗，还有自己制作的辣椒油和手工馒头。她笑盈盈地问我冷不冷，住得习惯不习惯，让我感到就像回到了从前的山村，遇见了自家的亲人。世事变迁，小山村旧貌换新颜，不变的是淳朴厚道的民风。

二

那年春暮，我又到西岭，红花渐渐凋零，绿树慢慢成荫，漫山遍野绿意融融。山洼里的穿天杨，叶子由灰绿变为油绿，在阳光下生机勃勃。道路两边的杨树刚刚长出嫩黄的叶子，让人不由得联想到秋天的金黄。

回乡路弯弯，拐一个弯就是一道风景，护坡的岩石层层叠叠，多以红色砂岩为主。山岭上矗立着高大的风力发电车，山坡上排列着整整齐齐的太阳能发电板，一道道金黄的油菜花梯田和青绿色的麦田，让人目不暇接。

山坡上，槐树的叶子正是一年中最美的时候，嫩嫩的绿，带着些许浅黄。整座山也是嫩嫩的，绿绿的。山间不时闪现出野桃花的粉嫩、野梨花的洁白，山色越发明朗，天空更加碧蓝。山路拐弯处，老梨树的叶子更加茂盛，树冠的花儿依然洁白，远望，恬淡静美。

表弟家门前的白蜡树林绿意渐浓。又遇见了那位慈眉善目的老妇人，她正在开垦林边的荒地，说是要种些玉米。她还指了指路边小块的麦地和菜地，告诉我那也是她一个人慢慢开垦出来的。麦子已经抽穗，蒜苗长了菜薹，芫荽将要开花，地里西红柿、茄子、辣椒的幼苗已经扎根，南瓜苗也长得挤挤挨挨。她说着，笑着，连脸上的皱纹都带着盎然春意。她的日子安静而美好，在大自然的四季轮回中，每天在天地山水草木间，日出而作，日落而息，晨可看朝阳，夕可观落日。

三

从小在山区长大，从未想过远离。失意时会回去，在山水草木的静默中汲取力量；得意时也会回去，把山水草木的深情珍藏于心。

小时候都是烧柴火做饭，越年长越怀念山里的烟火味。那日的午饭是炖土鸡，大火炖了一个多小时，味鲜汤浓，连风里都飘着香味，吸引了附近几户人家的孩子。互不相识的孩子们很快熟悉起来。在门前的山坡上你追我赶，笑声从风里传过来。

唤了老妇人一起吃饭，盛了一碗洋溢着春色的鸡汤，让儿子端给她。她欣然笑着。孩子们把一锅鸡汤吃了个底朝天，我又做了一锅泛着绿光的素汤面。看着他们吃得欢，我只管笑着，想着那笑容里，桃红柳绿，溪水潺潺。

站在西岭，时常想起"山高水长，物象万千，非有老笔，清壮何穷"。此山此水，此生此世，一半在眼里，一半在心里。

本文初刊于《河南日报》2021年4月7日

李娟，笔名西岭蔷薇，供职于河南省济源市行政服务中心，济源作协会员，在《河南日报》《济源日报》等报刊发表多篇文章。

白雪流年

贺晴堃

1

这天清早，太阳就透着与往日不同的炎热。他洗了两双馊袜子，把它们晾晒在了阳台最着光的地方。他在心里也暗暗感到奇怪，今天的心情竟然有一种许久不曾有过的明澈，可能和天气有关吧，他也懒得多想什么。

早饭难得丰盛，和闺女吃了四个烧卖和两个鸡蛋，喝了两杯酸奶，还有一点烤鸡肉。闺女刚刚放假，非想和他去市里转转，其实打心里来说，他是不爱逛街的，但是又不想扫闺女的兴，就驱车前往。

阳光真好，隔着车窗玻璃照耀在裸露的肘臂和面颊上，似乎让人再也回忆不了昨夜捕捉到的天狼星的模样，尽管天狼星是夜空里最明亮的星辰，那坚定美丽的星芒，仿佛早就被太阳在初升的一瞬间打散了。街边新栽的花，却散发出一股年深日久的香，在阳光、云朵和绚丽的色彩之下，慢慢变成一幅油画。

他把墨镜摘下，眨巴几下眼睛。

马上进入市区了。常年待在小县城的他，的确有些不太适应城市里的车水马龙。交通限制也多，哪里是单行道、哪里禁止左转……他总是记不清，稍有不慎就可能被罚款扣分，这种事情发生在他身上已经不是一次两次了。讲真的，他时常觉得自己挺笨的，这种笨随着年纪的增长越来越显得滞重，像是什么东西在不知不觉之中扣到了自己的身上，越加越多，难以甩掉。

当他把车停在了地下停车场，心里才真正舒了口气。乘坐电梯时，闺女问他是不是需要买双新鞋，他微微摇头拒绝了，说给她买条裙子就行。于是两个人就直接去了三楼，那里有很多女孩穿的衣服。

其实从小到大，女儿都没让他怎么操过心，比起有些青春期的孩子，算是省劲儿得多，从小学五年级开始就寄宿在学校里。在繁忙的工作之余，他会给女儿买许多好吃的热食，哪怕是加工好再带到学校里。对于女儿，这只能算小小的弥补，他的心里有一种难以言说的愧意。

女儿新奇地打量着周围的一切，商场里耀眼夺目的灯光，散落在她黑亮的长发之上。女儿迈着轻盈的步调，有种直入人心的跃动，似乎让他回忆起了过去的什么，想要深究的时候却又忘记了。他一直紧跟在女儿的后面，应该快到那家店了，他暗想。

女儿进入一家服装店，他也跟着进去，仿佛能嗅闻到一种不同的气息，他觉得自己逛街时候的心情似乎从来没有像这次一样。女儿指了指橱窗里一件乳白色的衣裙，店员撺掇她试一试，他也仔细打量了一会儿，一种异样的感觉在心底悄然蔓延。服装店的灯光安静细碎地闪烁着，似乎要和衣服的乳白色融为一体。

女儿不疾不徐地走进了试衣间，他也坐在布制小沙发上，要了一次性杯子，接了杯茶水。此时，服装店里的灯光似乎更加耀眼了，照耀在每一件衣服之上，它们的色泽、质感，甚至刻意设置的小褶皱都可以看得清清楚楚。他忽然发现头顶斜上方有台小型液晶电视机在播放着什么电影，虽然声音很小，但是字幕却可以看得清晰明了，好像是一部自己看过的电影。

女儿出来了，乳白色的衣裙束一皮质腰带，围裹着她娇俏玲珑的身段，显得恰到好处。导购员开始大加赞美，无疑是希望她能买走这件衣裙。女儿朝他坐着的方向看了看，想得到他的肯定，然而，时间却像是固着在他平淡的表情里面，没有什么丰盈的色彩。

于是，女儿又挑了另外一种款式的衣裙，重新走入试衣间。

2

从内心深处而言，乳白色，在他心里总引起一种尖锐的痒感，像是掉在黑色衬衣上的一粒饭渣，硌着他的心灵。

妻的名字叫白雪，雪一样的纯白，雪一样的女人。

记得和妻刚刚结婚的时候，穷，他连个像模像样的婚礼都没法给她。结婚时唯一的一张婚纱照被挂在床头的墙壁上，仔细去看，那婚纱不是明亮干净的纯白，而是略微有些皱旧的乳白。乳白色的婚纱和刷亮的墙壁略微形成一种反差，这样的反差似乎是一个独属于男人的略带哀感的秘密，有一种复杂的况味。

从那时起，自然而然地，他就不喜欢乳白色。

他忽然想起，和妻在仲夏傍晚的河堤边散步时，江水黯然没有声响，空气之中透着一股薄荷般的清凉。妻穿着一件纯白色的裙子，在月光之下，那衣裙原本纯白的色泽，也渐渐变了模样，似乎重了些许。妻一直在前面走着，偶尔回头看他，莞尔一笑，晶亮晶亮的眼睛脉脉含情，他忽然想起电影里的画面：穿着纯白色衣裙的少女，赤脚踩在海滩上，月光下，白茫茫的海滩像是抖开了的白色布匹。海，是青涩的，人，也是青涩的，就连那纯白色的衣裙似乎也是青涩的。

他和妻相对站立着，妻的身体渐渐倒向了他，渐而抱住了他，那白色衣裙上的清香更加明显了。不知何处，忽然传来了一阵歌声，"不爱那么多，只爱一点点，别人的爱情像海深，我的爱情浅"。李敖曾经写过这样的诗歌，只不过后来不知怎么就被翻唱成了经典。这样的歌曲也透着一股白色的味道。在他的心里，纯白色代表的是一种机灵的克制，它是一种属于聪明人的颜色。而乳白色，和干净直接的纯白色相比，总是显得皱旧，有种说不出的多余。

江岸灯火闪烁，白天阳光的余热也在彼此的目光之中渐渐地消散了。那个时候他暗想，如若真到结婚的时候，他一定要给她一件最洁净的纯白色婚纱。其实在那个年代，真正结婚穿优质婚纱的女人少之又少。

想不到的是，因为妻的原因，婚期提前了一些。两人结婚时，他还没有大学毕业，存款寥寥无几。拍结婚证件照的时候，那白衬衣的假领也是找别人租用了一个小时。那天结婚登记的人很多，他生怕超过了办公时间，一切都有一种掩盖不住的慌张仓促，只不过证件照上的笑容却是认真动情的，不带一丝敷衍。

试婚纱之前，妻早就定好了一个婚纱店。那天，婚纱店里的灯光密布在每一件婚纱罗裙上，洁白纯净得让他有些睁不开眼睛。妻只试了两件，纯白色，和她白皙光滑的肤质总是那么相衬。他静静地欣赏着，手心里却开始微微出汗，他试探性地问租用婚纱的价格，即使是优惠过后也让他根本负担不起。他一会儿一看表，一会儿一看表，觉得和妻在一起的时间似乎从来都没有像现在这样难熬。最后，妻还是选择租借了一件略显陈旧的乳白色婚纱。说实话，这件婚纱穿在妻的身上，显得并不亮眼，较之先前的纯白色的确逊色不少。只是，妻在镜子前转了好几下。

"你看好看不？"妻的脸依然娇艳美丽，神情里流露出一种幸福和满足。

"好看，好看……"他看着妻，心中一阵说不出的酸楚和感动。

3

或许，乳白色，才是生活的颜色。

结婚后，他很快毕业，在社会上辛苦打拼，后来事业越做越大，妻便毅然辞掉了自己的工作，每天浸泡在柴米油盐之中。每当他回家，妻总是穿着一身乳白色的围裙，在厨房忙碌着。那件乳白色的围裙上溅着星星点点的油花子，似乎把时光也弄皱了。渐渐地，或许是因为忙碌，他很少回忆起妻曾经穿着纯白色衣裙时的模样，定情时的那件纯白衣裙也被妻压在了箱底。生命似乎也由纯白磨蚀成了皱旧的乳白色。

每天早晨，妻总比他起得早。温好牛奶，煮好鸡蛋，做好饭菜，然后喊他起床。那个时候，他们已经有了女儿。每到下午两三点的时候，妻就穿着那件乳白色的围裙去厨房研究他爱吃的菜品，有时候恰好等到他下班菜还热乎着，有时候他加班的话，就只能再把饭菜热一下。

生活就这样无波无澜地度过，渐渐地，有一种似有若无的疲意开始侵袭着他和妻，不对，确切地说应该是他。从前两个人在夜晚总是相拥着入眠，后来他在夜晚留给妻的，也只是绵绵的鼾声。有时候他微微抱着妻，用身体感觉着和过去相比日渐臃肿的她，他的内心深处总会在瞬间有些惘然，也像是一面心湖被投入了几粒石子。有人说，结过婚后，爱意和疲意是阴阳两极，相互依存，相互转化。但是在妻均匀的呼吸声里，看着她略微有些皱纹和色斑的面颊在渗漏着星辰的月夜对着他，他就会想起那个在寒冬深夜不顾一切疯狂跑到他宿舍门口的妻，那一次轻柔而节制的初吻。他知道他和妻的心中都激荡着热烈疯狂的情感，但一切都在被努力克制着，柔和有度，吻得很轻很轻。虽然那激情燃烧的时光已经逐渐远去，但是他明白，真正的爱情经得住岁月的磨蚀和颠簸。它似乎是一条长路，激情只不过是那偶尔拂面的清风罢了。在这条路上，可能会遇到岔路或是沟壑，但最终他可以走过去。不管路两旁风景如何，岔道在哪里，他还始终走在那条路上。

那天下班回家，路过一家服装店，橱窗里的灯光在初降的暮色里温馨地闪耀着。那件衣服的纯白色和左下角一枝墨色花十分相衬，浑然一体，像是一幅国画被裱在了橱窗里。

过去是L码，此时应该是双加的。他仔细回想穿着乳白色围裙在厨房烧饭的妻，回想她现在略微发胖的腰身，买下了这件衣服。

4

后来他想，纯白，大约只属于灵魂。

在生命临近最后关头的那段时间里，妻写作，也绘画。画一把吃饭的勺子、一束刚插好的鲜花、一条鱼、一只茶杯、一个水果……他知道，这是释放精神压力的一种途径。于是，他把电脑和纸笔都搬到了住院部。那段时间，妻总是对他埋怨说床单不舒服，总是会被弄脏。为此护士也没了脾气，允许他隔三岔五换条床单。那床单，由纯白渐渐变成糙了些的乳白，再由乳白变成纯白……如此循环往复着。

那段时间，他似乎触摸到了自己的思想，自己的内心。当每一次更新床单时，他看着那类型不同的白色之间的转换，他仿佛可以感觉到失去、衰亡和缅怀。他在抑制着哀伤的弥漫，仿佛他的哀伤也像是床单的乳白和墙壁的纯白。他从来都没有像这段时间如此深刻地感觉到妻每一刻的呼吸吐纳，即使是从前在一起欢爱缠绵，也没有这种感觉。

如若说那些颜色的重合可以让他无数次地回忆起和妻在江边定情的那个夜晚，如若说在重症病房的病人家属都在体验这一种或迅速或缓慢的崩溃，那么，他觉得自己的眼睛每天要大面积面对的，就是这两种触及灵魂深处的色泽。

他觉得自己逃不过去。

第一次手术时，妻的妹妹来了，和他一起在手术室外等着，因为手术之后，妻会因为全身麻醉导致身体失去自制，必须要依靠外力从担架移到病床上去。手术很成功，只是时间有些长，等待在原来的基础上便又增加了让人难耐的长度。当妻从手术室被推出来时，他看着乳白色的床单置于妻那插着许多管子的身体之上，内心瞬间就被掏空了。他似乎可以感觉到她残留着的一丝气息在整个病房里微弱地动着，似乎也变得皱旧了很多。

当重症病房里的男家属出去后，他在医生的叮嘱下移开了乳白色的床单，十分吃力地架着妻的上半身，和妻妹一起将她抬到了病床上，又稳稳地盖上了床单。他坐在病床边，抹了抹额头上密布的汗珠子，缓了缓急促的心跳和呼吸，终于镇静了下来。那嵌入灵魂的纯白色和乳白色，总是在他和妻的生活之中执着存在。如果说纯白色是妻滞留在他心中最美丽的梦幻，乳白色就是纯白变得皱旧和退让以后，岁月带给他和妻的一种复杂的平淡和寂重。是的，只有他才能体会到这两种颜色最微妙的变化。这变化，有时根本就不为人察觉，其实却针尖般尖锐，让他感觉到一阵阵刺痛，尤其是此时。这段时间，他常常会在妻熟睡之后落泪，有时一个晚上什么都不做，只看着床单和墙壁，坐在妻的身边。那段时间，妻喜欢杨绛。

我和谁都不争，

和谁争我都不屑。

我爱大自然，

其次就是艺术。

我双手烤着，

生命之火取暖。

火萎了，

我也准备走了。

——安·兰德《生与死》

妻离去之前对他说，这是杨绛的一首译诗。杨绛在她心中就是白色的，纯白，直入人心的简静。乳白，平淡中庸的温柔。

他知道，终究，妻比他通达。

5

电影结束了，女儿又试了几件衣服，但似乎怎么都没有那件乳白色的连衣裙好看。

"这个款式有没有纯白色的？"他喝尽一杯水，直接问导购员。

"现在乳白色是流行色。"导购员对着他笑了笑。

这么多年了，乳白色变成了流行色。曾经穿着纯白色衣裙的妻和如今穿着乳白色衣裙的女儿，命运仿佛做了一个巨大的回转。

于是，他让女儿再穿上试一试。女儿从试衣间穿着高跟试衣鞋缓缓走了出来，面对着他微微一笑。瞬间，他恍惚了一下。他看到女儿穿着那件乳白色的衣裙，就像是看到了白色的鸽群飞过，颤抖着翅膀，饱含了时间与初夏的阳光。他仿佛再一次看到了妻，看到了那一段段燃情的光阴。妻仿佛从来都没有离开过他，好似有一粒种子，埋在彼此的生命之中，等待着破土而出的那天，开出最美丽的白色花朵。

这个白色花朵，就是他们的女儿吧。

一件衣服、一条床单、一间房屋、一次爱情或是一段生活，或许并非一览无余的纯白，那些沁入心底的深情，终归会渐渐变色，然后在你看清人生的某一部分直至看到完整的情感时，成为生命的流行色。

本文初刊于《中国铁路文艺》2021年第8期

贺晴堃，女，河南宝丰人，1995年生，90后新锐作家。河南省作家协会会员，河南省青少年作家协会会员。曾荣获中国少年作家杯作文大赛散文组一等奖。作品散见于《佛山文艺》《中学生学习报》《未来导报》《天下诗歌》《新作文》《课堂内外》《少年博览》等报刊。出版散文集《橘子味的时光》。

编后记

张　莉

这些年来，我一直关注基层女性的写作成绩，我希望越来越多的女作者拿起笔写作，希望以编选集的形式鼓励她们的创作，进而推动中国女性文学的发展。某种意义上，"新世纪河南女作家作品选"的出版，实现了我的编选期待。

这套书共分为四卷，中篇小说卷（上、下）、短篇小说卷、散文卷和诗歌卷，旨在全面收集、整理新世纪以来河南女作家所取得的创作成绩。我们的编纂要求尽可能全面搜集到期刊上发表过的同时也能代表女作家文学品质的文本。每卷选本都经过编者们的仔细挑选，我们希望它既能代表二十多年来河南女性文学所取得的成就，也能展现各行各业女性写作者的风貌，尤其要关注到新世纪以来河南省培养的新一代女作家群体。

我所希望的是，这套书既有文学代表性，也有作者的广泛性。正如大家所看到的，这套作品选不仅收录了何向阳、邵丽、蓝蓝、梁鸿、乔叶、杜涯、计文君、傅爱毛等作家、诗人的作品，也收录了包括新一代作家鱼禾、牛红丽、碎碎、王苏辛等人的代表作，另外，我们尽最大可能地收录了河南各地基层写作者的作品。这些作者有的来自郑州、开封、许昌、平顶山、安阳、焦作、三门峡、周口，有的来自商丘、驻马店、信阳、南阳、漯河、鹤壁、济源、濮阳、新乡、洛阳等地，基本涵括了河南全省各个基层作协的女作者。我们在每篇作品后面附上了她们的个人简介，以便读者对她们有更多的了解。这些作品大多数是这些女性在工作和家务劳动的间隙写下的，很多作品也是第一次被收录。可以说，"新世纪河南女作家作品选"代表了河南各地女作者的集体创作风貌。在阅读这些作品时，我不仅感受到河南女性文学的繁荣，也对普通女性写作者的勤奋深为敬重。真希望更多的省市能编纂这样的地方性女作家作品选，以推动中国女性文学的发展。

感谢河南文联、河南作协对编纂工作的大力支持，正是因为有河南各地基层作协的帮助，编选才有如此广泛的作者群加入。

感谢四位分册主编程帅、程舒颖、赵浩宇、曹译的工作，她们为此书的整理及编选做了大量工作，尤其是我的博士后程帅小姐，她替我分担了诸多协调、统稿工作，使编纂工作得以顺利推进。

感谢北京十月文艺出版社总编辑韩敬群先生，感谢李婧婧、张小彩、窦玉帅、张玄喆四位责任编辑，没有他们的支持，就没有这套书的如期出版。

2023 年 2 月 2 日

图书在版编目 (CIP) 数据

新世纪河南女作家作品选. 散文卷 / 张莉总主编 ；赵浩宇主编. — 北京：北京十月文艺出版社，2023.8
ISBN 978-7-5302-2282-9

Ⅰ. ①新… Ⅱ. ①张… ②赵… Ⅲ. ①中国文学—当代文学—作品综合集②散文集—中国—当代 Ⅳ. ①I217.1 ②I267

中国国家版本馆 CIP 数据核字 (2023) 第026987号

新世纪河南女作家作品选　散文卷
XIN SHIJI HENAN NÜ ZUOJIA ZUOPIN XUAN SANWEN JUAN
总主编　张莉　主编　赵浩宇

出　　版　北京出版集团
　　　　　北京十月文艺出版社
地　　址　北京北三环中路 6 号
邮　　编　100120
网　　址　www.bph.com.cn
发　　行　新经典发行有限公司
　　　　　电话 010-68423599
经　　销　新华书店
印　　刷　北京盛通印刷股份有限公司
版　　次　2023 年 8 月第 1 版
印　　次　2023 年 8 月第 1 次印刷
开　　本　850 毫米 ×1168 毫米　1/32
印　　张　11
字　　数　210 千字
书　　号　ISBN 978-7-5302-2282-9
定　　价　49.00 元
如有印装质量问题，由本社负责调换
质量监督电话　010-58572393